花开的声音

HUAKAIDE
SHENGYIN

黄青／著

安徽师范大学出版社
·芜湖·

责任编辑:陈　艳
装帧设计:北京中尚图文化传播有限公司

图书在版编目(CIP)数据

花开的声音 / 黄青著. — 芜湖 : 安徽师范大学出版社, 2016.9
ISBN 978-7-5676-2637-9

Ⅰ. ①花… Ⅱ. ①黄… Ⅲ. ①长篇小说 - 中国 - 当代 Ⅳ. ①I247.5

中国版本图书馆CIP数据核字(2016)第219008号

花开的声音

黄 青 / 著

出版发行: 安徽师范大学出版社
芜湖市九华南路189号安徽师范大学花津校区　邮政编码:241002
网　　址: http://www.ahnupress.com/
发 行 部: 0553-3883578　5910327　5910310(传真)　E-mail:asdcbsfxb@126.com
印　　刷: 虎彩印艺股份有限公司
版　　次: 2016年9月第1版
印　　次: 2016年9月第1次印刷
规　　格: 787 mm ×960 mm　1 / 16
印　　张: 15.25
字　　数: 216千
书　　号: ISBN 978-7-5676-2637-9
定　　价: 38.00 元

奉献者的情怀

谈正衡

我同黄青接触不多。春天里一次文化人聚会的饭局上，别人给我介绍说他刨出一部长篇小说，通过对一个社区党委书记的描写，全景式反映了社区工作状况，饱含了对居民的深情。我知道，这基本上归于主旋律范畴，并不好写，更难玩出什么潜隐性、先锋性的乾坤日月，但好在黄青本人就是一位社区党委书记，干的都是实事，而且看得出来内心十分虔诚。书记写书记，还能有比这更好的历练么？

题材耽美，多为时文。我在看过这部《花开的声音》初稿后，给出了一些修改建议，随后就去北京了。盛夏归来，他的书稿已定型，再三提出给写个序，被我婉谢。因自己手头一部签约书《江南节气旧时衣》催逼得紧，三个月内交稿，每天雷打不动敲出三二千字，实在分不开身。两日前一晚，一文友出版诗集，我们又一次聚会谋面。他告诉我书出在即，已经是三校了，序文的位置仍给我留着……这回没得再推了，只好从命——当然，我从内心也是喜欢这个题材写作的。

这年头，电视频道越来越多，网上风景越来越出彩，手机的功能也越来越挑战大脑。作为一场文字厮磨，这部小说的着力点在哪，又是如何让情节对场景进行渗透的？没有豪言壮语，只有踏实的脚步一串串，只有分忧解难、创先争优执着为百姓办事的信念溢于字里行间……较之于那些以精彩故事内容见长的小说，我更关注这些基础的叙事元素，更看重此书题材开掘上的独创性。拔开文字的芳草，下面的路径绝对都是头绪繁复、沟壑纵横，从而将一些细节不断坐实。尤其是叙事方式和叙述语言，可以说是再平实不过了，质朴、简约，不枝不蔓。由此而见，作者综合素质相当不错，已具能修成正果的功力。

2

南湖新苑社区是涉农街道下面的一个安置小区。小区中，有老城区的居民、失地农民和企业下岗人员，困难人群较多，是一个经常发生矛盾的地方。以社区党委书记郑彦鸿为代表的社区工作者团队，善于倾听居民群众的呼声，不断理顺情绪，化解矛盾，凝聚人心，办理好各项公益、公共事务，努力把工作做深、做细、做实，为实现社会的和谐稳定而输送着生命的养料，绽放着生命的华彩。

但是小说不是工作日志，不是先进人物事迹档案，小说主要是写人物命运的。作为小说的程式化叙事，《花开的声音》所试图观照的，是普通人的生存诉求及其背后的世道人心，是当下生活的一段截屏。作者通过一系列的矛盾和人物关系的设置，在这种并不多见的社区题材写作上，突破惯常的视域寻找新的叙事资源，比如拆违、安置、调解、物业、维修、治理等非常情境，以及原来生活秩序被改变后的心态与应对。在实际工作中，黄青自己就是经常破题和解局的人，而且看得出来还是做了大量的前期文案工作，这使得这部作品看上去非常真实、丰满而又扎实。

写了主干，也写分枝，以事务环绕人物，让人物形象在事务中丰满，并对人物进行多方面关系设置，以及对情感状态准确拿捏，在相当程度上貌似有了向经典小说人物靠拢的艺术魅力。这是典型的以事带人的写法，而且实情就是如此，上面的政策和措施，最后都要靠社区居委会干部去落实，用老百姓的话说，就是“千条线都要过一个针眼”。这种对社会、他人与自我的新的关系确立，也是符合主流文学价值观的。我以为，把人事都摆弄好了，设局再精巧一点，作者可以凭借这一题材的优势，进入长篇小说专业研究的视野。

《花开的声音》所铺陈的网状化的叙事场景，可以看作是中国当下社会具体而微的一个缩影。但笔触还可以往深处去，改革开放以来，随着经济和社会生活的巨大转型，城市与乡村、现代与传统、生存方式和价值取向，都处在变动游离中……但这种变化所带来的副作用是什么，如何对社会的精神状况进行分类、辨析？文学在其中做得实在不多。如果以冰冷的城市单元楼群作为越来越人工化、组织化、制度化的现代社会的象征，这是否就是抹杀精神向度的一种暴力？比如，小区居民中有很大一批进入“无土时代”生存模式的农民——现在称为“业主”，对于这些人而言，他们毁绿种菜，或者在阳台上用花盆栽点水稻麦子，其实仅仅是对已不复存在的人际交往以及象征着生命与精神的土地的一种怀念……那么，如何对交织其间的各类矛盾和利害关系进行梳理，对社会、对人性进行剥析，这考验着一个作家的思想洞察力与戏剧冲突的设计能力，否则，作品的诱惑与趣味将大大减低。

长篇是有尊严的，它积累了许多约定的艺术默契，最为要紧的，就是气机顺畅的人物的完整性，叙事方向的惟一性。主要人物的命运，是小说向前的惟一动力。而任何注释性的、强行加入的观念和意志，即使再高明强大，也将无法在流逝的时间中长存。

真正说来，这部《花开的声音》在写作上还只是一次浅介入，就像社区居委会职能应向深层次转化，社区已不单单是党和政府与群众联系的纽带和桥梁，更是实现“小政府、大社会”的主要载体一样，文学的功能和价值，不能只体现在对工作状态和对现代社区管理工作繁文缛节的叙述上，更要对社会深层的东西进行透视与解剖。特别是郑彦鸿这个人物，他不单工作勤勉，有强烈的责任心与正义感，内心深处更要具有韧性与爆发力的温情、爱与希望，并经常纠结于如何将诗意付之于生活与实践……通过他，把我们这个社会的某一有代表性群体，或一种亚文化存在揭示出来，大家一同演绎人与命运的纠缠，在平淡的叙事中始终让人感到琐屑背后的力量，一种人算不如天算的悲悯。

任何一种管理与服务，都要体现公平、正义、人道。管理是制度，关爱和奉献才是情怀。在这个世界里，有爱有恨，有衣食住行，有恶有善，有机关算尽、尔虞我诈，当然，更有作为小说基调的质朴、善良与温情。从主题上讲，长篇小说在本质上已告别了所谓“大历史”的宏大叙事，从过去到现在，从感觉到理性，从散漫到规划……

这是社会的转型，生活方式的转型，更是价值指向、美学趣味直至长篇文体的转型。

每一本书，都为读者预埋了一段秘不可宣的旅程，只等你打开它，感受深浅因人而异。诚如萨丰所说：“一本书就像一面镜子，我们必须有足够的内省力，才能在书中观照自我。”

读一读这部《花开的声音》，看看你有多少收获吧。

（谈正衡《大江晚报》原专副刊业务总监，畅销书作家，芜湖市文艺评论家协会名誉主席）

无悔人生的有力证言

——我读《花开的声音》

姚 祥

黄青对文学的爱好一以贯之，当是性格使然。作为乡党，他的人生经历乃至性格禀赋，我是可观可闻近乎可感的，尽管他年长我一些。中学时代的黄青，既内敛又积极向上，有着与其年龄不相称的稳重成熟。这种内在的气质，决定了他与缪斯的彼此投契。写诗歌、做文章、读小说，他以自己的方式憧憬未来，放飞梦想。与那个年代海量文学青年中的绝大多数不同的是，走向社会的黄青，一直没有在繁忙琐细中抛弃文学梦想，40岁那年，推出了他的长篇小说处女作《落叶无声》，如今已过知天命之年的黄青，再次骐骥一跃，写出这部带有非虚构色彩的长篇小说《花开的声音》。

《花开的声音》是一部直面现实、题材较为新颖独特的作品。作者以感同身受的介入姿态，将笔触集中在新建城市社区这方“小社会”，全方位书写基层的酸甜苦辣，且格调昂扬笔调温暖，赋予了作品严谨的党性意识和鲜明的群众立场。全书通过讲述菱湖市南湖区新建的新苑大型安置区，在组建城市社区党组织的前后一年时间里，以郑彦鸿、程丽君为代表的社区党委一班人，面对安置居民来源复杂、利益诉求多样及小区安全隐患扎堆暴露的现状，迎难而上，白手起家，用自己的真诚和耐心，先后解决了基站建设纠纷、住户私占架空层和破墙开店、楼道乱堆放、私人幼儿园安全隐患等棘手问题，从而一举扭转被动局面，以及在此过程中，以王翠霞、汤建国、俞红梅等退休老党员为首的二级“楼栋党支部”书记们，态度积极，不惧繁难，在社区党委的感召和带领下，发挥各自专长，竭力为党委分忧、为群众解困，爱心帮扶社区困难家庭、着力调解社会矛盾纠纷等一系列感人故事，旨在阐明，只要充分发挥党组织的战斗堡垒作用和党员的先锋模范作用，我们的事业就会无往而不胜。

《花开的声音》主要素材直接取自黄青的工作日志。不难看出，男主人公郑彦鸿就是他本人的真实写照，其他重要人物都有生活原型，讲述的事情都是从社区工作中来，也多是与作者情感发生过碰撞的真实存在。由此观之，这部作品有着扎实的生活实践层面的积累，极为真实细腻的切身体验和感受，是作者内心繁复图景的一次完整演绎。与此相谐的是，在叙述上语言平实，娓娓道来，从不作激越状，对所写之人虽怀有敬意，却不偏袒夸大，平淡里有波澜，曲折中有思考。所讲故事或许并不“高大上”，却让读者窥见了平凡中的伟大，世俗中的崇高，有着满满的正能量。

是的，文学的功能不仅仅是反映和表达一个场域，更在于塑造和推崇一种精神。可以看出，新组建的南湖新苑社区在极短的时间内，成为培育“党员种子”生根发芽和“党员老树”开花结果的一方沃土，很大程度上在于社区党委书记郑彦鸿坚定的理想信念和务实亲民的工作作风。在这个良性互动、不断优化的生态圈里，凝聚在组织身边的众多优秀党员，他们以身作则、相互激励，携手共进、不辱使命，全心全意践行着为民服务的宗旨。这些共产党员彰显出的时代精神，为我们树立了学习的榜样。

这本书讴歌时代先锋精神，具体说，是一种党员为民情怀和担当精神。取名《花开的声音》，我想主要是指一群老党员，像春深时节的老树在尽情地绽放着花朵，传递着馨香。63岁的退休党员王翠霞，从企业拆迁安置到南湖新苑小区后，便积极投身到社区各项服务中，特别是遇到扶贫济困的事，她浑身就有使不完的劲。癌症患者刘玉生、残疾人薛新平、空巢老人梁金梅、“三无”老人魏大林和周春娣等，先后得到她及时雨般的有力资助。在担任月恒园楼栋党支部书记后，为了把帮助困难人群的善举常态化，她发动小区党员成立了“红梅花温暖之家”志愿服务队，收集居民捐献的半新半旧的衣物，分送给社区需要的家庭。同是60多岁的汤建国，因6年前殇女之痛而一度意志消沉。住进南湖新苑社区后，他主动向曾经柳叶村的老“同事”郑彦鸿请缨，干一些力所能及的事情。于是，社区留守儿童刘宇凡、孤儿方杰等都被他视若己出地悉心抚养并接受优质教育。后来党支部成立了，他把自家装修一新的房子用于安顿这些特殊儿童，取名“紫竹梅留守儿童之家”，成为爱心社区的一支重要力量。还有俞红梅、高明生、陈书琴，他们各据一方，各尽所长，发挥作用，使得社区工作越来越顺畅。5个支部书记成了撑起社区党委这座楼宇的5根顶梁柱。他们没有因退休而迷失方向，也没有贪图原本属于自己的安逸，而是不忘初心，勇于担当，不懈追求，像老树遒枝开出了更壮丽的花朵，绽放出生命的激情。

程丽君，这位考聘到社区工作的大学生党员，热情尽心，多能耐劳，善解人意，身上没有同龄人的骄娇二气，是郑彦鸿最为倚重的得力助手。程丽君与同是外地人的同学方家辉结婚生子后，留在了菱湖市。方家辉后因工作需要去了省城，自此夫妻俩过起了牛郎织女似的生活。由于社区工作的没日没夜，每周一次的“鹊桥相会”有时也因程丽君的“不顾家”而无比艰难，丈夫对她的不满与日俱增，最终向她摊牌。程丽君自知有愧，内心一度有准备辞职跟随丈夫去省城的打算。郑彦鸿对程丽君的这一想法非常理解，也是同意的。他深知一名社区工作者的付出与得到是怎样一个不成比例，但他更明白程丽君的离开，对于社区工作意味着什么。谁能想到，在这个节骨眼上，让方家辉改变这一决定的竟是老党员王翠霞。自打接触以来，王翠霞的无私奉献精神着实令程丽君感动。她与丈夫被邀在王翠霞家做客时，王翠霞如剥笋壳的巧妙点拨，让聪明的方家辉终于理解了妻子扎根社区的志向，后又通过自己的亲眼所见，更感动于爱人“把这里所有的人和事都融进了自己生命中”的精神，于是方家辉要求调回菱湖市，主动参与到社区志愿服务活动中。我认为，程丽君这个人物寄托了作者的理想和希望，是本书最为出彩的角色，围绕她丈夫方家辉前后思想的转变，是本书最为精彩的桥段。这其中有最本质的人性，也有最崇高的党性，更体现了两代共产党人之间的接力与传承，很好地诠释了人性从自私走向伟大，只需一个信念而已。

一群基层优秀党员的光辉形象，照亮了南湖新苑社区的每个角落。在社区，党委统揽全局、协调八方，作为社区党委书记的郑彦鸿，更是承担着“领头雁”的重任，况且他是在毫无城市社区工作经历和“一把手”工作经验的情况下临危受命、挑起重担的，按常规写作思路，郑彦鸿的“伟绩”理应大书特书。出乎意料的是，作者没有过分渲染这个核心人物，甚至时不时有意暴露他的缺点和不足，而是更多地通过他的视角，对社区里的多名优秀党员进行了墨分五彩、各个不同的塑造。可以看出，作者从内心贴近他们，理解他们，尊崇他们，把敬意倾注笔端，把赞美融于文字。这是为什么呢？黄青在《后记》中表明了创作初衷：多年的基层工作使他喟叹，作为一名社区工作者殊为不易，但千难万难，只要有情怀和担当这两种品质，就可迎刃而解。在作者经历的现实中，确有一些党性原则强的退休老党员，完全具备这两种品质，成了社区的得力助手，给了他无穷的精神动力，激励着他不惮前行，以自己的坚韧执着、耐心细致弥补了“能力”和“魄力”上的不足。感激之余，黄青时时有仰望星空的感慨，这样的感慨又激发了他的创作冲动。这是一份自然流露的真情，一种由衷的敬佩，也是他无悔人生的有力证言。

值得一提的是，《花开的声音》除围绕社居委日常工作这根主线展开外，还有一条围绕郑彦鸿与曹月之间的情感线，一条围绕江志远在暗中争夺郑彦鸿权力的斗争线在分别推进。这种结构方式在一定程度上丰富了作品的层次，拓宽了作品反映生活的深度和广度。不过，可能是这两条线索是在吸纳了专家意见后才梳理出的，穿插牵制的作用还不够明显，情节上也缺少时隐时现恰到好处的自然连贯。

毋庸讳言，《花开的声音》若以长篇小说来考量，文学性、艺术性是有所欠缺的，至少在素材的提炼、情节的设计、细节的描摹、环境的烘托等方面，均未达到优秀长篇应具备的“创造感”。我更倾向于称其为“非虚构”作品。这可能既有作者笔力不逮之因，又有时间仓促之故。我们知道，文学是源于生活而又高于生活的，它不是生活的“实录”，它既要依托生活，更要跳出生活，将提取出的火热生活本质，以波澜层叠、意味深长的方式呈现出来。

当然，黄青能拿出这样的作品已相当不易。他克服没有时间的最大掣肘，把想要表达的已经和盘托出，写出了终身不能忘怀的情感。这种如释重负的喜悦感幸福感，就像真理的光芒照耀其身。我想，不管岁月如何流逝，他时时可以倾听这些花开的声音了。在默默反刍的时候，他一定会在花繁叶茂间发出温润的光。

（姚祥 基层机关公务员，安徽省作家协会会员，芜湖市作家协会副主席，芜湖诗词学会副会长）

一

连续的大雪天气刚过，马路中间绿化带上还残留着积雪，人行道上的冰还没有全部化开。天气开始晴朗起来了，空气里的味道纯净清新。虽然太阳发出刺眼的光，但从冰雪光滑的表面反射出的太阳光，依然让人感觉不到一丝的暖意。太阳光仿佛被冻了起来，微微的风仿佛也被冻了起来，“嘶嘶——”地往人身上吹，直往领口、扣子之间的衣缝里面钻，使人感觉胸前像淋过冷水一样，一直凉到心里。步行的人小心翼翼，骑车的人慢慢腾腾。郑彦鸿行走在这条通往街道办事处的路上。

2015年2月26日早上，农历正月初八——春节放假后上班的第二天。

今天，对于郑彦鸿来说，无疑是一个重要的日子。从今天开始，他即将走上社区“领导”的岗位，早就有人用“党和国家最低领导人”来调侃他了。

尽管半个月前郑彦鸿就已知道，街道将他从柳叶村调到南湖新苑小区组建社区居委会，但真的到了这一天，他还是感到这一切来得太突然了。

半个月前，街道办事处、分管社区建设的党工委副书记周洪涛代表组织和他谈了话，街道决定将他从柳叶村调出来，到南湖新苑小区组建一个新的社区居委会，并让他任社区党委书记。这个新小区的位置拆迁前原本是他们柳叶村的地块村庄、田地。拆迁后建了安置小区，很多拆迁安置户将集体入住此小区。

郑彦鸿以前在柳叶村一直担任村党委副书记，从事党建和组织发展，协助书记、主任等工作，虽然平时也很忙碌，但他感觉没有太大的压力。现在叫他独当一面，他自感“压力山大”：第一，他没有城市社区的工作经验；第二，他没有一把手的工作能力。面对周书记，他十分诚恳，说自己没有这方面的工作经验，一直担任副职，能力不够，是不是考虑另选他人。因为他的这几句话，周书记赞扬了他：“别人被提拔早就高兴了，你还很慎重，说明你有足够的心理准备，你的担心只能说明你有责任心。这样吧，马上春节放假了，这几天你也别闲着，好好考虑新的工作计划，春节过后就上任。”最后，领导的信任和自己对成就一番事业的向往，唤起他内心跃跃欲试的感觉。春节期间，郑彦鸿从网上找来有关社区建设、社区形成、社区工作范围和职责等相关资料学习了一番。社区建设是在我国改革开放以后兴起的，由于单位人过渡到社会人，社区的功能开始被强化。过去，很多事务都在单位办理，单位管着职工的吃喝拉撒，大家对社区就没有什么归属感，随着我国多元化经济发展，全民所有制企业逐步退出了一统天下的格局，单位为职工办事的功能渐渐弱化，社区的功能这才进一步显现起来。

昨天上午，春节后上班的第一天，郑彦鸿接到街道办事处电话，叫他今天参加街道党工委专题会议，讨论新社区组建事宜。

走进周洪涛的办公室，空调的热风扑面而来，郑彦鸿顿时感觉暖和了很多。周书记正在翻看材料，示意郑彦鸿坐下，说：“区里招聘的社区工作者已经在实习了，等两天就交给你。这次招收的社工是好中选优，招聘4个人，居然有100多人参加考试，看来素质都不会差；社区办公室还没建好，等建好了就装修，现在暂时借用两间安置房作为临时办公地点，钥匙在物业公司办公室，到时候你和物业公司对接一下。”

说完周洪涛拿起本子和杯子，示意郑彦鸿到隔壁会议室开会。

他俩在小会议室坐下后，街道党工委书记李朝明，街道三位分管安全、市容、民政的副主任陆续走了进来。

此时，不远处的南湖新苑小区，正上演着一场不大不小的风波。

按照近几年的惯例，菱湖市市委书记每年的正月初八会带着各县、区的书记，市直相关部门的负责人开展“正月初八重点项目建设调研”活动，利用一天时间，到全市相关的县、区选定的地点看工程项目、工程进度。这次他们到南湖区来，主要是看安置小区建设情况。近年来，南湖区城市化进程加快，新建了高新产业开发区、高校园区和一些安置小区。而南湖区的安置房无论从规划、设计，还是房屋质量，都可以和商品房相媲美，南湖新苑小区又是全区最大的安置小区，所以市领导把这里作为今年的调研地点。

昨天区委办公室电话通知了街道办事处，街道办事处主要领导认为，市委调研主要看看南湖新苑小区的安置房，时间不会太长，和街道办事处关系不是很紧密，因此只安排了一位分管主任陶副主任到现场看看。市委调研组在小区中心广场布置的各种宣传展板前看完了小区示意图，正准备上车时，就被刚刚入住小区的居民围了上来。好在市委书记带领着一帮人陆续上了大巴车，街道办事处的陶副主任拦住了往大巴车方向跑的居民，说：“有什么问题尽管向我反映。”大家七嘴八舌，说小区里道路没建好行走不便，治安不严盗窃成风，物业社区不作为……不管什么问题，陶副主任都频频点头，耐心解释，诚恳承诺。但大家越说越激动，有一位居民掀翻了小广场上的宣传展板，其他人一哄而上，把其他展板也掀翻了，地上一片狼藉。

这边的会议室里，街道党工委书记李朝明接到陶副主任的电话，面部表情凝重，眉头紧锁，匆匆挂了电话，急忙对周洪涛说：“洪涛，你快和彦鸿去南湖新苑小区。上午市委书记带领各县区主要领导来调研，差点被群众围起来了。你们快过去看看，做做群众工作。我马上要到区政府，区长找我谈今年老城区的改造项目的事情。”

大家赶忙收起本子，郑彦鸿跟着周洪涛上了车，往南湖新苑小区赶去。

远远的，一群人聚集在小区中心小广场上，那些被掀翻的展板，横七竖八地躺在地上，只见陶副主任站在群众中间应付着群众的责问声。

“拆迁的时候，为了让我们早点搬，拆迁公司当时答应的条件现在都不兑现，现在连拆迁公司的人都找不到了。”

“是啊，我的房子还少了5平方米，现在竟然找不到拆迁公司的人。”

“说话一点也不算数，本来规划好的健身场所，怎么看不到？尽是在糊弄我们。”

“还健身场所？你看路都没修好，一个坑连着一个坑的，前天晚上搬家时，天黑看不见，棉被掉在地上，又是泥又是水，晚上没法盖，我都冻感冒了。”

“是啊，这鬼路，晚上什么也看不见，我的电瓶车上次被小汽车撞上了，腿差点被撞断了。”

“这个鬼地方小偷真多，昨天下午我上楼拿东西，一眨眼的工夫，下来车子就被偷了。1500元的电动车只骑了一个星期。”

“我们搬到这里以后，没人给我们办事，原来的居委会说不住在户籍地了，办事要到现居住地，现居住地在哪？我们到哪里去找人办事？”

“叫我们迁户口，户口迁到哪里？我们怎么知道啊？”

……

居民们你一言我一语，把陶副主任围堵在中间。陶副主任哪里能招架得住，显得筋疲力尽，说：“我是街道办事处的副主任，姓陶。我要把你们讲的这些问题都记下来。你们一个一个地来，慢慢说。关于提前交房，也是根据部分拆迁户的要求，说在外租房不方便，现在我们一边交房一边完善基础设施。我会把你们说的这些问题全部反映上去，政府会妥善地处理好这些问题，请大家放心。”

周洪涛走到群众跟前，说：“请大家放心，大家反映的问题，陶主任都记了下来，回去我们会妥善处理的。我们已经成立了南湖新苑小区的社区居委会，这位——”他指了指郑彦鸿，“郑彦鸿现在就是南湖新苑社区的书记，明天就在小区里开门办公，大家有什么事情向居委会反映，由居委会出面解决，或者帮助协调解决。”

郑彦鸿看了看对面的人，有些人还是他们柳叶村的村民。

“郑书记，你调来了?”认识郑彦鸿的村民问。

“是的，请大家放心吧，有什么事情大家直接找我，我们马上就在这开门办公了。今天大家就先回家吧。”

大家纷纷议论，有的人见郑彦鸿是熟人也不好再说什么了，便三三两两地陆续散开。

周洪涛打电话给物业公司，叫他们到居委会暂借的房屋处，把钥匙送过来。

郑彦鸿第一次走进小区，小区的楼房是崭新的，绿化带正在施工，有的树木由于高大，被周围撑起的木条做的架子保护着，为的是不让树木倾倒；指示牌、园区内的示意图标设计新颖，正在陆续安装中；道路还没有全部修好，已修好的路崭新平整，两边灰白的路牙子把黑色的沥青路映衬得更加凝重。道路的前端，坑坑洼洼，施工人员正在赶时间忙碌着。周洪涛和郑彦鸿走到一栋居民楼前停了下来，等着物业公司送来钥匙开门。一会儿，一个人急急地赶过来：

“周书记，刚才居民围堵领导，我劝了半天没劝住。”

周洪涛指着来人对郑彦鸿说：“这是物业公司的常经理。”又指着郑彦鸿对常经理说：“社区的郑书记。”

常经理伸出手递给郑彦鸿：“物业公司小常，常磊。”

说着话，常磊打开了一楼的两个门，便把钥匙递给郑彦鸿。他们分别借用了两套房。这是两套暂时没安置出去的房子，每套房有80多平方米，三室一厅。社区用房还在建，等社区用房交付出来，根据社区功能进行装修后，他们才能搬进新的办公室。

周书记说：“这就是社区临时办公室，社工还有两天才能到，到了先把电话、网线安装到位，就能办公了。”

常磊说：“现在好多居民私占架空层，我们物业公司制止不了，还请政府多帮助我们。”

周书记说："这个问题一定要及时解决，刚开始少量的居民私占架空层好处理，形成趋势就难管了。你要多和郑书记商量，物业管理服务、居民诉求存在哪些问题，你们要梳理出来，一个个地解决。"

下午，党工委专题会议继续进行，人员多了区里联系点的领导——区长助理、区重点建设局局长沈剑云。

会议首先听取沈局长传达区委钟书记的指示。沈局长说："钟书记今天中午打来电话，就上午部分居民反映的问题要求大家认真梳理，列出整改时间表。钟书记说居民有想法、有意见就说明我们的工作没做好，要切实把群众反映的问题解决好，把老百姓关心好。小区交付三个月了，没人管没人问，难怪群众有意见有怨言，这种现象一定要改变，请街道一定要拿出方案上报区政府。"

街道党工委李朝明书记说："上午的事情，是我们没有引起足够的重视造成的，群众反映的这么多问题，我们都还不知道，这说明我们平时的'四风'问题还比较严重，首先我有责任。交房过后，我总认为那些安置户不是我们街道的居民，我们慢慢缓一段时间，先看看再说，说明我本人的认识不到位。今天上午的事情再次提醒我们，群众的事情是拖不得的。现在，街道拿出意见，由洪涛书记牵头，重点做好社区居委会的组建工作。首先把人员配备到位，梳理矛盾，居民反映的问题能解决的立刻解决，一时解决不好的，往街道、区里报，同时做好群众的解释工作。"

会上，周洪涛对社区组织、人员基本架构和相关设置作了大致的说明。会议还提出，街道办事处今后处理南湖新苑小区事务一定要敏感，信息一定要畅通。

会后，沈局长到李书记办公室，对由郑彦鸿组建南湖社区感到不太满意。

"我感觉，那个郑什么来着？"沈局长问。

"叫郑彦鸿。"李书记说："原来在柳叶村担任副书记，人很实在。我们考虑安排一个踏踏实实的人来组建社区，这样不会有大的风险。"

沈局长说："做事实在是好，但也要考虑工作魄力、协调能力等方面。区重点建设局要精简人员，有几个还比较有工作能力的，我和钟书记汇报过了，到时候派到社区工作，可以加强社区建设。"

李书记说："好，好。我们是涉农街道，社区的工作没有多少经验，需要大量的管理人员。"

沈局长说："等重点建设局人员开始分流，我再派人过来。你说那个郑——"

"郑彦鸿。"李书记提醒道。

"郑彦鸿做事可能是踏实，但看起来能力比较弱，怕不能应付各种复杂的矛盾，到时派一个能力强一点的来配合他的工作。总之，社区里的事务多、矛盾多、突发事件多，我们不能掉以轻心啊。"沈局长说。

李书记说："我们试用一段时间，真不行的话，再做调整。"

沈局长说："好吧。"

二

第二天，郑彦鸿正式到南湖新苑小区履新。

他来到了临时办公室，空空落落的房间里还弥漫着水泥的味道。他走近窗户，打开了窗子，一股清新的湿润气息飘了进来，透过窗户，新铺的草坪跃入眼帘。这个安置小区规划布局、配套设施还是合理、完善的，房屋间距不会遮挡太阳光线，树木和草坪都错落有致。

办公桌椅、电脑正在采购中，还有几天，人员和办公设备将全部到位。他从包里拿出一个本子，关上门，出去到园区里转转。昨天会议结束了，他的任务也就来了。他现在的首要任务是要到园区了解情况，等到社区工作者到位，还要地毯式地全面登记居民信息，梳理居民诉求。

走在园区蜿蜒小道上，他有一种穿越时空的感觉。

这个小区在前年还是一片农田和村庄。他的家好像就在小区的中间地段。他在脑子里迅速地搜索着：老家的房、路、树、农田具体的位置，他以前每天上下班经过的好像就是脚下这条路。

拆迁之前，这里是柳叶村，祖辈们曾经在这日出而作，日落而息。故乡的标记就是柳叶塘，清澈的塘水养育了世世代代的柳叶村人，水塘四周成片的柳树随风摇曳，婀娜多姿，给人一种飘逸的感觉。还有高低错落的村庄，成了柳叶村地标性的参照物。这些参照物，过去一直是印在他的脑海中的。不要说柳叶村谁家的位置，就是谁家猪圈、厕所、树的位置，都会刻在他的脑海里。前年的夏天，柳叶村迈入了城市化的行列。郑彦鸿是柳叶村的村干部，他从出纳开始，做过文书，后担任村党委副书记。他在柳叶村工作了15年，和村民们朝夕相处，也建立了很深的感情。

现在，柳叶村拆迁了。他过去的邻居、认识的村民有一大部分人住在南湖新苑小区。早上一路走过来，看见几个柳叶村的村民在门前门后张望，他都热情地上前打着招呼。他们当中还有不少人不知道他调过来工作，以为郑彦鸿也搬过来住了。其实，他的房子还没有建好，现在仍然住在出租房里。作为村干部，在拆迁上面，他没有沾上一点工作上的光，拆迁算账、选房都是该怎样就怎样，所以，他们家拆迁时，没有找过拆迁公司，更没有和他们打过招呼。选房子时，因为工作上的事情耽搁了，只好选大家选剩下来的高层。高层公摊面积大，需要二次供水，能耗高，物业费自然也就高。为此，妻子吴小慧始终想不通：我们当村干部的怎么啦，不想占便宜，但也不能总是吃亏啊？郑彦鸿总是安慰：能吃多少亏呢？吃亏也是福啊，就这样心安，不会招惹别人的议论。

他看到以前柳叶村村民组长汤建国，赶紧迎了过去。

汤建国问："听说你调到这里来了？"

"是啊。"郑彦鸿对这位昔日的村民组长有一种敬畏，"你去年年底就搬过来了吧？”

“是的。”汤建国说。

作为村民组长，汤建国是一位很开朗豁达的人。他几乎没有和别人闹过矛盾，凡事总是替别人着想，在村民中有很高的威望。独生女儿小琴乖巧听话，学习一直很优秀，高考考上了重点大学。可就是这么一个和睦、美满的家庭，6年前的一次变故，让一切的美好瞬间轰然倒塌。

6年前那个寒冷的冬天，在省城上大学的女儿放寒假从省城赶回家，途中拉着行李箱从出租车下车，过马路时，由于水泥罐子车遮挡了视线，被一辆极速驶来的汽车撞倒，20岁的花季定格在一刹那，汤建国的生活由此而彻底改变。

失去独生女儿后，撕心裂肺的疼痛让汤建国很久都没有站起来。从那时起，他就不再担任村民组长了，再也没有走进人们的视线。记得那段时间，郑彦鸿和村里的书记、主任去探望汤建国夫妇，总感到安慰的话太牵强。所以，看到汤建国走过来，郑彦鸿赶忙迎过去。

“房子还好吧？住得习惯吧？”郑彦鸿问。

“还好。”汤建国说：“住在这里，环境改善了很多。我们先住一套，正在装修一套，简单装修。”汤建国脸上挤出了一丝笑容。是的，6年的伤痛给这位男人脸上留下了岁月的沧桑。

“春芝嫂子呢？”郑彦鸿问。春芝是汤建国的爱人，女儿走了以后，对她的打击最大，这两年来才稍微好了一些，从伤痛中渐渐地走了出来。

“买菜去了。”汤建国说：“现在不比以前了，什么都要去买。”

“对，不像过去，蔬菜都是自己家田里种的。”郑彦鸿说。

隐隐的，从小区里传来阵阵的嘈杂声，郑彦鸿说：“我去看看那边的情况。”说完他便告别了汤建国，往小区里面走。

走过一个楼道，前面正吵嚷着。一群人围着一个妇女，那个妇女指着自己家阳台上晾晒的被子，此时的被子已是湿漉漉的了。原来楼下人晒的被子，被楼上的人从阳台上一盆水浇了个遍，还没人出来认账。估计做了坏事的人不敢出来认账。“也是，过去端起盆就倒水、随手就丢垃圾的习惯，一时半会儿还难改过来。这方面以后还得多宣传，要养成好的生活习惯啊！”郑彦鸿心里这样想。

郑彦鸿顺着主干道路继续往前走，路还在修。虽然阳光还是很刺眼，但毕竟还是春寒料峭的季节，气温还很低。估计这天气修路，效果还是差点。他绕着小区时断时续的路走了一圈，在小区内街门面边的牌子旁停了下来，牌子上写着：居之安物业公司南湖新苑项目部。

牌子边贴了一张打印的通知，内容是最近电瓶车被盗严重，请广大业主不要将电瓶车停在楼下或楼道内，集中停放在物业公司办公室的门面房内。

他想，这可能就是物业公司的临时办公地了，郑彦鸿走了进去。越往里走，嘈杂声越大。昨天刚认识的物业公司经理常磊正在听居民反映问题。居民说话的声音很大，像是吵架一样。

居民说：“我女儿电瓶车昨晚放在楼梯间里，早上就不见了。害得她早上没车子骑，上班迟到。你们不是有保安值班吗？值班人员不管事啊？你们物业公司要赔我的电瓶车。”

常磊解释着：“阿姨，你自己的车子要自己保管好，这段时间电瓶车被盗严重，我们保安再多，也看管不过来啊。”

“反正我不管，我们一进来就交了一年的物业费，你收了钱就要负责任。真是，你们物业公司吃干饭的？不赔就不行。”

“阿姨，我们正在打报告要车库，要下来还要改造。为了应急，我们准备腾出门面房给你们停电瓶车，通知贴在外面了。”

看见郑彦鸿，常磊对那位居民说：“你先回去吧，以后车子就停在我们物业公司隔壁的房子里。”

那位居民最后撂下一句话：“我明天还来找你，不赔车，以后的物业费就不交了。”说完便悻悻地走了。

常磊说：“郑书记，进来坐吧。”郑彦鸿环顾四周，还有几位居民在物业公司反映家里墙面需要维修、下水道不通等事项，物业公司接待人员在一项一项地记录着。

常磊的办公室只不过是大房子里隔了一块，很简陋，很狭小，里面一张桌子一张椅子，桌子边上放着一套旧沙发。

郑彦鸿掏出本子说："我来了解一下小区的基本情况，里面总共多少栋房子？现已入住多少？"

常磊说："我们小区分为5个相对独立的园区，总共有77栋房子，其中多层48栋，高层29栋；多层是6层，高层18层一部分，11层一部分，共4200套房子。本来准备今年夏天开始交房，很多业主反映在外租房不方便，想尽早拿房。于是去年下半年陆续交房，先期交了500套，春节前又交了850套，已交的全是多层。现在主要矛盾就是：道路没建好，业主出行不便；突击交房，维修跟不上，业主等待维修；业主违规装修，破坏下水管道等基础设施；车库没开放，电瓶车被盗严重，业主没有安全意识。针对电瓶车被盗情况，我们准备把我们办公室隔壁一间房拿来给业主临时停放。开通车库的报告已经打到区重点建设局，社区再给我们催一催。"

郑彦鸿说："好吧，我再向街道反映。现在矛盾多，等梳理好了，走上正轨就好了。安置小区矛盾多，你要有足够的思想准备。"

40来岁的常磊头摇得像波浪鼓似的："我搞了10年物业管理，没有像这样难伺候的地方。这个小区人员混杂，有城市居民，有企业下岗职工，也有农村的农民，生活习惯不一样，有的人直接在阳台上往下面丢垃圾、倒水。"听着这话，郑彦鸿想起了刚才的一幕。

这时，郑彦鸿接到周洪涛的电话，叫他下午到街道领人，说社区工作者已经到了。电话里，周洪涛还说，街道可能还要安排一位负责同志到社区来和他搭班子，叫他有个思想准备。

郑彦鸿问："是谁？"

"区重点建设局的江志远。"周洪涛说，"也是考虑他在重点建设局呆过，可以协调重点建设局、房屋建造单位，对物业管理工作有帮助。”

“好。我们这边正缺人手呢。”江志远是区重点建设局的工作人员，郑彦鸿认识他，但对他不太熟悉。他想，今后协调重点建设局就是轻而易举的事情了。

他和常磊道了别，离开了物业。到了办公室，他做好工作日志，把常磊说的几件事情一一记在本子上，想着：等下午人员到岗，他们将集中把居民的基本信息登记好，把居民反映的问题一件件梳理好，形成材料向上汇报。突然，他感到肩上的责任很重。

新社工不是郑彦鸿去街道接的，而是他们自己找过来的。紧接着，办公桌、电脑也陆续到位。之前听周洪涛介绍，这4位社工是在100多人里面通过笔试、面试脱颖而出的。他拿起社工登记表，再看看具体的人，男孩显得比女孩小一些，他一个个地对号认识：

程丽君，女，1980年出生，本科，在电信公司工作过；张书燕，女，1980年出生，本科，之前在超市上过班；吕思聪，男，1984年出生，在法院当过临时书记员；鲁子铭，男，1984年出生，本科毕业，在外地闯荡了两年，最近返回菱湖市。

看了每一位的介绍后，郑彦鸿说：“我介绍一下我自己：我现在算是临时负责吧，我叫郑彦鸿，比你们最大的还要大10多岁，从今天起我们就是同事了。这次你们通过笔试、面试最后留了下来，说明你们很优秀。说真的，我是高中毕业，过去在村里工作，论学历，没有你们高；论工作经历，和你们一样，没有从事过社区管理工作，所以在今后的工作中，请大家帮助我。从明天开始，我们两人一组，下去登记居民信息。”他在包里拿出一张纸，递给吕思聪：“这是我从街道拿过来的户籍信息登记表，你再去街道复印100张，留作我们入户登记用。以后每天都要先复印，然后才下去登记。”

三

地毯式地入户登记居民信息前，郑彦鸿做了简单的交代：出于安全考虑，两人一组，一男一女搭配；对于不配合、拒绝登记的居民，做好解释；解释过还是拒绝登记的，做好记号，不要勉强，以免发生冲突。他们计划利用一个月的时间，把已经入住的1350户居民信息全部登记完，任务比较重。为了全面、准确地登记信息，他们决定利用晚上时间上门工作。好在之前他们也在别的社区实习过，和居民交流的基本要领已经掌握。这些刚刚考试进来的社工，学历高，头脑灵活，有工作激情，只要多实践，他们会很快成长起来。

郑彦鸿也跟着他们跑登记，他在找人，找骨干。在入户登记过程中，他把过去在企业做过管理工作的人员、退休教师、农村的村民组长等骨干找出来，让他们从家里走出来，融入社区，发挥余热。小区大、居民多、来源杂，光靠社区几个人肯定是不行的。所以，他也交代4位社工，按照他的思路，在采集居民信息过程中，一定要多找一些骨干居民。

他早上在园区里绕了一遍，和程丽君、吕思聪这一组联系，径直去了他们正在登记的那一户居民家。程丽君他们正一边询问、一边登记着。那位老人很热情，郑彦鸿等登记完了便和她攀谈起来。

老人叫王翠霞，今年63岁，原来是市光辉橡胶厂的退休工人，在企业当过车间主任。郑彦鸿看她很热心，便问她对小区管理有什么建议和要求。王阿姨说："这个地方还是不错的，虽然是政府的安置房，但外观、房型一点都不比我儿子他们的商品房差，只是这里的治安状况不好。"

"我们现在是在建小区，一边建设一边入住，等全部建好了，才能完全封闭。封闭后，小区只设几个门岗，保安24小时值班，治安状况会有所好转。”郑彦鸿解释说。

王翠霞说：“你们要向上级政府部门反映，公交车要进来，这么大小区，这么多人，没有公交车，出行很不方便呢。”

“好，我们逐级向上反映。”郑彦鸿边说边记。

王翠霞说：“困难是暂时的，绝大部分人会理解的。我们拆迁以后一直在外租房，原来的厂也拆完了，我们厂里的这些党员们，从拆迁以后一直到现在，三四年了都没有参加党组织活动了，没有开过会，没有学习过，没有交过党费。你们社区成立党组织了吗？”

郑彦鸿说：“社区是要成立党委的。党委成立后，你们就可以把党组织关系转过来。党的十八大召开以后，各级党组织都在加强党建工作，社区以后很多工作还要请你们多多帮助呢。”

“我退休也没什么事情，需要我的话，到时候说一声。”王翠霞爽朗地笑了起来。郑彦鸿还了解到：她和老伴住在本小区，子女住在本市市中心的一个小区，子女们偶尔回家看看老人，两位老人平常也没什么事情。

郑彦鸿把她的名字、电话号码、住址全记在本子上，并在她的名字后面画了一个五角星。

另一位叫高明生的热心居民也进入了郑彦鸿的视线。郑彦鸿在小区的施工道路上几次都碰到了他。高明生以前是市安定医院——精神病医院行政科科长，68岁，已经退休。住进小区后，他每天都在小区里、小区外围转悠。由于以前在行政科负责过单位的基建工程，所以他凭经验能看出小区什么地方存在安全隐患，退休在家闲不住，就喜欢在外面转悠，用他自己的话说，工作时忙忙碌碌的，一旦退下来还不太适应。高明生夫妻俩住在鸿泰园，儿子住在本小区年华园，儿子一家每天晚上过来吃饭，吃完就回自己的家休息，一家人其乐融融的。

郑彦鸿暗自高兴，小区里有这样一些热心居民，能发挥余热，能关心社区管理，这是好事。他想：一定要把更多这样的老同志找出来，发动起来，变成社区管理、发展的坚实力量。

自从正月初八市委重点项目建设调研组来南湖新苑小区以后，街道办事处从居民反映的诉求中，开始着手理顺并逐一解决南湖新苑小区管理工作中出现的问题。街道党工委书记李朝明在党工委会上要求街道各部门，今后涉及南湖新苑小区的工作，有问题立即报告，能解决的尽快解决，速度要快；不能解决的，要及时上报区政府，同时要求郑彦鸿将社区的工作每周一报，将工作情况、居民动态、难点问题以及工作思路报街道党政办，重要的事情要当面向他汇报。

那天下午，郑彦鸿特意到李朝明书记办公室汇报工作。当他提出将园区内退休的老党员找出来，发挥他们在小区里的作用，李书记很是高兴，仔细听着，点头称好，说："一定要把这项工作做好，这些老党员还是讲党性的，他们惦记着党组织，我们党组织就要相信他们、依靠他们。马上把党委成立起来，再成立二级党支部，通过二级党支部，把党员带动起来，依靠党组织抓好各项工作。这也是我们抓党建工作，引领社会治理的好方法。"这次郑彦鸿把要求启动停车库的请示提交给了党政办。

社区工作者除了登记居民的基本信息、寻找热心居民外，还有一个任务就是收集居民反映的诉求。例如，治安问题，前段时间电瓶车被盗频繁，物业公司也采取了措施，将一间门面房作为居民临时停车库，这个问题得到缓解。小区道路问题，高层房屋完工到哪，路就修到哪，路要全部修好，也要看房子建设的进度，这需要一个过程，但最多也是近几个月就能完成的事。孩子就近上学的事情要抓紧落实。关于安置之前拆迁补偿问题，需要花时间慢慢地化解，有的拆迁公司为了能顺利拆迁，在动迁之前，什么条件都敢答应，什么要求都敢承诺，等把房子拆了，再去找他们，竟然推三推四。一家原来开小店的，拆迁时，拆迁公司承诺安置高层一楼给他做生意，但真正在一楼开店，物业公司就会制止。诸如此类的难题，只能先安抚、宣传、解释。有居民在拆迁之前一直在外打工，现在想回来找工作，还有的居民想租门面房在本小区开店创业，现在门面房还没完工，等完工了要通知他们一声。这些要求郑彦鸿都一一记了下来，包括他们的联系方式，承诺一旦有回音，立刻反馈。为了赶时间，争取在一个月内完成入户登记信息任务，郑彦鸿和新来的社工晚上加班，休息日也加班。

这天晚上他们从居民家返回临时办公室，办公室外围了很多人，吵吵嚷嚷的。郑彦鸿不知出了什么事，只隐约听到一个词：辐射！见郑彦鸿回来了，居民们一下子把他围了起来。

原来，在去年年底的时候，有居民反映小区内信号不好，打电话到移动公司要求架设基站。移动公司根据网点布局的需要，征得区重点建设局同意，准备在小区一间门面房上面架设基站。基站对面的居民听说后不干了。而施工人员事先也不征求周边居民的意见，而是在最近偷偷把基站发射铁塔架设起来。居民们反映了好几次，也没有人搭理他们，现在居委会成立了，有地方能说话了，他们要求立即拆除基站发射铁塔。

郑彦鸿说："我们先要了解一下情况，看看是谁批准的，符不符合规定，是否有辐射，辐射有多大，对人的身体构不构成危害。"

"我们一家人身体都不好，整天生活在辐射里，这不是在害人吗？"

"不管怎样，我们都不会同意，必须立即拆掉。"

"现在我们找不到别人，只有找社区居委会。社区不会不管吧？不管的话，我们就到区里、市里上访，市里不管，我们就到省里上访。你们简直不把群众的健康放在心上，现在电视、报纸都在宣传，群众利益无小事嘛。"

"你们冷静点，先要搞清楚是不是有害。我们每天都在用手机、看电视，或多或少都有辐射，不都没事吗？"郑彦鸿说。

"你们收费了吧？据说架设基站一年能收四五万，你们不能靠损害我们的健康来获取利益。"

"当时架的时候你们就应该出来提醒，现在都架好了，也不能说拆就拆吧。另外，我很负责任地告诉大家，我们社区刚刚成立，和他们不认识，更谈不上收了他们的钱。"郑彦鸿说。

“架的时候就是凌晨。事先又没有人通知过我们，我们现在只能要求拆掉。”

“这样吧，你们先回家，明天我来问问。”郑彦鸿说。

“我们先把话撂在这，如果他们不拆，我们老百姓给他拆。”

“你们怎么拆？近10米高的铁塔，当时是吊装上去的。别冲动，安全是大事。”郑彦鸿说。

第二天，有居民跑到办公室来向郑彦鸿反映，说架基站的人过来接电，被居民制止，双方正在僵持着，叫郑彦鸿快去看看。

现场有10多个老百姓拿着锄头、铁锹围着两个施工人员，叫他们拆除铁塔。两位施工人员一再解释，他们只是安装的电工，是移动公司委托接电线的，铁塔不是他们架设的，所有的事情跟他们无关。现场的电线被居民们扯断了，地上一片狼藉。郑彦鸿叫居民冷静一些，转身叫施工人员去找他们的上级主管，电话一个联系一个，最终找到基站架设的主体——移动公司的相关负责人员。工作人员将电话递给郑彦鸿，郑彦鸿首先介绍了自己是社区负责人，说这样僵持也不是办法，请他过来一下，向居民解释，并将相关批文带来。

过了一会儿，移动公司的王副总赶了过来。他打电话给郑彦鸿，说不想去现场。郑彦鸿心想，原来你还要躲避居民啊，那就更有必要来现场听听居民的意见。郑彦鸿坚持说在现场等他。

王副总过来热情地给每一位居民敬烟，诚恳地说：“基站也是为居民服务的，小区里面信号很差，手机打不通，我们只是增强一点信号。你们试想，如果有辐射，对身体有害，政府还能同意吗？我们是有批文的。”说着他从包里掏出一张纸，递给郑彦鸿。郑彦鸿看到一份增设基站的报告，报告上面有区重点建设局沈剑云的批示——“同意架设”。

“基站的辐射肯定影响我们的健康，你们没经过我们老百姓同意，就是违法。违法架设，我们就有理由要求拆除。”

“不行我们自己上去拆，我们就是一点一点地敲，也要把它敲掉。”居民们对着移动公司的王副总说。

“你们千万别乱来。”郑彦鸿转脸把王副总拉到一边，说：“你们暂时不要施工了，等你们和居民商量好了再施工，好不好？”

王副总无奈地向居民承诺，暂时不施工，居民也不要动基站的设施设备，等以后协调好了再说。

在社区居委会办公室，王副总对郑彦鸿说：“我以为先架上发射塔，形成了事实，居民就会默认了，何况这本身也是方便居民的事情。然后跟你们签订合同，每年给你们社区居委会一定的费用。”

“现在是老百姓不同意啊，他们老是这样闹也不是事情。如果工作做不通，你们还是要拆除。打个不恰当的比方，这基站就像公共厕所一样，人人都需要，但都不喜欢放在自己家门口。”

王副总摇摇头：“请你们社区居委会给我们再做做工作吧，事成之后，按照最高补偿，给你们费用。”

后来郑彦鸿征求了这些居民的意见，他们始终没有松口。他也就明确地告诉王副总，拆除吧，和群众较劲，你是赢不了的。

几天后，像安装时一样，移动公司安排来吊车，也是在凌晨，将还没有来得及发挥作用的基站发射塔拆除了下来。拆下来的那一天，周围围了好多人，有的人拍手高兴，有的人担心手机可能一直不在服务区了。

四

登记居民信息的这几天，郑彦鸿往返在小区的楼栋间，发现部分一楼居民，在装潢过程中随意改变房屋结构，把住宅房改做经营用房；还有的居民私自占用架空层，直接在里面开起了小店或者堆放杂物。

大家趋之若鹜，乱改乱建愈演愈烈。这股风气如果不及时制止，互相效仿，形成蔓延趋势，小区非乱套不可。大家都看到了这种现象，但物业管理力度不够，制止不了。郑彦鸿觉得事态严重，迅速向周洪涛汇报，周洪涛赶了过来，两人在小区内走了一圈。

郑彦鸿喊来物业公司经理常磊，说："就这么几天，怎么成了商业区了？你看看，货物全部堆放在草坪上了，好好的绿化带就这么被毁了？"

常磊说："我们也劝过，他们就是不听。有的业主还说，拆迁时，拆迁公司给他们安置一楼，就是让他们开店的。"

根据常磊的说法，这之前，物业公司也多次上门制止过，但收效甚微。居民受利益驱使，把住宅房改成门面房，出租或自己使用，提高房屋的受益价值。物业公司管得紧，他们就先关起门来，在家里改造，等家里全部装修完了，把有窗子的那面墙一敲开，一个店面瞬间就出现了。这时再怎么制止都无济于事。

小区西大门乱改乱建现象比较严重，原因是这边的房屋没有架空层，一楼和外面草坪地势一样高，窗户拉开就能做生意。已经开业的有烟酒店、门窗制作安装、超市等，门前堆放着各种货物，有的还放在绿化带上，有的甚至把草坪改成了水泥地。

郑彦鸿、周洪涛带着常磊顺着小区西大门这条街往前走，整排房屋改变用途不说，前面的绿化已经被破坏得面目全非了，还有一户居民居然开起了餐饮店。郑彦鸿说："这都是安全隐患，时间长了，油烟往上跑，楼上的居民非闹腾不可。到那时再调解，难度就大了。"

西门一条街过后，他们接着查看了带架空层的房屋。有的居民私自占用架空层堆放杂物，还有的干脆在架空层里开小店。

他们走到年华园9号楼的一个单元，常磊上前问了一句："你们怎么在架空层里面开店呢？谁允许的？这里准备规划做停车库。"

"我们通过谁？你真搞笑，我们通过我们自己！"那个中年男子说话很冲，一看就是蛮不讲理的主。"这个架空层是我们业主的，我们想怎么办就怎么办。"

“这样吧，”周洪涛把郑彦鸿拉到一旁说：“我们要多做宣传，逐户打招呼、下通知，要求整改。对有意向开店的，要趁早上门打招呼，不允许破墙开店。私自占用架空层的，物业公司要全部排查，逐户登记。一定要清理，不然愈演愈烈，后果不堪设想。”

郑彦鸿想起前两天周书记电话里说街道安排江志远到社区，便问江志远什么时候到。

周洪涛笑着说：“你感觉压力大了？即使给你派了人，你也要自己多想办法、动脑筋，眼下的小区治理，你要多和物业公司商量。”

走了一会儿，周洪涛说：“彦鸿，我还是要提醒你一下，区重点建设局的江志远，做事不是很扎实，即便他来了，社区的工作你还要把握好。”

郑彦鸿隐约地感到，这位始终没出面的江志远披着一层神秘的面纱，好像是有来头的。

这边郑彦鸿正在督促物业公司一户一户地摸底登记，那边区长在督查南湖新苑小区建设时，对小区破墙开店、乱搭乱建、私占架空层等不良现象大发雷霆。区长从小区西大门进去后，看到一家家小店以及门前被破坏的绿化带，很恼火，回去之后喊来区长助理、重点建设局局长沈剑云，下了死任务，一定要刹住这股风！信息很快传到街道，街道迅速召开会议，郑彦鸿在会上做了具体汇报。

郑彦鸿说：“破墙开店集中在年华园西大门没有架空层的一楼住宅区和南大门没有架空层的一楼住宅区。现在已经开业经营的一共有12家，还有5家有意向开店，从摸底的情况看，这些居民大部分是老城区做生意开小店的，拆迁公司为了好动迁，安置一楼时私下承诺可以继续做生意。私占架空层已经在摸底，大概也有10多户，一部分是自己堆放杂物，一部分是开小店。”

周洪涛说：“私自占用架空层一定要整治。占用集体的房产还能理直气壮，这个事情物业公司必须要加强力度。破墙开店的现象，物业公司要从源头抓起，从装潢开始防范，告诉业主，不允许在小区里开店，更不允许改变房屋结构。我们报告区里，请区住建委、市场监督、市容联合执法。”

街道党工委书记李朝明说：“洪涛书记做个安排，报告区政府，请区住建委、市场监督局、市容参加，搞联合执法。物业公司要作为，社区信息要搞准，做好居民安抚工作，帮助物业公司整治好小区。”

周书记牵头召集联合执法各个相关部门，并召开会议布置联合整治具体事宜，确定整治时间。

居委会的入户工作这几天暂时停了下来，郑彦鸿带着4位同事和物业公司一道，先从私占架空层开始，逐户登记、劝导、下通知，做好联合执法前的劝导工作。私占架空层的人大部分是跟风，所以有些心虚。真正蛮不讲理的也就是年华园9号楼的那位40多岁的中年男人。

通知下过一遍，要求对于需要的物品自己搬离，自行保管，剩下逾期不搬离的，物业公司将清除出去。郑彦鸿利用两天的时间，将物业公司组织起来，除了年华园9号楼的那一户，所有的架空层都被清理了出来。物业公司找来施工队，将清理干净的架空层全部封闭，装好门，改成车库，先上锁，等全部改造好统一开放做停车库。

对于年华园9号楼私占架空层的那一户，社区先下达整改通知单，给他一定期限，等到他把存货销售得差不多，区住建委、区市场监督局、区市容联合一道上门执法。其实执法队员也只是在后面站着，物业公司动手，社区工作人员劝导，最终在很平稳的情况下，年华园9号楼的那位居民自己把物品搬回了家。

整治破墙开店比整治私占架空层要难。他们花那么多钱改造、装潢，作为住宅不方便了，只能开店，这是一。其二，房屋是他们自己的，他们在自家房子里面改造，有一种“我的房子我做主”的认识，外界的整治对他们约束力不够。郑彦鸿和4位同事分别到周围居民家，一家一家地征求周围居民的意见，大部分居民认为无所谓，也不影响他们生活；一部分居民认为不妥，毁坏了绿化；还有一部分人认为，这里开小店很有必要，方便居民的生活。郑彦鸿想换一种方式整治，把这些小店规范起来。他跑到街道，找周洪涛书记汇报，认为住宅房改成门面做生意，投入这么大，要是强行取缔，势必形成对抗，还得不到居民的支持，成功的把握不大。他想将西大门、南大门已经开业的店面规范起来，明确要求每一户都不准出店经营，不准把货物堆放在草坪上，不能影响整体美观，在草坪上开一条一米宽的水泥路，方便出行。

这里还有一个问题，就是搞餐饮经营是决不允许的，一方面通过市场监督局查处打击无证经营，另一方面通过社区做居民工作。郑彦鸿带着同事一户户上门劝导："餐饮影响楼上居民的生活，还会引起下水道堵塞，即使现在店开成了，后续的矛盾很多。如果想正儿八经做生意，也要和气生财。不如找一个门店，这样生意才能做得长久。如果找门面有困难的话，我们可以到区重点建设局协调门面房。"最后，这几位开餐饮的经营户也终于答应易地经营了。

费了九牛二虎之力，南湖新苑小区年华园自改门面房、私自占用架空层的整改终于完成，整改结果送到区长办公室，区长表示满意。郑彦鸿感到：整治小区乱象，仅仅靠物业公司和社区，难度相当大，需要执法部门协助，只要他们到现场，就会产生一种威慑力。

郑彦鸿在入户登记居民信息时发现，楼道里堆着旧家具、坛坛罐罐等杂物，既影响小区整洁，又堵塞了安全通道，存在严重的安全隐患。他想乘着整治私占架空层、破墙开店成功的东风，整治楼道里的乱堆乱放现象。

社区首先在单元楼道醒目的部位张贴温馨提示：为消除安全隐患，请物主在三天内将堆放在楼道内的物品自行保管好，放在自己家里；不需要的物品自己清理出去，逾期仍堆放在楼道内的，物业公司视为无主物品，将组织人员清理出去。

张贴温馨提示后，社区程丽君带着同事分组陪同物业人员挨家挨户打招呼。为了有效地开展这项工作，社工临时成立了清理组和矛盾调解组。清理组就是由物业公司经理常磊带领工作人员，准备了两辆小货车，把楼道里的杂物送到外面垃圾场；矛盾调解组主要调解由于清理楼道所带来的纠纷。为了把工作进一步做细，矛盾调解组由社区程丽君、吕思聪，热心党员王翠霞、高明生、汤建国组成。

清理组从楼道的每个单元、每一层开始，地毯式地清理。纸盒子、包装物、装修房屋留下的废弃物、破自行车、旧家具、菜坛子、花盆子等，统统被搬上了小货车。

尽管事前做了宣传，楼道清理工作也能得到大多数居民的支持，但在清理过程中还是遇到一些阻力。在一栋三楼的楼道里，有居民放了一张床板，靠在楼道里，上上下下楼道的人如果不侧身，很难过去。清理人员把床板抬下去，居民立马跟了出来，非得让他们把床板搬回去不可。

程丽君说："帮你抬到家里，怎样？"

居民说："我家里没有地方放，只能放在楼道里，这样我天天还能看到，也不会丢掉，心里踏实。"

程丽君和常磊商量，要么找一个地方存放。常磊对居民说："放在地下负一层，我们物业公司仓库里，怎样？"

那位居民说："你们搬过去可以，我需要的时候，你们一定要给我搬过来，要是你们弄丢了，那就不好说了。"

常磊说："好的。这块床板我们还能赔得起。你说，值多少钱？"

"最少也要200元吧。"

常磊从口袋里掏出两张100元的纸币，递过去："我怕万一保管不善弄丢了，先赔你的，也算是买下你的床板了。"

清理小组在清理轩衡园的时候，有位居民不配合，僵持着不让物业人员搬走她家的菜坛子，程丽君耐心劝导：菜坛子放在楼道，影响别人走路，放在外面也容易丢失。这位居民说："你这么说我知道了，如果丢了，就是你们物业公司干的事情。我家菜坛子就放在这边。"

这时，楼道里走下来一位居民，看来跟这位菜坛子的主人还很熟，听说社区和物业公司清理楼道，就劝说道："你还是搬回家吧，放在这里是影响楼道整洁。”

居民说：“我也想搬到家里，关键家里地方小，没地方放。再说放在家里也难看，毕竟新装修的房子。”

这位热心居民说：“吃的东西，一定要放在家里才安全，放在外面多少还是不妥的，假如有狗或其他小动物碰了，人还能吃吗？”

“啊？”这句话还真提醒了这位居民，想想也是。

程丽君趁势喊物业人员帮忙，帮她把菜坛子抬回家。

安顿好菜坛子，程丽君和吕思聪特地敲开那位热心居民家的门。

“谢谢你刚才帮了我们的忙，我是社区工作人员，我叫程丽君，这位是我的同事吕思聪。”程丽君说。

“没事没事，你们社区也是考虑到我们居民的安全才这样做的。”这位热心居民对社区组织清理楼道工作还是很支持的。

“请问你是从哪里拆迁安置来的？叫什么名字？”也许是这段时间入户的经验吧，程丽君对热心居民会本能地加以关注。

“我叫俞红梅，市染料厂拆迁来的。”这位热心居民说。

俞红梅50岁左右，体态稍胖，看得出性格开朗，很热心。这边居民的信息还没登记，所以程丽君对俞红梅也不熟悉。

“以后我们社区有事请你帮忙行吗？”程丽君问。

“可以，可以。我退休了，在家也没什么事情，我们单位不少人住这里，刚才那个人也是我们单位的。以后社区有事尽管找我。”俞红梅说。

程丽君在本子上记下了俞红梅的名字和她的联系方式。

五

清理楼道的第二天，常磊一早就打电话给郑彦鸿，说物业公司办公室被业主吵翻天了。

原来，物业公司办公室一早就来了三拨人，为昨天清理楼道的事情，在物业公司捶桌子摔板凳。有人说放在楼道内的衣橱不见了；有人说装潢用的瓷砖还有用，被物业公司清理掉了；还有一位称家里的床板放在五楼楼道里不见了，叫物业公司赔偿。

常磊说："我们清理楼道前在单元门上都张贴了温馨提示，还上门打过招呼了，你自己的东西就得自己保管了。"居民反驳道："我们白天上班，下班迟，回家天都黑了，谁还在意单元门上贴的那玩意？我们把东西放在自己家门口，物业公司凭什么要搬走？

常磊说："楼道乱堆放容易引起火灾。"

业主说："瓷砖能烧着吗？床板能烧着吗？"

常磊说："楼道是公共场所，也是安全通道。起码安全通道不能占用吧？"

反正不管怎么解释，业主们都不愿意听，一个目的：叫物业公司赔偿，否则就不交物业费。

常磊打电话的意思是想问问郑彦鸿能不能暂缓清理工作，等待这些事情处理完了再做打算。

郑彦鸿电话里表示："清理工作还得继续，涉及一些废旧物品，物业公司准备一个大的地下空间，看看能否先堆放到那里，至于这几个人反映的情况，你先了解一下，属实的安抚一下。我们社区会配合多做宣传，不听不理解的也还要宣传，这时候决不能退缩。"

常磊说："郑书记，你真不知道，吵死人哦。"

郑彦鸿说："没办法啊，不清理会越来越糟，等楼道里堆满了杂物，你还清理得了吗？大家都这么乱堆乱放，以后还怎么管理？"

物业公司还是在艰难中继续清理楼道，为平息居民的情绪，物业公司也花了一些钱，赔偿居民的一些所谓的损失。

汤建国在快要下班的时候来到办公室找郑彦鸿。

郑彦鸿泡了一杯茶递了过去。

汤建国说："现在我的房子快要装修好了，想想我们夫妻俩日子过得也寡淡，就想找点事情做做。”

“好啊，好啊。”郑彦鸿问：“你有什么打算吗？这几天帮助我们清理楼道，辛苦了。现在社区需要你这样愿意帮忙的人。”

汤建国介绍了最近自己遇到的事情和自己的想法。

前几天傍晚，汤建国在小超市里买调味品，见到一个小学生模样的孩子在小店里买方便面。孩子在挑选方便面时，店主就问孩子：“年还没过完，晚上就吃方便面了？”

孩子说：“我奶奶腿摔断了，躺在床上不能做饭，我们没办法才吃的方便面，我又不喜欢吃方便面。”

汤建国听到孩子的话，感到一阵酸楚，在小超市门外等着孩子，和孩子一道走了一截后，问道：“你父母不在家？”

孩子说：“我爸爸妈妈在外打工，春节没回来。”

汤建国问：“你跟奶奶生活？”

孩子“嗯”了一声。

“你叫什么名字？上几年级？”

“我叫刘宇凡，上小学二年级。”

“刘宇凡，”汤建国动了恻隐之心，“告诉我你家住哪栋哪单元哪一间，我回家做好了饭给你和奶奶送过去，好不好？”

“这怎么行呢？我又不认识你。”刘宇凡看了看汤建国。

汤建国说：“现在不就认识了吗？说吧。”

刘宇凡说出了自己家的楼栋单元号。

汤建国回家后把事情和妻子春芝简单说了一下，春芝心也软，马上多热了一些饭菜。汤建国按照刘宇凡给的地址，把饭菜送了过去。

“刘宇凡，趁热和奶奶吃了吧。”汤建国敲开门，把饭盒放在桌上，叫刘宇凡拿碗筷。

这是一套简单装修的房子，两个房间，奶奶躺在一个房间的床上。

奶奶见有人送饭过来，直了直身子，靠在床上。“还真难为你了，特地给我们送饭来。刚才宇凡和我说，我还不相信呢。”

“这还是正月呢，哪能天天吃方便面呢？您老人家这是怎么了？”汤建国问。

老人告诉汤建国，春节前，正好是下雪上冻的天气，出门买菜跌倒了，当时感觉腿像断了一样，还是打电话喊亲戚送她去医院的，去了才确认是脚踝骨骨折，住了几天院。过年前，老人才勉强出院在家休养。今年老人的儿子和儿媳妇因为单位赶工期回不来，要到正月十五后才能回家。孙子宇凡在亲戚家吃饭，时间长了也怕给别人增添麻烦，所以这几天买方便面来凑合，好在儿子儿媳妇这两天就要回来了。

汤建国说：“这几天早上你们自己下面条，中午和晚上我来送饭吧。”

“你真是好人啊，我们怎么感谢你呢？”

“我们是邻居啊，邻居有困难，我伸把手也是应该的。”

老奶奶十分感动，不知说什么好。

汤建国送了两天饭，老人的儿子儿媳妇回来了。那天晚上，汤建国送饭时，老人的儿子儿媳妇正在听老人说起邻居送饭的事情，夫妻俩拉着汤建国的手，眼泪在眼眶里打转，不知道说什么好。

还是汤建国的话打破了尴尬，“邻居嘛，谁家还没个暂时的困难，有人伸一把手，事情就算过去了，没事。”

夫妻俩说，在外地听说妈妈的腿摔断了，真是急死了，没办法回来。他们打工的单位是服装加工厂，好不容易拿到出口订单，为了赶工期，春节期间人休息机器不休息，厂里轮流换人，春节他俩留在厂里，等一部分人过完年回厂换下他们，这才得以回家过年。说回家过年，其实年已经过完了。

“你们在家待几天呢？”汤建国问。

“一周后就要回单位。”

第二天晚上，刘宇凡的父母敲开了汤建国家的门，手里拎了酒、水果，特地看望汤建国一家。

汤建国得知，刘宇凡的爸爸叫刘平山，妈妈叫张宗英。夫妻俩原来在市针织厂上班，工厂倒闭后，他们便自谋职业到菜场卖菜，早上天还没亮就要去批发蔬菜，晚上菜要是卖不完还要坚持守菜摊。这几年风里雨里的也挣了一些钱。日子刚开始好转时，5年前，张宗英查出来患有胃癌，为了看病，家里的钱折腾光了。好在张宗英的胃癌是早期，发现得早，切除后基本上治愈了，5年来，各项指标都很正常了。用刘平山的话说，运气好！人在低谷的时候，就要想得开。为了还债，刘平山先是一个人出去打工，干了一年，张宗英觉得自己身体恢复得还不错，硬是要跟着去。拗不过张宗英，刘平山便同意了。夫妻俩在一起，相互也有个照应。

听着刘平山夫妻俩的经历，汤建国有一种想帮助这个家庭的冲动，哪怕只能做一点点事情。汤建国说："要是你们俩信得过我的话，宇凡和奶奶就交给我吧。"

"这怎么好意思呢?"刘平山不好意思起来。

汤建国把自己家庭的变故告诉了刘平山，说自己家现在条件还好，也没有什么事情做，看着别人有难处心里不舒服，想伸把手帮帮。刘宇凡正在上学，父母不在身边，靠奶奶管也不利于他的学习，汤建国可以督促刘宇凡的学习。

刘平山紧紧抓着汤建国的手："有你这位好哥哥，我就放心了。只是不知道怎么感谢你啊。"

汤建国说："没事，你就放心把他们交给我吧。"

最后汤建国和刘宇凡也说好了，爸爸妈妈打工去，奶奶不能下床，由汤建国送饭菜，刘宇凡开学后，放学就到汤建国家做作业，由汤建国督促检查，在汤建国家吃饭，奶奶要是不做饭也行，刘宇凡带饭回家。

汤建国对郑彦鸿说："你也知道，我家拆迁也有几套房子，土地征收费和积蓄都还有点，我和你嫂子都拿养老保险了，说穿了，也是闲着没事干。与其没事干，还不如做点事情，自己充实一点。"

汤建国叙述得很平静。郑彦鸿听得似乎也很平静，但他内心涌动着一股热流：他懂汤建国的心，经历丧女之痛过后，汤建国心中的那种爱是大爱，大爱扩散开来，温暖着他身边现在还处在寒冷中的人。

几天以后的一个上午，郑彦鸿认为很有必要去小区里看望几位刚认识的热心居民，毕竟还是在正月里，也算是给他们拜年吧，以表示对他们帮助社区的感谢。他自己拿钱买了一些水果、牛奶，准备了四份礼物，程丽君陪同一道。

第一个就是住在年华园的汤建国。他们夫妇俩正在指导刘宇凡做作业。刘宇凡的爸爸妈妈已经打工去了，奶奶在家养病，刘宇凡每次吃完饭都带点回去给奶奶吃。汤建国介绍，由于疏于管理，刘宇凡成绩不好，现在由汤建国督促学习。

接着他们去了鸿泰园市安定医院退休干部高明生家。高明生当时不在家，郑彦鸿打了电话，他才回家的。高明生说现在小区建设越来越完善了，后续的工作都在陆续进行，郑彦鸿感谢他一直关注小区建设。高明生很高兴，中午非得留郑彦鸿和程丽君吃饭，他俩说现在不行，等以后再说。

王翠霞住在月恒园，家里的地板一尘不染，王翠霞见是社区的书记来，很热心地叫老伴拿出瓜子和糖。王翠霞介绍道：这边住了好几十户市光辉橡胶厂的退休工人，以后社区有什么需要她做的，她会动员厂里的工人一道帮忙，过去在车间里，她就有号召力，和同事们的关系很好，党员的觉悟都比一般的人要高，他们厂里的党员还比较多。郑彦鸿说，社区要成立党委、党支部，需要党员出来带头。王翠霞慷慨地说："行，社区要能用得上我尽管说。"最后，王翠霞也是邀请郑彦鸿在她家吃饭，郑彦鸿说要去轩衡园的俞红梅家，那一位也是热心的退休党员。

俞红梅过去在染料厂做过供销，人大大咧咧的，虽然是个女同志，却有男人的豪爽。程丽君还说起清理楼道的事情，俞红梅说："应该的，社区也是考虑我们大家的安全。"

郑彦鸿说："关键的时候，你站出来这么宣传，居民们就更加信服。现在业主和物业的关系就是这么对立，今后还需要我们共同来努力，把关系理顺。”

这四位都是党员，都在原单位担任过中层领导，有一定的领导水平，郑彦鸿这次借走访的机会，四个园区党组织的牵头人也就在他的心里基本上落实了。

六

大规模集中交房后，因为维修不及时而导致的矛盾，给物业管理带来很大的压力。特别是去年第一次交房时，有的业主在装修时没有做相应的渗水试验，楼下装修后出现了卫生间墙面渗水、屋顶渗水等问题，引发很多矛盾，业主们经常到物业公司讨要说法。物业公司经理常磊和郑彦鸿商量之后，请示区重点建设局，牵头召开一次由业主代表、承建商、物业公司、社区居委会等多个部门参加的房屋维修协调会，沟通问题症结，疏通维修渠道，缓解物业管理的压力。

会议之前，郑彦鸿跟着物业人员跑了几个维修多次都得不到满意的家庭。比如窗台渗水，维修这类房屋，一定要裁开渗漏处，往外寻找，用特种材料堵漏。简单地粉刷外墙，很难根治渗漏这个问题。这一点，建造商往往没有补漏方面的专业技术，有的施工人员不一定负责任，糊弄了事；还有的业主进入后就装修，装修过后出现的问题，不能确定是原来房子的原发性质量问题还是因为装修导致的问题，责任不明，往往变成了理不清的难题。业主和物业管理之间的矛盾，最终以业主拒交物业费而收场。长此以往，物业费越来越难收，会导致物业服务难以到位，物业服务不到位更加影响居民情绪，形成恶性循环。

房屋维修协调会由区重点建设局建设处主持召开。开会的时候，区重点建设局的江志远也参加了会议，郑彦鸿向他点了点头算是打了个招呼。

物业公司在会上将登记上报需要维修、维修过后仍然需要再次维修的房屋书面通报交给区重点建设局。业主代表刘某“控诉”了房子几次维修后，窗子上面拐角处，遇到下雨仍然会往里渗水。家里墙布已经发霉变黑，而且面积越来越大。花十几万元装修的房子，想想就觉得憋屈。

郑彦鸿据此提出一个方案：如果维修不及时或者维修不能使业主满意，区重点建设局是否启动一个补救办法，招标一家专业化的维修公司，维修费用在建造商的质保金中扣除。这项机制，一是促进建造商提高维修质量和速度，二是解决了维修的实际问题，避免一项维修很长时间都无法解决的状况出现。

协调会上，区重点建设局原则上同意这个方案。而承建商提出，要求安排第三方维修，必须由承建商确认以后再核定费用，维修费用先报承建商同意才能走此程序。几方对此均表示认可，并形成了会议纪要。

会议结束后，郑彦鸿走到江志远面前，询问他哪天到社区来工作。

江志远说：“现在重点建设局的事情多，一下子交接不了。再说了，我利用这段时间和区里相关部门对接一下，争取更多对南湖新苑小区的政策支持。”

郑彦鸿说：“你在区里呆的时间长，你要多呼吁呼吁，把更多的资源引进我们社区。”

江志远说：“那是必须的。”

清理楼道工作结束以后，入户采集居民信息这项工作继续推进。为掌握这段时间登记的信息、居民诉求的新情况，这天郑彦鸿通知社工早一点回办公室，召集大家开了一个会。两个组汇报入户的进度，遇到的问题、登记到的居民诉求以及寻找热心居民的情况。截至当天，程丽君和吕思聪这一组已登记400多户，张书燕和鲁子铭这一组登记了380多户。两组一共找了二十七八位热心居民。这些热心居民大多是党员、退休教师、企业退休干部和村民组长。居民反映的问题都是房屋维修不及时，道路还没修好影响出行，还有的失地农民要求找门面房创业等。社区居委会入户登记居民信息，总的来说还是很顺利的，看来只要半个月这先前入住的1350户居民信息登记工作就能结束。等以后一边居民入住小区一边社工入户登记，任务会轻松一点。

会议结束后，郑彦鸿和大家说："今晚我请大家去吃饭，大家看有没有时间啊?"

吕思聪和鲁子铭两个小伙子倒是没事，显得很高兴，程丽君、张书燕着急回家。张书燕说："我家小孩小，要早点回去。程丽君更要回去了，她老公每周五下班后都是从省城赶回家。"

程丽君说："是的，电话都打爆了，我得赶紧回去哦。"

两个小伙子见两位女同事都要回去，也就说他们也要回去。

郑彦鸿说："等哪天有时间我再请你们吧。"说完打个电话，跟老婆吴小慧说马上就到家。

郑彦鸿的房子也是安置在南湖新苑小区，只是高层还没交付，现在他还在隔壁的小区租房。租房的小区离南湖新苑小区步行需要15分钟，他现在上下班也都是步行。儿子今年刚考上大学，家里只有他和妻子吴小慧。

郑彦鸿和吴小慧是在柳叶村一起长大的，也是从小学到高中的同学，高考落榜以后，他们都回到了柳叶村。他们之前的关系就像柳叶塘的水，清澈而透明。

郑彦鸿和曹月的恋情在遭到曹月妈妈极力反对的这期间，同是曹月同学的吴小慧为二人传递讯息。而当追爱无望、心灰意冷的郑彦鸿决定放弃这段刻骨铭心的恋情时，才发现吴小慧对自己一往情深。

那段时间，吴小慧揣摩着郑彦鸿和曹月的恋情发展趋势，认为城乡差别是一道逾越不了的鸿沟。在帮曹月和郑彦鸿传递讯息时，吴小慧到郑彦鸿家的机会也增多了，她还时而帮助郑妈妈洗衣服，下地做一些农活，在郑妈妈面前，她表示了对郑彦鸿的欣赏。久而久之，郑妈妈也喜欢上了勤快、大方的吴小慧。半年后，郑妈妈郑重其事地跟儿子说："曹月已经是没希望了，吴小慧对你挺有意思，傻儿子，别错过了这个好机会。"郑彦鸿这才豁然开朗，知道了吴小慧的心思，和吴小慧谈起了恋爱。吴小慧现在在私企做会计，工作也忙，下班回来还要做饭做家务。结婚20年了，吴小慧和郑彦鸿的父母相处得很好，尽管吴小慧不是郑彦鸿的初恋，两人也没有缠绵悱恻的爱情，但她和郑彦鸿却是相敬如宾。

自从到南湖新苑小区工作以来，郑彦鸿感到工作的压力比预想得要大得多。过去在柳叶村，村民也就500户不到，1400多人，事情单纯，也没有这么复杂。他在村里工作了15年，对于每一户的情况都了如指掌，谁家几口人，谁家孩子考上哪个学校，谁家小孩当兵在哪服役，谁家什么人最近生了大病……那是一个熟人的社会，充满着温情，大家认可这种关系，珍惜这份温情，彼此间信息互通有无，谁家要是遇上什么困难，大家都愿意伸出手拉一把。

现在，他只身在社区，一眼望去都是生疏的面孔，他们的内心有什么样的诉求？他们怀揣着什么梦想？他们有什么需要？他们渴望什么？你要不是走近他们，他们不会信任你，也不会向你表达。所以郑彦鸿认为，工作的第一步，就是下去了解居民的诉求，把问题找出来，能解决的解决掉，不能解决的争取往上汇报，多争取政策，这样就会得到居民的支持。

程丽君回到家时，已经是晚上7点多了。老公方家辉坐在沙发上看电视。程丽君换上拖鞋，放下包问："做饭了吗？"

方家辉说："没有，你不是不知道我烧菜不行。亲爱的，你也累一天了，我们晚上出去吃吧。"他起身关了电视。

程丽君和方家辉是大学同学，他们来自不同的地方，是菱湖市的这所菱湖师范大学给了他们缘分。

程丽君是皖南农村飞出的凤凰。虽然她的家境不好，但父母都知道读书对于农村人的重要性。农村里的孩子，走进城市，要么是打工，要么是上大学。虽然这两种方式都能让他们置身城市，但会有两种截然不同的命运。那时，村里很多女孩子都出去打工，程丽君看着家里过得不容易，也想放弃学业和小伙伴们一道出去打工，但被母亲硬生生地拦住了，上学！

程丽君有个哥哥，哥哥是出去打工了，然后自己找女朋友成家另过，父母平常也就是靠收点粮食、种点蔬菜过日子，没有其他收入，但家里再难，程丽君的学费还是有保障的。程丽君上了大学，大二以后几年的学费都是她自己挣的——奖学金。在大学里，她成绩一直稳定，还入了党。

与程丽君相比，方家辉家的条件好了很多。他的老家也是在南方的小山村，父亲是手艺人，有很好的木工手艺，被外界尊称为鲁班的传人。精湛的手艺给家里带来了殷实的物质条件。

大三那年，方家辉和程丽君确定了恋爱关系，方家辉想给程丽君经济上的帮助，但程丽君总是推辞。凭借自己的努力，她在图书馆找了一份兼职，她愿意用自己的努力获得生活上的改善。

这座城市里没有他们的亲人，没有他们的房子，两人毕业后觉得菱湖这个城市住得很舒服：与长江相邻，空气湿润，一年四季不干不涝，适合人居。再说两人都不愿意回到对方的家乡，所以毕业后就决定定居在菱湖。两人租房找工作，程丽君找到了一份电信公司的工作，方家辉找到了一份在房地产搞销售策划的工作。两年后，他们结了婚，生下了儿子豆豆。由于生孩子的缘故，程丽君在电信公司辞了职，一直在家带孩子，直到孩子能放手了，把孩子送到孩子的爷爷奶奶那里，她才开始一门心思地工作、攒钱。他们准备在菱湖买房，买了房就算是在这里扎了根。方家辉所在的房地产公司是一家大公司，这两年公司到省城开发项目，他只好随着公司迁移，好在省城离这边不远，一个多小时的车程，来去也方便。

老公方家辉在省城上班，程丽君把孩子送回公公婆婆那里后，就想着在菱湖市找一份工作。本来程丽君想去外企，恰巧正遇到社区招聘工作人员，作为大学本科生，她很顺利地就考上了。她想，先上班，然后再找个外企应聘。

程丽君在哪，家也就在哪。方家辉每周五下午回家，周日下午回单位，过着往来奔波的甜蜜生活。

他们俩进了一家小饭馆，点了一份火锅，炒了一个菜。两人边吃边聊。

方家辉说："喝点小酒，怎样?"

程丽君说："天气冷，你就喝点吧。"

"好。喝点暖和暖和。亲爱的老婆，告诉你一个好消息，去年公司销售策划评比中，我的方案得到总公司的好评，获得了三万元的奖励。"

程丽君眼里放光："那我们凑凑，再向我们双方爸妈借点，能付个首付了。"买房，一直是他们的梦想。

方家辉说："是啊。我们终于向自己的梦想又迈近了一步。来，老婆，走一个。"他端起杯子，在程丽君的饮料杯子上碰了一下。

程丽君说："等房子买好了，把豆豆和他爷爷奶奶接过来，在这上幼儿园、上学，一家人就稳定下来了。"

方家辉说："一切都会好起来的。算算首付差不多够了，不用向你爸妈借钱了。他们也没多少钱，动了他们养老的钱，他们心会慌的。"

程丽君说："嗯，我们哪天去看房?"

方家辉说："还说哪天，你比我还忙，这段时间你休息过吗?"

程丽君说："这段时间我们入户登记居民信息，等一段时间可能会好一点。"

出了小饭馆，他俩走在冷冷的街上。时值正月，这条街显得格外偏僻，冷清。黢黑的街面上，寒风凛冽中，他们俩依偎着往出租房走去。

七

郑彦鸿接到街道党工委书记李朝明的电话，说他们社区的一位居民正在区信访局上访，反映自己的历史问题，叫郑彦鸿到区信访局先去看看，劝回来了解一下详细情况。

这几年的信访接访有点变味了。信访局本来是群众反映问题、政府掌握群众思想动态的地方。现在变成了一个尴尬的场所。某些别有用心的人利用上访表演闹剧，更有甚者，拿上访来要挟办事人员和领导，变成获取不正当利益的途径。前几年在柳叶村工作时，他也经常去接访。有些在他看来无法办成的事情，通过上访，领导竟然答应了。领导还批评他们基层工作人员："群众不就是这点要求吗？至于闹得鸡犬不宁吗？回去把事情好好解决了吧，不要影响稳定。"结果，基层的工作人员不得不开会形成集体意见，担着担子把事情办了。

郑彦鸿不知道这位上访人有什么诉求，不知道前面有什么难题和风险，他胆战心惊而又小心翼翼。

到了信访局，郑彦鸿向信访局的工作人员介绍自己是南湖新苑小区来接访的。工作人员指着一位坐在沙发上的老人介绍说："这是你们社区的居民杨荣轩，多次反映他的历史问题，过去被打成'现行反革命'，现在要求恢复公职，享受退休。都过去这么多年了，哪能办成呢？你先带他回去，把他家困难情况了解清楚，他要是生活上有困难，跟街道领导汇报，看看能否从街道、区民政局解决一下。"

郑彦鸿走近老人，说："杨大爷，我是南湖社区的，我们先回去再说，好不好？"

老人看着郑彦鸿说："你给我解决啊？"便站了起来。

郑彦鸿把老人带回到社区办公室，和他攀谈起来。

老人说："拆迁这么长时间了，也没人管我，我只有主动来找政府了。”

老人叫杨荣轩，今年83岁，别看这么大年龄，精神矍铄，身体很好。据他自己说，新中国成立前他在上海参加过地下党组织，新中国成立后他还在军管会工作过，由于与别人有矛盾，被人举报当时和国民党有过接触，为国民党做过事情。在50年代他被打成“现行反革命”，从上海被遣送到菱湖市，接受劳动改造，直到1979年才摘掉了“现行反革命”的帽子。但“帽子”摘了，没有给结论，没有平反，也没有恢复公职，到现在他还享受不了退休。

老人一生共娶了两任妻子，和第一位妻子生育一个女儿，叫杨晓梅。前任妻子和女儿杨晓梅一路从上海跟到本市，吃尽了苦头，“文革”中每次遇到运动或批斗，都会拿他们夫妻俩游街示众。

摘掉“帽子”以后，老人可谓扬眉吐气，性格也有了变化，不再唯唯诺诺，走到哪里都是趾高气扬。他凭借在工厂学的钳工技术，摆了摊子修理自行车，日子过得还蛮滋润。后来妻子生病去世，他很快又娶了第二任妻子。和第二任妻子结了婚，他对于女儿就疏于管理。女儿杨晓梅初中毕业后就上班了，后来自己谈恋爱嫁了人。

很简单，杨晓梅当时和父亲说：“我要结婚了。”

“哦。”杨荣轩只是应了一声。

杨晓梅在没有陪嫁、没有摆酒席、没有父母祝福的情况下，一个人和丈夫去旅游，回来就算结了婚。嫁出去后的第一个春节，杨晓梅回来了，看望父亲和继母，平淡的感情激发不出任何亲情的涟漪，从那以后，她就再也没有回过娘家。或者说，娘已经死了，娘家就不存在了。30多年了，女儿和父亲没有来往。对于女儿，杨荣轩也没有任何音讯。

后来第二任妻子也去世了，他守着修理自行车的摊子，一个人过着独居的生活。现在老了，干不动了，他这才想起来生活是不是应该有保障，多次和上海那边的亲属联系，据说那边当年和他一样被打成“现行反革命”的人也有恢复公职的，现在享受了退休待遇。前些年，他还跑到上海，找公安部门、区政府相关部门，都以过去的时间太长，他也拿不出任何相关的材料为由而拒绝调查。他就是要求政府查一下他的历史问题，实事求是地给予他一个结论。

郑彦鸿说："目前先给你办理最低生活保障，遇到生病或困难的情况，再来社区找我。至于你要求恢复公职享受退休，这件事我没有办法给你解决。毕竟过去了这么多年，当时究竟是什么情况，现在也没有人知道。"郑彦鸿把自己的电话号码写下来交给杨荣轩，让他先回家，准备好身份证和户口本，近期上门将给他办理低保。

处理完以后，郑彦鸿立即到街道，将他掌握到有关杨荣轩的情况向街道党工委书记李朝明汇报。

李书记说："这么大年纪了，可能是生活遇到困难，又是孤寡老人，平时很寂寞的，社区要多上门和他沟通。至于恢复公职、享受退休，恐怕是难以实现。"

"老人一人生活确实孤独，要是遇到生病，喝个热水都难。老人说自己还有一个女儿，30多年没来往了，我想适当的时候帮他找找女儿，在没有找到她女儿之前，先发动小区的党员和老人结对帮扶。大家相互关照，给他一点踏实的感觉。"

"对，要紧紧依靠党员，党员带头，工作才能开展好。"李书记说，"安置小区人员杂、事情多，有很多隐患，一定要做好群众的安抚工作。具体工作，多找洪涛谈。"

"周书记也经常到社区为我们出谋划策，给我们出了很多点子。"郑彦鸿说。

李书记说："那就好。对了，区委钟书记近期要来社区调研，就社区治理和目前存在的问题开一个现场会。你要把情况摸清楚写一个汇报材料，材料写好后我要看。"

"好的。"郑彦鸿说完离开李书记办公室，来到周洪涛办公室。

郑彦鸿将最近的工作向周洪涛做了汇报，包括上午杨荣轩上访的事情。他汇报了自己的工作思路：将小区的党员登记造册，成立党委后，党委下面按照5个园区设立5个党支部，把党员动员起来，和困难居民结对帮扶。

周洪涛说："好，建立党组织要形成网络化。社区是党委，党委下面是党支部，党支部下面是党小组。网络清晰，架构明确。我们要把党员的作用发挥起来，带领居民参与社区建设。"

郑彦鸿对杨荣轩的事情很上心，第二天上班，他就和程丽君敲开杨荣轩的家门，把他的身份证、户口本等相关证件带到办公室复印，先给他办理低保，至于恢复公职享受退休，已经和他说好了，那是办不成的事情，以后也就不要提了。这么大年纪的人，平时一个人生活，连个说话的人都没有，也是孤独寂寞压抑的，难免情绪波动，与其说出去上访要求解决他的问题，不如说找一个发泄的渠道倾诉一下自己的孤独。

由于小区入住居民增多，居民的需求也越来越多，社区工作者就不能全部离开办公室到园区采集居民信息了。他们白天基本上在办公室接待居民，为居民服务。入户采集居民信息的工作只能在下班后进行，这样就加大了社区工作者的工作负荷。

为了更有效地开展工作，郑彦鸿将社区工作者进行分工，程丽君负责民政、低保、退休管理、办公室日常工作，重点做好困难人群的最低生活保障、临时救助，确保困难人群在社区的视线范围内；张书燕负责计划生育、流动人口管理工作，重点掌握居民信息中的生育年龄信息；吕思聪负责联系物业、城管城建等工作，对小区内的物业服务不到位、居民乱搭乱建、破坏绿化种菜等信息要及时掌握，遇到上述问题向物业公司通报；鲁子铭负责安全、治安、综合治理、联系公安派出所工作，重点巡查小区内不稳定因素。由于人员没有全部到位，大家分工不分家，遇到事情一齐上。

这天下午，王翠霞和俞红梅来到社区找到郑彦鸿。王翠霞向郑彦鸿反映，她家隔壁住着一对母子，儿子从不出门，妈妈也不和外界联系，行为有点异常。热心的王翠霞主动上门和这位妈妈攀谈，这才得知，她儿子20岁了，一直在家，不上班也不出门。母亲很担心，这样下去会不会出问题。后来从俞红梅口中证实：这位母亲是俞红梅原来单位的同事，由于家庭变故，导致孩子性格孤僻。这位母亲问我们社区，能不能帮她找一个心理医生，对小孩进行心理疏导。

郑彦鸿问："有什么疙瘩？"

"据说因为父母离婚，给儿子造成了心理阴影。"

"哪天我和程丽君抽时间上门看看。"郑彦鸿说。

第二天，郑彦鸿和程丽君就过去了。

当郑彦鸿跟着程丽君敲开那扇门，迎面而来的这张脸让郑彦鸿惊呆了，这张脸他认识！他迅速地在记忆深处搜索着。尽管时间久远，记忆模糊，但他还是绕过岁月的年轮，穿过时间的隧道，认出这张脸。尽管风霜迷离了清秀，但是他认出来了，那张脸是曹月的。他强忍着情绪的波动，按捺住内心的不安。

程丽君介绍道："这是我们社区的郑书记，来看看你，有什么困难我们可以帮助你。"

那个女人——曹月也认出了郑彦鸿，苦笑着，很平静地招呼他们坐下。

是的，曹月是郑彦鸿20多年前的高中同学，也是他的初恋情人。想不到，在离别那么多年后，在这个地方相遇了。

曹月一说话，把郑彦鸿拉回到现实中。曹月说："其实家家都有一本难念的经，慢慢过吧。只是孩子太内向了，我要出去打工，没有太多的时间关心他，才弄成现在这样子。"

郑彦鸿想看看孩子，可房门是从里面反锁着的，他没有推开。他叫程丽君把曹月的电话号码记下来，说："有事就和程主任联系吧。"说完找个借口离开了。

这个曹月，在郑彦鸿青春年少的高中时代留下了一段难以忘怀的记忆，后来发展成了一段缠绵悱恻的爱情故事，但这段爱情很短促，刚开了头就结了尾。

那是20年多前的事了。高中毕业后，户口是市区的曹月通过内招进了全民所有制企业——市染料厂，而户口是农村的郑彦鸿回乡后，虽然也进了厂，那也只是乡镇企业。那时的城乡差别很大，曹月的父母知道曹月和农村青年谈恋爱，极力反对。渐渐地，曹月妈妈那种带刺的口吻深深地伤害了郑彦鸿的自尊，一气之下，郑彦鸿断绝了和曹月的关系，尽管他还深爱着曹月，甚至还无法从曹月的柔情中走出来。和曹月分手的那段时间，他仿佛陷入人生的低谷。他几乎是经过了一场炼狱，一度神情恍惚，很久很久都无法自拔。

命运真的是在作弄人，这位占据他年青岁月全部回忆的女神，这位见证他奔放青春的女神，怎么会变成今天这样落魄和无奈？20多年来的那根弦一直绷得很紧，稍稍动一下，就会发出颤音。

这一刻，对于曾经的过往，他从心底化成了一片唏嘘感叹。

八

郑彦鸿初中毕业后到城里上高中。读高中那会儿，他青春勃发、斗志昂扬。到城市上学后，他的眼界开阔了许多，那时正赶上了改革开放，人们的思想和观念正走向一个崭新的阶段，文艺更是从禁锢走向繁荣，他从此迷恋上了文学，文学里有一个千奇百态的世界。文学唤醒了他的青春梦想，激发出他的朦朦胧胧的爱情。

就在高中毕业前夕，他的梦里多了一个人。他时常想她，渴望她，感觉她也喜欢接近他。这个她就是同班同学曹月。

曹月稍胖，皮肤白皙，眼睛特别的明亮，一张娃娃脸，更增添了她的魅力。这种感受，朦朦胧胧地持续到了高中毕业。高考落榜后，他们各奔东西，没有留下任何联系方式。但是他心里清楚，他是农村人，而曹月是城市人，那时的城乡差别还是很大，他也不奢望把爱情变成现实。

高中毕业后，郑彦鸿考进了乡镇企业——新华被单厂。那时的工资很少，但郑彦鸿家里承包了土地，平时在家帮着种蔬菜，做农活，晚上把业余时间放在看书上。他喜爱文学，喜爱沉静在那个充满新奇的世界里。他迷恋诗歌、散文、小说。他一边看书学习，一边自己开始创作。当他的第一篇散文诗发表在日报上时，看着自己的名字和文字变成铅字，他欣喜了好几天。那篇散文诗，承载着他自己的梦想、爱情、追求，他渴望成为有才华的文学青年。那段时间，他的诗歌、散文陆续发表，这也给了他许多信心。

他喜欢看书和文学杂志，《小说月报》《中篇小说选刊》《作品与争鸣》等，堆满了他的书架。从那里面，他认识了王蒙、张贤亮、张抗抗。他还经常到市图书馆借书，每次都是骑着自行车来回。

直到高中毕业一年后的初夏，郑彦鸿和曹月在镜湖公园偶遇，一切仿佛是设计好了的，他们的相爱变得水到渠成。

那次在市图书馆借完书时间还早，他推着自行车去镜湖公园转转，不经意中，碰到了曹月。看到对方的那一瞬间，两人都感到既惊讶又惊喜。

曹月比上学时稍稍黑了点，见到郑彦鸿满脸绯红。他们简单地介绍了各自的情况。

高中毕业以后，曹月没能考上大学，按照当时的相关规定，她通过“内招”进了爸爸的单位——市染料厂，当上了化验员。

曹月急不可耐地问了郑彦鸿的境况，从郑彦鸿踌躇满志中，了解到了他的工作、学习、爱好。

“还有呢?”曹月满脸羞红地问。

“……”郑彦鸿睁大了眼睛。

“有……女朋友吗?”

“没有，没有。”郑彦鸿懂了，反问曹月：“你呢?”

“也没有。”

接下来是一段时间的沉默。

还是曹月先打破了沉默，约第二天晚上还在这见面。

第二天晚上，郑彦鸿花了很长时间准备他人生中的第一次真正的约会。

他们围着镜湖走了一圈又一圈，那时候，镜湖边上晚上没有现在这样的人流，也没有这么多路灯。他们从同学开始聊，聊到工作的单位，聊到对社会的好奇，对前途的憧憬，对人生的向往……

郑彦鸿总是谈他的文学。凭借着他的热情和对文学的热爱，他向往着这个社会，当然，他更喜欢身边的曹月。

时值初夏，微风徐徐，曹月身上散发出淡淡的香味。少女身上特有的气息，沁入他的心里。

每次相约，都是期待；每次离别，都有思念。文学和爱情，滋润着郑彦鸿。那时，他正在看一部小说，他背诵着开篇：

> 据说，每个人都有自己的一颗星星，这颗星在高天、在深夜、在黎明时候向着你微笑，向着你眨眼，向着你发射并接受你所发射的电波，和你一起饱尝忧患、痛苦、犹豫、欢欣、幸福和解脱。而当你阖眼离去的时候，这颗星星就会划破夜空，穿过大气，炽热、燃烧、发光、耀眼，飘然陨落。
>
> ……
>
> 据说，每个男孩子都有自己的姑娘，而每个姑娘都有自己的男孩子。从襁褓里，你们实际上已经相依为命，互通信息。虽然你们相隔万里，虽然你们各自有着自己的运行轨道，但是你们不是已经多次在梦里、诗里、哭里、笑里、歌曲里、小说里、书和日记本里相会过吗？其实她(他)一直没有离开你！你们的相会便是证据。

他断言，曹月就是他的那颗星星，就是自己的姑娘。

郑彦鸿第一次到曹月家是他们俩多次约会后的一个晚上。那天晚上他们在镜湖公园转了一圈以后，曹月兴冲冲地提出要带他回家。当时郑彦鸿没什么心理准备，他不愿意去。

曹月说："丑媳妇还得见公婆，我先带你去认认门，试探一下妈妈。”

郑彦鸿说：“要是你妈妈嫌弃我这个农村人，怎么办？”

曹月抬头望了一眼皎洁的月亮：“走，现在就走。”说完她拉着郑彦鸿就去了自己的家。

曹月的妈妈看到女儿带着一个男青年回来，狐疑地看着女儿。郑彦鸿叫了一声“阿姨”。

曹月的妈妈问：“这位是？”

曹月说：“我的高中同学郑彦鸿。”

曹月妈妈“哦”了一声，上下打量着郑彦鸿，“你们就坐在外面吧，外面凉快。”

“嗯”，曹月应了一声，在家里来回地走，端来凳子又去拿汽水。郑彦鸿第一次这么尴尬地站着，要不是曹月招呼着自己，他都不知道手放在哪里好。好在是晚上，要是白天，一定很狼狈。

曹月的妈妈来回走了几趟，看似无意，其实每走过一趟都在打量着这位木讷的年轻人。

由于紧张，加上曹月妈妈走来走去，郑彦鸿吓得一句话都没有说。倒是曹月打着圆场，和他聊起毕业后几位同学的去处，有一位同学考上了大学，两位同学考上了大专，上学走的时候，曹月还去送了他们，上学的时候都无所谓，到了毕业才知道，那时要是多刻苦一点该有多好哦。郑彦鸿被动地应付着，40分钟以后，他提出要走，临走时他和曹月妈妈打招呼，曹月妈妈“嗯”了一声。

郑彦鸿走后，曹月的妈妈已经知道了晚上这位不速之客的来意，便问曹月：“这位姓郑的同学是农村人吧？”

曹月笑嘻嘻地反问：“你怎么看出来的？”

曹月妈妈说：“我明确地告诉你，就此打住啊，我不同意。一看就知道，土里土气的。”

曹月脸色变了：“这正说明郑彦鸿朴实，你不知道，他很有才气的。”

曹月妈妈说：“吃了晚饭我正要找你，你何叔叔的儿子何永霖对你有意思，正想和你说这事，你跑出去了。下次没有我同意，晚上不许出去。老大不小的姑娘，没个姑娘家的矜持。”

曹月说：“我的事你就不要操心了。”

曹月妈妈生气了：“什么？你的事我不操心？你哪件事情不是我操心的？你能到厂里上班，还不是你爸跟你何叔叔找厂长的结果啊。现在厂里效益不好，招一个人进厂上班你知道有多不容易吗？”

曹月说：“你们同事之间互相帮忙不也是应该的吗？难道因为这个我就要嫁给他家做儿媳妇？哪有这个道理？”

曹月妈妈说：“我不是说这个，你想，我们同事多年，大家都知根知底的，我这不也是为你考虑吗？”

曹月丢下一句话：“反正我不同意。”便摔门而去。

曹月没有把这件事放在心上，以为妈妈说说也就过去了。她想，随着时间的推移，妈妈会做出让步的，所以也没有把妈妈反对的意思告诉郑彦鸿。郑彦鸿以为曹月家里人默认了他，沉浸在初恋的甜蜜和幸福之中。

那几天，曹月再也没有提出叫郑彦鸿到她家去，提议要去郑彦鸿住的地方玩，不去郑彦鸿的家，而是到广袤的田野里去享受大自然的风光。郑彦鸿骑着自行车，把她带到柳叶村。

他们俩找了一块干净的地方坐下来。柳叶塘周边尽是柳树，随着夜风，柳树枝随风摆动，婀娜多姿，像少女的纤纤细腰。皎洁的月光下，他们俩并肩坐在一起，郑彦鸿都能碰到曹月的臂膀。这是他们第一次靠得这么近，当郑彦鸿胳膊碰到曹月身体时，像触电一样，有一种心驰神往的感觉。他隐隐地闻到曹月身上散发出的迷人的香味。看着身边的曹月，一股暖流流过心底，他暗暗下决心，一定要让身边这个城里的姑娘幸福。

曹月转过头看着郑彦鸿，笑了一下，双眸闪耀着亮晶晶的光芒：“你傻了吧？怎么老是盯着我看啊？想干什么？”说完，头一歪，做出调皮的表情。

郑彦鸿只感到浑身燥热，他紧紧盯着那双明亮的眸子，情不自禁地抱住了曹月。曹月顺势也搂住了郑彦鸿。他分明感到，曹月热乎乎的身体发出轻微的颤抖。他在曹月的耳边说："我俩一定要在一起，一定要在一起。"

曹月点着头，"不管遇到什么困难，我们都要坚持。"她想起了妈妈反对的声音"我明确地告诉你，我不同意"，便把郑彦鸿抱得更紧了。

柳叶塘边嘈杂的脚步声惊动了他们俩，他们迅速地站起身来。曹月说："不早了，我要回家。"

郑彦鸿推着自行车，两人并肩走在小路上。

"郑彦鸿！"后面一个声音传来。

郑彦鸿回过头，原来是同学吴小慧。曹月很惊讶地说："怎么是你啊？"

"是我是我，"吴小慧说，"曹月，你怎么到这里了？真稀客啊。"

"我……我……来这里有事，弄迟了，正好碰到郑彦鸿，叫他晚上送我一下。"曹月说。

郑彦鸿、吴小慧不仅是同学，而且同住柳叶村，他们和曹月都是同学。一年没见了，吴小慧非得拉着曹月到她家玩。吴小慧家正住在马路边，也很方便。

到了吴小慧家，郑彦鸿成了多余的人了。本来郑彦鸿就不善于言辞，加上两位女同学许久没有见面，他就是有话也插不进来。他们从班级同学聊起，分享彼此得到的消息。时间慢慢地在流逝，郑彦鸿忍不住催促起来，她们俩这才依依不舍地分开。曹月邀请吴小慧哪天有时间去她家玩。

吴小慧说："我可是农村人，到城市里还不习惯呢，还是你来我家玩吧。"

曹月看了郑彦鸿一眼，"城里人农村人有那么大的区别吗？再说，现在都改革开放了，何况你们是郊区，也不是农村啊。”心里想：“郑彦鸿，你看，我多坚决地站在你这边啊。”

吴小慧说：“郑彦鸿，你晚上辛苦了，一定要把曹月送到家。”

郑彦鸿说：“一定的。”

几天后的下午，郑彦鸿在厂里接到曹月的电话，叫他晚上到她家去。吃过晚饭，郑彦鸿带着礼物去了曹月家，进门才发现，曹月家里有客人正在吃饭。见到郑彦鸿推门，曹月妈妈的脸立刻放了下来。

曹月爸爸坐在桌上陪客人喝酒，见有人进门，狐疑地看着曹月妈妈。

曹月从厨房里走了出来，跟爸爸说：“这是我的同学郑彦鸿，我们约好了出去的。爸，我们走了。”

曹月妈妈说：“小月，晚上哪里都不许去，等他们吃完饭你还得洗碗。现在给你何叔叔他们每人盛一碗饭。”等曹月到厨房盛饭，曹月妈妈对郑彦鸿说：“你出来，我有话和你说。”

郑彦鸿跟着曹月妈妈走出来。

曹月妈妈说：“我明确地告诉你，我们家不欢迎你，你以后不要找曹月。你看你这个样，还是农村人，你哪点能配得上我们家小月？她有男朋友，和他爸爸就在我家吃饭，要是你真的爱曹月，就离她远一点。”

郑彦鸿哪见过这阵势，气愤、羞愧、委屈一股脑涌了上来，他转身推着自行车离开了曹月家。

一路上，他头昏沉沉的，好几次，差点被迎面的汽车给撞上了。

随后，他好像大病一场，感到撕心裂肺的疼痛。听说曹月来找过他，他给了曹月和自己最后一次机会，又去了趟曹月家。可惜曹月不在家，他又受到曹月妈妈的奚落。再后来，他和曹月终于像两条平行线，沿着各自的轨迹没有了任何的交集。

九

周五下午的5点20分，郑彦鸿在办公室正准备下班回家，外面突然传来一阵阵惊慌失措的叫喊声：小区失火了。郑彦鸿赶忙喊上程丽君，跑出办公室。只见小区的一栋居民楼里冒出的浓烟熏黑了半边天。

程丽君叫上吕思聪、张书燕、鲁子铭，赶紧往火灾的方向跑去。路上，郑彦鸿边跑边打电话报了火警。程丽君由于紧张，脚踩空了，跌倒在地上。张书燕忙拉起她，程丽君发现自己的脚崴了，钻心地疼，眼泪都掉下来了，但她还是强忍着痛跟着人群往火灾现场跑。火灾地点是在轩衡园，浓烈的黑烟遮挡着天空，烟雾中心的大火猛烈地燃烧开来，把渐渐黑下来的天烧成了白昼一般。这种场景，郑彦鸿从来没有见过，仿佛天就要塌下来一样。焦虑、恐惧……这时，整个楼道发出惨烈的叫喊声。

居民中，有的喊报火警，有的说报过了。周边的人拿着水桶、脸盆在隔壁楼栋接水救火，但谁都接近不了火场，现场一片混乱。

郑彦鸿和社区的几个人到达现场不久，常磊也赶到了现场。郑彦鸿叫常磊去喊电工，立刻将这栋楼的电阀关掉。

起火点就是架空层，火和烟雾顺着单元楼道往上蹿，楼道仿佛烟囱一样。郑彦鸿跑到房子的南边，透过阳台的玻璃窗户还能看见房子里面的情况，只见烟雾一层盖过一层，从一楼卷到六楼的顶层。好在天冷，楼上大部分的窗户都关着，不然火和烟钻进其他居民家里，后果肯定不堪设想。

一会儿，消防车呼啸着赶来。消防队员下车，一边打开了消防水袋，一边问："物业人员在哪？电关掉了吗？"

郑彦鸿和常磊迎了上去。常磊说："我是物业人员。电关掉了，关掉了。"

“附近消防栓的位置在哪？快接水管。”

常磊走到楼前，凭着记忆，在草坪的绿化带里找到一个消防栓。消防队员迅速拖着消防水带接了上去，水枪里的水顿时就喷射了出来。三四支水袋全部接上了水，十来分钟的工夫，楼道里的火就被熄灭了。火熄灭之后，楼道里的烟雾还没有散尽，整个楼道都笼罩在烟雾和热气里。

消防队员在楼道里逐层逐户查看，敲门呼喊。楼道里有一个门开启一道小缝，消防队员赶紧进去，从屋子里抬出一位老人，老人已经奄奄一息了。消防战士背着他往下走，来到外面草坪上面，把老人平躺着放下来，一边打电话叫“120”，一边做急救。“120”救护车来的时候，老人渐渐地恢复了神智，慢慢地睁开了眼睛，剧烈地咳嗽起来。人们把老人抬上了救护车送往医院检查。

大家七嘴八舌猜测着火灾的起因，可能是架空层里充电器充电时间过长，导致电线发热引起火灾。但这只是猜测，火灾结果要等消防大队调查。

天完全黑了，整个楼道湿淋淋的，一片狼藉。架空层里摆放的电瓶车、摩托车被烧得面目全非，只剩下了铁架子。单元楼上面，门窗关好的居民家基本没有问题，窗户开着的，由于救火的原因，家里都进了水。

沈局长带着区重点建设局相关领导，江志远也紧跟在沈局长身后，在街道的李朝明书记、周洪涛副书记陪同下赶到现场，街道分管安全的副主任，区安监局的相关领导，都陆陆续续赶到现场，召开了临时的现场会。根据现场会议安排，社区首先要配合物业公司当即安置家里进水的居民晚上去宾馆休息；全面细致地排查小区内安全隐患，做好安全整治工作；安顿好受灾群众的生活，积极主动做好受灾后的善后工作。会议结束后，领导们就走了。

江志远临走前，走到郑彦鸿面前，说：“郑书记你就辛苦一下吧，晚上一定要注意受灾群众的思想动态，有苗头一定要上报，防止发生群体性事件。”

郑彦鸿说：“好的，我们正在安排。”

江志远说：“那我走了。”说完赶上了区领导和街道领导。

一路上，沈局长问李朝明：“我还是比较担心社区的那个郑——”

李朝明说：“郑彦鸿。”

沈局长说：“你们要考虑加强社区班子建设，这个小区太复杂了，物业管理也很薄弱。”

李朝明说：“我们要考虑社区班子，江主任，你重点局的工作安排好了就到我们这里来啊。”

江志远说：“最近还不行，等一段时间交接办好了，我就来。李书记你放心，虽然我现在人没来，心早就在这里了。我在区民政局、卫生计生委等部门对接社区的工作，没有闲着。”

李朝明说：“好，我们要得到区直部门的关心支持，争取给我们倾斜政策。”

郑彦鸿安排社区其他四位社工带着家里进水不能住的居民到宾馆，他本人和物业人员去了火灾现场。常磊指挥着物业保安人员清理楼道里面的杂物，每层的积水还在滴滴答答往下面流。电在发生火灾的时候已经被切断，整栋楼黑咕隆咚的。物业晚上要安排保安巡逻值班，防止发生盗窃行为。

郑彦鸿又从现场赶到宾馆，四位同事正陪同、安慰这些受灾的人员。这些人情绪很不稳定，一直担心家里的财物是否安全，不知道家里损失会有多大。

大家都在抱怨：这个地方的物业怎么这么不靠谱，竟然出现这种恶劣的事件。

有一个上初中的小女孩，她的作业放在客厅里，听到有人喊失火，家里人拽着她就跑了出去，她说家里阳台窗户没关，救火的时候，水已经把家里淋湿了，她哭着说作业完不成明天老师会责罚她。负责这一组的是程丽君。程丽君哄着她，后来联系到了她的老师，程丽君打车带着小女孩去了老师家，重新拿了卷子复印后给小女孩晚上做。

隔壁的一位中年人，可能晚上喝了点酒的缘故，一直惦记着家里的财物，怕被盗。吕思聪一再解释，今晚只要自己家的门锁好了，物业晚上派保安值守，无论什么财物都不会丢掉的。耐心的解释，换来的还是他不依不饶的大发雷霆。不知道是喝酒的缘故还是真的担心家里财物被盗，他闹腾了半夜。根据查找的居民信息，这位闹腾的居民住轩衡园8号楼三单元102室，叫胡文革。

郑彦鸿是一个房间一个房间地跑，安慰、劝解。但胡文革情绪还是比较烦躁，说了很多难听的话，骂物业公司、骂居委会、骂政府，小区哪有这么管理的，这哪是失火，简直就是放火！

也有居民是通情达理的，说居委会正在安顿他们，毕竟是事故，谁都不愿意发生这类事件，没有人想要这种结果，特别是社区工作人员，都这个点了，还在忙前忙后，嘘寒问暖，解决后顾之忧，并劝说那位喝酒的中年人："人家社区工作人员还在为着我们跑前跑后，我们不该无理取闹。"闹腾的大叔，经过劝解，渐渐地安静下来。

物业公司的经理常磊一直在火灾现场，和保安人员清理火灾现场的杂物和烧毁物品的残骸。

其实，这天是星期五，程丽君的老公按照惯例，今天下午已经到家。早上程丽君买了老公方家辉喜欢吃的菜，小两口准备在家做一顿像样的晚饭，没想到突然出了这样的事。程丽君在火灾现场就打电话给方家辉，说这边小区失火一时走不掉，叫他自己解决晚饭，她迟一点回家。方家辉只好自己吃了快餐，给程丽君带回了一份。

晚上到家，方家辉发现程丽君走路一瘸一拐的，忙问怎么了？

"不小心摔的呗。"程丽君说。老公让她赶紧坐着休息，把带回来的外卖在微波炉加热，端给了程丽君。

"哎，今天真怕人，那个火烧的，吓死我了。"程丽君说。

"怎么烧的？人没事吧？"方家辉问。

“人倒是有惊无险，一位老人被烟呛着倒在地上，火灭了以后被抬出来时，脸上漆黑，我以为他不行了，还好，救活了。可能是电瓶车充电时间过长，电线发热造成的。架空层里的车子烧没了，楼道里熏得漆黑。要是发现迟了，今天真的会出大事。”

“这是物业管理的事情，跟你们也没关系啊。”

“居委会哪能不管呢，遇到困难，居民到时候还不是找居委会找政府。”

方家辉有些心疼：“亲爱的，我们还是在省城那边安家吧。你这样累工资待遇也不高，何苦呢?”方家辉说。

“是哦，”程丽君说：“钱挣得不多，成天还提心吊胆的。真的担惊受怕，我也不想再这样了。”

“那我们房子就在省城买，到时候你再去那边找工作，像你本科毕业的，随便找一份工作也比现在强啊。这段时间，你总是很迟才回家，太辛苦了。”他亲昵地在妻子脸上抚摸着。

时钟指向凌晨1点。郑彦鸿和常磊看着宾馆里的每一户都睡着了才离开了宾馆。

郑彦鸿拖着沉重的腿回到家，洗漱后上了床。老婆吴小慧早就已经知道南湖新苑小区发生火灾，所以下班了郑彦鸿没回家她连电话都没打，因为她知道他肯定在忙。郑彦鸿此刻躺在床上，吴小慧这才问起火灾事情处理得怎样了。

郑彦鸿说：“好在没有人员伤亡，但这件事很严重。”

吴小慧说：“你看你，起早贪黑地干，还出了这档子事，还不如回柳叶村干你原先的工作。”

郑彦鸿看看妻子，没有出声。

已经是下半夜了，郑彦鸿躺在床上怎么也睡不着。他回顾短短的十几天的工作经历，平心而论，他也算是尽心尽力的。他总是很早就到社区，晚上还要带着同事加班采集居民信息。没有白天黑夜，没有休息过一天，他把整个精力都放在工作上，在想、在谋、在干，怎么还会出现那么多问题呢？他一直在做，但感觉越做事情越多，越做危险越多，究竟还有多少艰难困苦在等着他，还有多少危险在等着他？他想着想着，出了一身的汗：好在火灾没有出现人员伤亡，要是烧死了人，他将如何担得起这份责任！本来他还是满腔热情的，认为只要自己努力，把居民的事情一件一件办好，小区居民就会安居乐业。他相信自己有这个能力。可是，他的能力也太渺小了，防不胜防的事情，突如其来的变故，把他的积极性挫伤得所剩无几。他心里隐隐地疼痛，他感到筋疲力尽，甚至感到了委屈。吴小慧说得对，与其这样，不如放弃，做自己力所能及的事情。

第二天一早，一夜未眠的郑彦鸿接到街道周洪涛副书记的电话，叫他早上7点半到火灾现场。

放下电话，郑彦鸿打电话给物业公司的常磊，叫他早点去火灾现场。

他刚走近火灾现场，远远地就看见了轩衡园8号楼三单元边上围了好多人。居民围聚在一起谈论着火灾情况。他上前安抚居民，叫大家不要乱，政府会妥善处理的，等会儿区、街道安监部门有人过来，着手检测房屋过火后的质量，制定整改方案和维修的范围，尽快恢复大家正常的生活。

他走进楼道，一股浓烈的烟熏味迎面扑来。烟火过后，墙面留下了黑黢黢的痕迹，门窗都变了形。下了楼道，就是架空层的车库，里面堆放着自行车、电瓶车、摩托车烧毁后的残骸，泡在水里，一片狼藉。昨天晚上救火的水，还在顺着楼梯往下淌。周围围了很多人，住在四、五、六楼的居民和从宾馆回来的居民围在一起吵吵着。还有那么多电瓶车、摩托车、自行车的车主，全部聚集在小区内，见郑彦鸿过来，大家一起围了上去：

“这个房子还能住吗？烧成这样，外墙和立柱会不会有危险？”

“我们家少了那么多东西，怎么办？”

“我的车子怎么办？我怎么去上班？”

……

郑彦鸿耐心地解释："昨天发生的突发事件给大家带来了很多不便，尤其是家里被烟熏水浇的，还有车库里车子损毁的，上午社区和物业公司将进行登记，登记后将上墙公布，然后进行赔偿工作，请大家配合。至于墙体，我们要请专家来做鉴定，安全问题肯定会有保障。"

这时，周洪涛带着消防大队，区、街道安监部门的工作人员赶了过来，进行现场勘查。

物业公司分两组进行损坏物品的登记，一组在车库登记电瓶车、自行车和燃油车，一组登记整栋楼居民家的家庭用品毁损情况。

物业人员清理出来被烧毁的车子，然后让居民对每一辆车进行辨认，并逐个进行登记。房子的损毁主要是一楼到三楼，特别是一楼的住户，靠近着火点，救火时水全部进入居民家里，客厅的电视机、空调和日用品全部被浸湿，烟熏过后，墙面也面目全非。

根据区、街道相关部门的工作安排，近期物业公司邀请市质量技术监督部门对火灾房屋进行检测，尽早给居民一个答案。

十

接下来就是火灾后续的安抚、赔偿工作。房屋的鉴定、维修，是摆在第一位的。如果确认房屋没问题，就是谈赔偿的事情，包括架空层被烧毁的车子，进水房子的家装、家电。

在查不到具体责任的时候，物业公司就要负全部责任，这也是物业公司疏于管理造成的，物业公司表示将全力以赴解决问题。这中间，社区需要和居民沟通好、交流好，做好居民的安抚工作。

市技术监督局的鉴定结果很快下来了，房屋没有安全问题，鉴定报告张贴在轩衡园8号楼醒目的位置，告知大家，这栋楼主体没有问题，质量有保证。

街道党工委召开专门会议，把机关干部全部安排下来，分成若干小组，和社区、物业工作人员一道，到受灾家庭逐户逐户地谈，谈好一户就落实维修和赔偿，争取在短时间内全部谈下来，把问题解决好。

第三单元的一楼、二楼、三楼的损失最大。着火点就在这个单元的架空层。其中四户装潢很好的，现在家里已面目全非。三个单元里，受灾最小的是最东边的一个单元，只是外墙受了烟熏，里面还是完好的。

三单元的101室是第一个上门谈的，客厅和房间的两台电视被损坏，直接按原来的尺寸、品牌购买，地板重新铺设，墙面刷新，并赔偿2000元作为其他物品的损失。

维修期间物业公司承担宾馆住宿费、维修费、家电损坏赔偿费，达成一致的立刻签订协议。102室和101室损失差不多，物品重新购置，地板重新铺设，墙面刷新，这些都没问题，但是102的房主胡文革要求墙面刷新、地板铺设后，还要在外住两个月，原因是重新装修后的房间有苯和甲醛，对人身体有害，不宜马上入住。至于损失赔偿，他提出十万元，包括精神损失，不答应条件，其他免谈，也拒绝维修。

街道党工委书记李朝明来到社区，郑彦鸿向李书记汇报当前的工作。目前最要紧的是受灾家庭的安抚和赔偿工作，现在基本上都签好了协议，唯独还有一户，他提出的要求有点苛刻，下一步还要耐心地做工作。同时社区正在筹备成立社区党委，按照园区，分成5个党支部，将退休老党员请出来担任党支部书记；社区治理也按照党支部的划分，分成5个网格，一名社区工作者负责网格内的所有事务。

李朝明书记认真地听着，频频点头，说："火灾事件尽快处置好，物业公司要有主体责任意识，把矛盾处理好。"

郑彦鸿说："是的。"

李书记说："彦鸿啊，你平时要加强对物业公司的督促。要抓物业管理，物业管理搞不好，社区很多工作都是白忙活。沈局长从社区管理要求出发，将区重点建设局的江志远调到社区，和你搭班子工作，我们初步的意见是你当书记，江志远当主任。你要好好地带动他。江志远过去在重点建设局呆过，和建设方都熟悉，手里有很多资源，今后小区房屋维修，他可以直接联系。”

郑彦鸿说：“我们社区还真的需要这方面的资源，有时候按照程序，事情还不好办。要是江志远直接和他们联系，就会更快一些，江志远哪天能到岗？”

李书记说：“快了吧，现在人脉关系也很重要。目前压倒一切的任务就是妥善处理好灾后维修、善后问题，至于社区管理，既要把党支部作用发挥起来，也要把社区工作者的责任压实了，锻炼社工队伍。经过近一个月的工作，你感觉现在的难点在哪里？”

郑彦鸿说：“最主要的是突发事件无法预料，比如这次发生的火灾。小区太大，隐患较多，同时也反映了我们物业管理的滞后。乱占架空层、楼道乱堆乱放等，物业公司清理了一部分，时间长了又会反复，这反映了物业管理能力跟不上。我们要培育力量，一方面是要监督，另一方面是要帮助，使小区管理更加完善。”

李朝明书记说：“我赞成你的观点，物业公司做不好我们要帮助它，不能一味地埋怨，造成对立的情绪，更不能动不动就更换物业公司。最近这几天，区委钟书记要来调研，我们要实事求是地反映问题，这样问题才能得以解决。你好好思考一下，搞一份汇报材料，明天，最迟后天写好，给我看一下。”

第二天，郑彦鸿按照街道党工委书记李朝明的要求，派吕思聪把写好的书面汇报材料送到街道。李书记认真看了材料以后，谈了自己的看法，建议从三个方面来写：一是小区的基本情况，二是近一个月以来的工作，三是存在的问题和工作思路。郑彦鸿按照李书记的建议，花了一个晚上把材料进行完善。

区委南湖新苑小区专题调研会议于3月28日召开，会议由区委副书记主持。根据会议安排，郑彦鸿对南湖新苑小区近一个月以来的工作、存在的问题以及需要区政府解决的问题做了汇报。

郑彦鸿汇报说，南湖新苑小区现已入住3000户，近10000人。全部入住后将达到4200户，13000人。小区居民来自旧城改造拆迁安置户、企业拆迁安置户和失地农民。小区里困难人群如残疾人、低保户多。由于安置的人群来自不同区域，生活习惯、文化背景不同，还有一些矛盾需要磨合。目前存在房屋维修不及时、物业管理薄弱等问题，需要区相关职能部门给予支持，制定对物业公司的考核办法。物业公司也要定期进行安全隐患排查，对居民反映的问题及时作为，居民房屋报修，及时联系，形成一个良性运转的机制。区住建委对小区内乱搭建的违章建筑进行整改，区市容部门协助小区和物业公司进行联动。社区的工作思路是：社区党委落实党建主体责任，建立党组织，强化二级党支部，依靠党组织，发挥党员骨干尤其是退休老党员的作用，动员他们出来配合社区做好治理工作。

区直到会部门根据会议安排做了表态发言。

区市容部门表示组织联合执法，整治乱搭建和占道经营行为，到时请物业公司配合执法；区住建委根据相应的物业管理办法，明确物业公司的工作职责，强化物业管理，尽快制定对物业公司的考核办法；区民政局表示会关注低保户、残疾人、重病家庭，针对这块人群的特殊性，加强弱势群体的救助力度。

街道党工委书记李朝明从街道的职责出发，表示要强化社区治理能力，做好服务，做好群众工作，配合相关部门做好轩衡园8号楼受灾居民的安抚、赔偿工作，把矛盾及时化解，今后要举一反三，重视小区里的消防安全工作，做到重点区域重点防范，强化社区党组织建设，把工作做细做扎实。

最后区委钟书记讲话。钟书记说：

“听了社区同志的汇报，感觉社区做了很多工作。短短的一个月时间，社区同志就从基础做起，从居民信息采集做起，还介入了一些矛盾的调解，发掘了社区治理力量。跟我们原来想象的不一样，这个安置小区太复杂了，矛盾太多了。小区治理不仅仅是社区的事情，还需要我们区职能部门的支持。我在很多社区调研都听到过这样的声音：市容只管马路，不进入小区，小区内部不是他们管辖的范围。我就奇怪了，市容怎么就不能进小区？架空层乱堆放一直是一个顽症，这时我们就要有清醒的认识，在清理架空层的时候，我们宁愿听到居民的骂声，也不愿听到居民的哭声。这次火灾是白天，要是晚上，不会有这么安稳吧，如果出现人员伤亡事件，我们如何向群众交代？我们建这么好的安置小区，为的是居民能安居乐业，如果安全得不到保障，还是安置小区吗？我们讲民生，讲惠民，如果没有安全，何来民生和惠民？安全是最大的民生。物业公司要好好整顿，要对照物业管理办法，要切实担起管理、服务的主体责任。车库里电线乱拉，电瓶车充爆了也没人管，听之任之不作为，我看这跟放火没什么区别。这次火灾是人祸，是管理之祸，意识淡薄之祸。我有时候一个人到小区里看看，物业的门卫像是摆设，进出没有人问，有时甚至看不到保安。这样的管理我们能放心吗？不能因为是安置小区，物业服务就打折。我经常听说，安置小区嘛，听这话的意思就是感觉安置小区的物业管理应该差一点。这是一个误区。请重点建设局在招聘前期物业过程中也要设定一个门槛，不能物业进来以后就不再过问了，还可以搞一个考核方案，做得好奖励，做不好惩罚，甚至出局。

“这个小区是我们区最大的安置小区。随着我们区城市化进程步伐的加快，后面还要建一部分安置小区。城市管理、社区治理是摆在我们面前新的课题。区里也成立了社区工作领导小组，牵头社区建设，由民政、建委、市容等相关部门参与，大家齐抓共管，共同探索一条适合我区社区建设的新路子，更好地服务居民。

“我们要进一步贯彻落实党的十八大精神，强化党建主体责任，建立学习型、服务型、创新型党组织。各级党组织要把抓党建工作作为最大的工程，落到实处。要把抓党建和抓社区治理相结合，实行从严治党。要把抓党建工作和抓群众反映强烈的问题相结合，抓问题导向，抓整改落实。”

社区调研会之后，区委钟书记握住郑彦鸿的手：“郑书记，你工作很辛苦啊，但还要做细，要把一万多人服务好，虽然不易，但我们不能退缩。”

郑彦鸿说：“工作没做好，给区委、区政府添了负担，针对这次火灾，我们会强化物业管理，以排查安全为切入点，带动其他各项工作。”

钟书记说：“好，好。有困难可以直接找我。”

郑彦鸿说：“谢谢钟书记。”

会后的下午，周洪涛书记带着郑彦鸿到居之安物业公司总部，公司鲁副总接待了他们。

周书记说：“今天上午区委钟书记在南湖新苑小区召开了社区建设现场会，对这次火灾事件很重视。现在区领导要求我们要及时处理善后事宜。处理好了，事情小了，影响就小，否则搞得纷纷扬扬的，还得要处理。街道李书记叫我来特地转告你，要快速地把所有问题解决掉。”

“我听常磊回来告诉我，谈了几家，其中102室的户主提出的要求比较苛刻，常磊也向郑书记汇报过。我们还是请社区陪同继续上门谈。他家的赔偿多了，对别人家也有影响，只能按照一个标准。”鲁副总表态：“你放心，赔偿的事情不成问题，只要谈下来赔偿方案我们就签协议，紧接着安排维修、兑付资金。施工队我们已经安排好了。关于房屋质量的检测，市技术监督局的鉴定结果已经出来了，我们已经张贴在轩衡园8号楼的附近。”

周书记说：“那就好。”

十一

中午时分，吃过饭的高明生背着手站在小区广场的施工现场观看施工情况。按照小区的规划设计，南湖新苑小区大门口有一个休闲广场。现在广场正在施工，只是从两边各留出了一条人行通道，里面用围栏围起来。

这时，一位中年妇女走近高明生问："这里建的是什么啊？"

高明生指着墙上广告牌中小区建设示意图说："小区的中心广场。"

中年妇女说："我就是来确认一下是不是广场。这下可好了，我们终于有了自己的广场。什么时候才能建好使用呢？"

高明生说："什么时候完工还不知道。你去社区问问，他们的办公室就在里面的一栋居民楼内。"

中年妇女说："不好意思，我经常看到你在施工现场，以为你就是小区建设单位的人呢。我很喜欢跳广场舞，我想问问建好了，我们能不能就在这边跳。"

高明生笑了笑，说："我是一个退休老同志，没事喜欢在小区里转悠。这个广场规划设计得很好，和马路相连，与小区隔开，在小区的外面，这样跳广场舞就不会扰民了。"

中年妇女说："你还很内行。"

高明生说："过去我在单位分管过基建。"

这位中年妇女叫陈书琴，是一位小学退休教师，广场舞的爱好者。过去她手里有一支队伍，队员有100多人，拆迁以后，一道跳广场舞的舞伴们都分散了，广场舞的队伍也就散了。搬进南湖新苑小区以后，她在附近找了几个场地，但都不是很方便。她想南湖新苑小区建成后，应该也有广场吧。果不其然，这里正在施工的还真是休闲广场。

陈书琴来到社区居委会办公室，程丽君接待了她。陈书琴介绍自己一直热爱文艺活动，过去拆迁前，还是广场舞的老师，教大家跳舞。现在住进新小区后，她想把队伍重新建起来。

程丽君喊来郑彦鸿，陈书琴把自己的想法告诉了郑彦鸿。郑彦鸿心想：陈书琴如果能把社区里的文艺爱好者聚集起来，丰富居民的文化生活，跳跳广场舞，一来锻炼了身体，二来也是广场的一道风景。

陈书琴说："拆迁之前，我们跳舞也是和社区联系的。社区给我们提供场地，协调一些矛盾，我们也代表社区出去参加文艺演出，展示我们社区的风采。那时，我们出去比赛，每一次都会拿到奖，为社区赢得了许多荣誉呢。"

郑彦鸿频频点头说好，并表示一定会支持他们把舞蹈队建立起来。"到时候争取帮助你把队伍做强做大。"

说话这会儿，郑彦鸿接到了杨荣轩的电话。

老人在电话里颤巍巍地说，自己在家里不小心跌倒了，不能动弹。郑彦鸿喊上程丽君，和陈书琴告别，往小区里急速走去。

到了老人家门口，门是关着的，隔着大门，能听到老人微弱的呻吟声。郑彦鸿打电话，老人接听了，说他躺在地上，动弹不得，更是站不起来，门也开不了。郑彦鸿打电话到物业公司，叫物业公司找一家开锁公司来开门。

折腾了半个小时，这才打开门，老人蜷缩在地上，见到郑彦鸿，十分感慨："要不是你们，我今天怕是会死在家里了。"

"你别动，记着以后还是要随身带电话，有事就打我们电话，你看这有多危险啊。"郑彦鸿说。

老人的腿卡在了柜子和墙之间的缝隙里，倒地以后半天腿都拿不出来，急得他满头大汗，忽然想起社区郑书记的电话号码存在自己的手机里，没想到关键时候，这电话还真派上了用场。

郑彦鸿想把老人扶起来，试了两次都失败了，看来腿摔得不轻，腿依然卡在缝隙里。程丽君立刻到外面喊人来帮忙。恰巧，汤建国听到动静跑出来了，赶紧上来帮忙，把老人托起来放到郑彦鸿的背上。

程丽君知道住院要带医保卡，问老人医保卡放在哪里。在老人的指点下，汤建国在老人房间的衣柜里找出居民医保卡。郑彦鸿叫程丽君先去办公室，大家凑个2000块钱送到小区门口，他们在小区门口会合。

郑彦鸿背着杨荣轩走出小区，在小区门口拿到程丽君送过来的钱，汤建国在路边拦了一辆出租车，两个人把老人送到市立人民医院。

拍片诊断，老人小腿骨折了。医生立刻安排了手术。手术结束，把杨荣轩安顿到病房后，郑彦鸿问："杨老伯，你的女儿住在哪？电话是多少？叫她来看看你？"

"30多年没见过了。只知道她以前住在水岸花园，电话不知道。"

"知道是水岸花园多少栋多少号吗？我们给你找找。"

老人摇摇头，"只是听人说过，现在住不住那里还不知道。"

"叫什么名字？多大年龄？"郑彦鸿想起了水岸花园社区的书记姓余，要是找到余书记帮忙，杨荣轩的女儿说不定能找到。

"我女儿叫杨晓梅，今年61岁。"老人说。

汤建国对郑彦鸿说："这里有我，不行我晚上就在医院里陪他。郑书记，你放心去找他女儿吧，看来这腿骨折了一时半会儿好不起来，身边没个子女照顾不行。"

郑彦鸿告别了他们俩，走出了市立人民医院的住院部。

他看了看手表，还没到下班时间，打了出租车到水岸花园社区。

郑彦鸿去了水岸花园社区，和余书记说明了来意，叫她帮着找一位叫"杨晓梅"的人。余书记在电脑的户况系统里搜索到了这个人，找到了这个人的电话。

余书记打电话过去，问她在不在家。

电话那头叫杨晓梅的女人说："我不在家，在市中心的玫瑰园小区，帮女儿带宝宝。"

郑彦鸿接过电话说："你好，我是南湖新苑小区的社区负责人，我姓郑，你的父亲腿跌断了，你是不是到医院看看？"

电话那头说："我父亲？你没有打错电话吧？"

“你叫杨晓梅吗?”

“是啊。”

郑彦鸿说:“你父亲叫杨荣轩吗?”

“哦。”电话那头停了一会儿,“我现在在女儿家带外孙子,我没时间过去啊。”她挂断了电话。

郑彦鸿碰了个软钉子,心里沉了下来。

下午,汤建国坐在杨荣轩病床前,俨然父子俩一样。当晚,汤建国留在医院陪着杨荣轩。

汤建国问:“杨大爷,晚上你想吃什么?”

杨荣轩说:“想吃点馄饨。”

汤建国走出医院,在口福汤包面点馆里,自己先吃了一点东西,给杨荣轩买了两份馄饨。汤建国叫杨荣轩躺着不要动,自己喂给他吃。医生和同房间的病友,谁都认为这是父子俩。吃完后,汤建国为老人洗了脸,擦了脚,便坐在床边看着打吊针。

杨荣轩知道郑书记去找他女儿了,但女儿什么态度,他心里没底。

其实,杨荣轩这大半生以来,自己也觉得对女儿很愧疚。这么多年,女儿也没主动过来看望他,他不怪女儿无情,是他对女儿亏欠得太多了。爱和恨不是一朝一夕形成的,是通过很多年的很多事情积淀下来的。

慢慢地,他又想起曾经的过往。

被打成“现行反革命”,和他年轻时做事鲁莽,考虑问题欠周全有关。在十几岁的时候,他穿梭在国民党、共产党和日本人之间。共产党这边他有朋友,国民党那里他也有朋友,但他和日本人真的没有什么瓜葛。他在国民党那里究竟做没做过损害共产党的事情,没有人能够站出来给他证明,只知道他那时左右逢源,到处吃得开。

50年代刚解放那会儿,他在军管会时,身边的人举报他历史不清白,只有他自己心里知道,他确实是不清白,在众人面前,他装作百口莫辩,好像受到了多大的冤屈。

抛开过去不清不楚的历史不说，在对待女儿的态度上，他自感愧疚。1979年刚刚摘了帽子，妻子病故，很快他又娶了第二任妻子，便把心思全放在自己和新婚的妻子身上，全然不顾自己的女儿。现在老了，躺在病床上，他终于感到孤苦伶仃了。

第二天一早，郑彦鸿又打电话给杨荣轩的女儿杨晓梅，想去她住的地方和她当面谈谈，杨晓梅最后还是不情愿地答应了郑彦鸿的造访。

郑彦鸿和程丽君两人找到了杨晓梅的住处，市中心一所高档小区——玫瑰园小区。

杨晓梅数落着父亲的种种不是。从她记事以来，父亲就没有关心过她们母女俩。她从小跟着父亲从上海跑到菱湖，因为家庭出身不好，她在外受尽了欺负。杨晓梅都五六岁了，还和母亲在菜市场捡烂菜叶。1979年父亲摘掉“现行反革命”帽子之后，更加显示出自私的一面。那时母亲已经病重了，她在外上班，她从很小就开始挣钱给母亲治病。母亲到底还是离开了人世，她更加孤独了，她记得母亲去世时她27岁。

母亲去世后，她和父亲大吵了一架，父亲斩钉截铁地说：

“把你养大了，能够生活了，也算对得起你。今后我老了也不要你管!”

就是这句话，深深埋在了她的心里。

27岁对于女孩子来说已经是大龄了。一年后，她自己找了男人把自己嫁了出去。

结婚后的第一个春节，他们小夫妻买了礼品回了一趟没有娘的娘家。父亲没有多少知冷知热的话，这之后他们便断了一切联系和来往。

郑彦鸿安慰道：“你父亲肯定是有问题的，年轻时没顾及家庭，对你的成长也没尽心尽责。但他毕竟是你的父亲，从血缘关系来说，你的身体里流淌着他的血液。他现在老了，无能为力了，你要去帮帮他，也是给自己的子女做表率。”

杨晓梅没出声，眼睛湿润了。

郑彦鸿说：“我们总不能生活在仇恨的世界里吧。如果你现在铁了心不管，哪天老人真不在了，你想去尽孝，也没有这个机会了。老话说得好，‘树欲静而风不止，子欲养而亲不待’。”

杨晓梅转身麻利地收拾着家务，程丽君说：“昨天老人摔倒后就打我们书记电话，后来我们书记把他背上了出租车，感觉老人脸上一脸的茫然，很可怜。人在老的时候，生病无助的时候都会想到自己的亲人。”

郑彦鸿拿出本子，撕下一张纸，写了一行字放在桌上，说：“这是你爸爸住院的地址，你抽个时间去看看吧，我们回去了。”

杨晓梅心理上似乎有点松动，送郑彦鸿他们出门，一再感谢郑书记对老父亲的关怀。

中午的时候，郑彦鸿接到汤建国的电话。汤建国说，杨荣轩的女儿中午去送了汤，喂老人喝汤，给老人擦洗了身体，还把老人换下来的衣服带回家洗。

汤建国说，老人的女儿在为老人做这一切时，父女俩交流很少，但看得出老人从心里发出的高兴，也露出胆怯。女儿得知汤建国还只是不太熟悉的邻居，昨晚守了老人一夜，还给老人弄吃的，很是感激，并说晚上叫自己的女儿、女婿轮流照顾，让汤建国回家休息。

郑彦鸿说：“你一夜没回家，太辛苦了，回家休息吧。”

十二

根据南湖新苑小区人口多、困难人群多的特点，为了加强社区领导力量，街道党工委会议决定：周洪涛兼任社区党委第一书记，郑彦鸿任党委书记，江志远任党委副书记、社工办主任，程丽君任党委副书记、社工办副主任，王翠霞、高明生、汤建国任党委委员，近期准备再招聘两名社区工作者，充实社区的力量。

周洪涛带着江志远到社区，主持召开了社区第一次党委会。会议宣布了街道党工委会议精神，商量社区的一些工作：居民信息的采集、整理、利用；居民反映问题的梳理、上报；党委的组织建设，按照组织框架，5个园区成立5个党支部。

郑彦鸿在会上提议将园区党支部设在架空层。他说平常在走访时看到架空层就想到，如果把架空层作为社区的一个服务窗口，说不定还真的能起到作用。架空层作为党支部办公地点，是党支部的一块阵地，可以延伸社区服务，方便居民办事，大家都认为这是一个好办法。党支部组织建好了，党员的力量就能发挥起来。

周洪涛听完郑彦鸿的提议，认为可以尝试一下。王翠霞等退休同志也表示，楼栋党支部建立起来以后，他们可以在里面坐班，把老党员发动起来。

周洪涛转身对江志远说："江书记第一次到社区来，给我们社区工作者说说啊。"

江志远说："首先请大家在今后的工作中要多帮助我。第一次来，感到大家工作都很辛苦。我一直是在政府重点建设局工作，对基层工作不是很熟悉，安置小区的建设我清楚，但管理还是外行。但我觉得我们要把很多问题理一理，理出思路来，工作要分清楚轻重缓急，重要的事情要立刻办，不着急的事情要缓着办。特别是领导交办的事情、领导督办的事情就是重，就是急。"

郑彦鸿心想：江志远不愧是跟着领导做事，站的高度就是不一样。

江志远接着说："我们不能让老百姓牵着鼻子走，老百姓的想法千奇百怪，有一些想法可能是无理取闹，要想满足每一个人的需求那是做不到的，这就要求我们在工作中，以大局、全局为重，注重宏观上的问题、大多数人的问题。"

江志远最后说，他还要在重点建设局呆一段时间，处理一些事情，社区有事请郑书记打电话，他没事也会来社区。

周洪涛说："江书记在区重点建设局还有工作，也请你多辛苦一下，多关注关注社区的事务。”

江志远说：“当然，我会的。”

会议结束，江志远说重点建设局有事便走了。

人们散开后，郑彦鸿对周洪涛说：“江志远的说法我不敢苟同，我会后要和大家交流，希望大家还是要把基础工作做好，把群众的诉求记好。”

周洪涛说：“这位江主任的到来对你来说真的不知道是好事还是坏事，你说得对，基础工作要做扎实，不要走捷径。沈局长的原意是让他担任社区党委书记，李书记还是坚持由你担任书记，江志远到社区工作的兴趣就不大了。”

郑彦鸿说：“我倒是随便啊，毕竟书记担负的责任大一些。”

周洪涛说：“要有个好的心态，把心思放在工作上。”

会后，郑彦鸿立刻和常磊联系，在5个园区腾出了5间架空层车库，着手准备简单装修。

火灾后，轩衡园8号楼维修谈判到了一个瓶颈：受灾的21户中，有20户已经谈妥，只有一户，轩衡园8号楼三单元102室的胡文革始终没有搞定。他开出的条件还是那样：恢复家里的装修，赔偿损坏物品，还要另加10万元的精神赔偿。周洪涛叫郑彦鸿了解一下胡文革的具体情况，好有针对性地做工作。

郑彦鸿查找出胡文革的户籍信息，原来他是由华龙社区拆迁安置过来的，便打电话向华龙社区的欧阳书记了解他的情况。1966年出生的胡文革，前几年和妻子离婚，现在和儿子胡锐一起生活。5年前妻子出轨，当时儿子上初三，胡文革不顾妻子和儿子的苦苦哀求，硬是和妻子离了婚。离婚后，本来学习优秀的儿子成绩一落千丈，只考了一个普通高中，高中毕业后上了一个两年制的专科学校，毕业出来，找工作成了个难题。胡锐现在在外打工，也是经常换工作，折腾个不停。生活的变故，把胡文革从一个干净利落、神采飞扬的男子汉变成脾气古怪、性格暴躁、爱钻牛角尖的人。他从不提自己的前妻，也不愿意别人提起，没事喝酒成了他的爱好。

周洪涛和郑彦鸿商量，采取两套方案，一是社区和物业上门，周洪涛表示他自己和郑彦鸿、常磊一起上门，走近胡文革，通过拉家常，看看能不能走进胡文革的内心，把工作做通；二是真正做不通，通过华龙社区的欧阳书记，寻找与他有关系的人，像他这样性情直爽的人，应该也有几个朋友的，通过朋友解开他的心结。

郑彦鸿对周洪涛说："还是我和常磊去，你要去，也是最后出场，假如有什么事情，你也好再出面，要是你一开始顶到位，最后连一个转弯的人都没有。"

周洪涛说："也行。你们请他吃个饭，这样距离能拉得近一些。有时候，在饭桌上说话要方便一些，随意一些，好说一些。"

当天下班时间，郑彦鸿喊来程丽君，叫她晚上一道参加和胡文革的饭局，并打电话喊常磊到社区办公室。

郑彦鸿说："晚上由他自己主谈，先不直接谈赔偿的事，探探他的想法。从胡文革自己的话题开始，先拉近距离。今天先介入，能深入多少是多少，谈不成没关系，不能把关系搞僵。"

在办公室，常磊先打电话给胡文革。常磊问胡文革：晚上什么时间能回来，郑书记想跟他坐一坐。

电话那头，胡文革听说是物业常经理，就说："我不是跟你说过了吗？你们要尽快啊，不行我就去市政府找大领导。"说完就挂了电话。

郑彦鸿用自己的手机拨通了胡文革的电话，说：

"胡师傅你好，我是南湖新苑社区党委书记，叫郑彦鸿，我想跟你见个面，你看晚上有没有空。要是有空的话，我们在一起交流交流。你看行吗？"

"郑书记啊，我知道。"电话那头语气缓和了一些："劳您大驾。那——等会儿我下班就过去，到你办公室找你吗？"

"就在社区边的农家小院吧，我们在里面等你。晚上希望你能赏光，我来请你吃饭。"郑彦鸿说。

半小时后，胡文革匆匆赶到，郑彦鸿为胡文革倒了一杯水，招呼他坐下，说："儿子下班喊他一道过来吃吧，火灾搞得你们有家不能回啊。"

常磊说："这次事故给你带来麻烦，我们物业深表歉意。"

胡文革没有理会常磊，回答郑彦鸿的话："不用管他。"胡文革说起儿子，轻叹了一口气，"他晚上上夜班，现在上班去了。"

郑彦鸿问："你儿子在哪上班？"

"高新开发区，路远，不想上了，一年要换几个单位。没上好的大学，只能像我一样干个操作工。"

"也是大学毕业吧？什么专业？"郑彦鸿顺着他的话问。

"大专。"胡文革说，"计算机，这个哪叫专业？就是基础课。不像他们，正规的大学生。"他顺手指了指程丽君。

"他们是通过考试招聘的。起点是大专，要是你儿子有兴趣，可以到人社局报名，程丽君可以指导。她是刚考过的，绝对有指导性。"

"不知道他能不能考上。他天赋还是有的，只是我们当父母的耽误了他。"胡文革说。

程丽君小心翼翼地插话："我们只考计算机和面试。计算机考试内容就是文档处理，Excel制表和打字速度，你儿子是计算机专业的，应该没问题。面试的话，我们当时准备了一些资料，要是有兴趣，我可以全力以赴地支持他。"

"你今天说的这个事情还真是个大事，明天我来问一下我儿子，考考看，在家门口上班也好。"胡文革脸上露出很难得的笑容。

说话间，菜已上来了。程丽君不喝酒，常磊倒了三杯酒。

郑彦鸿举起杯，站起来说："胡师傅，给你带来生活的不便，我深表歉意，敬你一杯。"

胡文革站起来，还没等郑彦鸿说完，"咕咚咕咚"几口就把一杯酒干了。

郑彦鸿举起杯子的手僵硬地停在半空中，"胡师傅，喝酒哪能这样喝啊。再说，我酒量很小的，不能这样喝。”

胡文革喝完坐下来，“你是领导，随便你啊，你喝干也行，喝一口也行，不喝也行。”说完他伸手拿筷子夹菜。

这不要命吗？郑彦鸿心里着急。程丽君心里叫苦，这不是杠上了吗？常磊看到局面尴尬，打着圆场：“郑书记没酒量，多做几口喝，肯定是干杯，胡师傅你先吃菜。”

一刹那，郑彦鸿脑子一片空白，他没有选择，一口气把这杯酒喝下去了。

程丽君赶紧为郑彦鸿盛汤。

常磊站起来，端起酒杯准备和胡文革喝酒。胡文革摆摆手，“稍等，等我吃点菜。刚才郑书记敬我酒，我很激动，我一口就喝了。这杯酒我来敬书记。我一口喝，书记做两口。我们说好，书记做一口，我就不喝，怎样？”

程丽君赶忙打断：“我们书记不能喝酒，更不能这样喝，还是慢慢地喝吧，你们吃点菜啊，别菜没动就喝醉了。”

郑彦鸿向程丽君摆摆手，对胡文革说：“喝行，你一口喝，我就一口喝，你两口喝，我就两口喝。”

“痛快！”胡文革说，一口喝了一半。其实大家都很着急，怕胡文革一口干掉。胡文革像想起什么重要的事情一样，拿起手机，问郑彦鸿：“我能记一下书记的手机号码吗？”

郑彦鸿说：“当然可以了。”

胡文革用手机打通郑彦鸿的电话，存好了，揣起手机：“来来，继续喝酒。”

对于郑彦鸿来说，一口两口已经不重要了，只要喝下去这两大杯，他肯定会醉。他现在头脑在想：喝下去就走？要不时间长了就真的走不掉了。这时候了，他不喝也没关系，但还有这个突出的问题等着他。

耳边的声音越来越嘈杂，一会儿变成“嗡嗡”的响声。郑彦鸿把第二杯酒喝干了，就趴在桌上了。

程丽君喊来服务员给郑彦鸿泡浓茶，拿热毛巾，最后喊来出租车，要送郑彦鸿回家，常磊帮忙，把郑彦鸿扶上了出租车。其实就一小段路程，但不坐车，郑彦鸿是回不了家来。

上了出租车，郑彦鸿对程丽君说："我再喝的话，就真的回不了家了。丽君，难为你了，你还没有吃饭就送我回家。"

"你晚上只喝了两杯酒，喝了点汤，没吃什么菜。郑书记，我们今天算是打开了缺口。接下来，帮他儿子考试，也算是帮助社区居民就业啊。"

到了郑彦鸿的出租房门口，程丽君要扶他上楼，被郑彦鸿拒绝了。郑彦鸿径自下了车，摇摇晃晃，扶着楼梯扶手，一步一步往上走。程丽君站在郑彦鸿身后，等郑彦鸿上了楼，开门、关门声音响过之后，才回身上了出租车，喊出租车调头，驶入了华灯绽放的马路。

第二天一早，胡文革给郑彦鸿发来短信："关于赔偿的事情，我不为难书记了，就按社区居委会统一规定办吧。小孩子工作的事情，请社区领导帮帮忙。只要你们尽心尽力了，即使办不成，我都会感谢你们。"

十三

根据区委钟书记在南湖新苑社区调研会上的指示精神，小区的整治必须要引向深入，借助上次整治西门口商业街的成功经验，向小区内部延伸，扩大整治范围。

上次整治西大门一条街、私自占用架空层以及楼道乱堆乱放，取得了一定的成效。但小区占用架空层的现象依然很严重，毁绿种菜、饲养家禽也时有发生，特别是楼道清理，今天清理完了，说不定等了几天又会乱堆乱放，这就需要经常性地清理，使清理常态化。这次清理整治还是按照上次的模式，由街道牵头，区住建委、市容局、市场监督、税务、物业等部门配合。

整个工作计划和实施方案分为三步走：第一步是清理楼道杂物，由居委会配合物业进行；第二步是整治地下空间，包括私自占用、堆放易燃易爆物品；第三步是整治毁绿种菜和饲养家禽。

第一步是清理楼道工作，首先在单元楼道醒目的位置张贴通告，鉴于火灾隐患，请物主在三天内把堆放在楼道内的物品自行保管好，不需要的物品清理出去，逾期还堆放在楼道内的，物业将集中清理。

程丽君和吕思聪一道配合物业工作人员下去打招呼。清理时，分为清理组和矛盾调解组。这一次清理组准备了两辆小货车，矛盾调解组负责调解由于清理带来的矛盾，为把工作进一步做细，这一组由程丽君负责，经过事前沟通，选了王翠霞、高明生、俞红梅、汤建国四位热心居民参加。

由于事前做了宣传，楼道清理工作得到大多数居民的响应，因为一场大火烧醒了大家的麻痹和侥幸，换来了居民的支持和理解。清理组从楼道的每一层、每个单元开始，地毯式地清理。调解组跟进再进行宣传、解释。这一次的清理楼道工作进行得比较顺利，虽然也有吵闹，但这总体还是平稳的。

王翠霞、高明生、俞红梅和汤建国跟着清理组进行劝说和调解。遇到不理解的居民，他们上前说说，也就没有了矛盾，都是为了大家的利益，干嘛不能配合呢？

紧接着，开始了第二步清理架空层。上次清理整治私自占用架空层，后来也有陆陆续续返回的，大家持观望的态度，你看我我看你，只要有一个人返回，后面的人就会跟风。这几天，郑彦鸿跑了一下，发现小区内私占架空层的现象还是很严重，从堆场、经营小店到开棋牌室，甚至还有居民将年龄大的老人放在里面，存在很严重的安全隐患。

社区陪同区住建委下发整改通知，社区和物业逐户做工作，请大家不要占用架空层。大部分居民仍然采取观望的态度，没有一家自动搬离。

有一个架空层里面住着一对夫妻，这对夫妻住在一楼，是社区的低保户家庭。男的60岁岁，腿有残疾，女的50多岁。儿子二十六七岁，精神上有问题。最近儿子很烦躁，不让父母进门，说一楼的房子不给父母住了，自己留着结婚住。老两口实在没办法，看人家占用架空层，两人也占了一间暂时作为栖身之所。

郑彦鸿和程丽君走进架空层，眼前的情景让他们感到震惊。架空层本身就低矮，又没有窗户，黑洞洞的，床是用木板支起的，电饭煲放在地上，里面还有一些饭，桌子上放了些吃剩的菜，桌子又破又脏，可能是人家搬家不要他们捡回来的，电饭煲、旧电视、电灯，全指望着一根从二楼接下来很细的电线。

郑彦鸿说："陈师傅，电线这么细，用电负荷大就太危险了，这里不能住人。"

老陈说："我也不想住下面，可有什么办法？儿子不让进门。"

"现在你儿子在家？"郑彦鸿问。

"在，儿子精神有问题。他只有中饭、晚饭的时间才开门，平常都是关着门。"老陈说。

郑彦鸿说："这种情况你要带他去医院，有病要看啊，呆在家里不是越来越重吗？"

他们等到午饭时间，跟着老人进了门。20多岁的小陈，头发又长又乱，整个人黢黑黢黑，眼睛呆呆地望着屋外的人，很恐慌的样子。郑彦鸿喊来了程丽君，问类似的病人送到医院需要通过哪些程序，看这样子，要赶紧送医院治疗。

程丽君说："这样的家庭靠低保生活，家里肯定没钱，治疗费也是问题。"

郑彦鸿说："我们向区民政局报告，办理临时救助。"

郑彦鸿向街道周洪涛书记做了汇报。周书记协调了区民政局，申请临时救助，解决陈师傅儿子入院治疗的难题。

民政局同意街道请求，要求先办申报手续。郑彦鸿想尽快解决问题，先借了2000元钱，等临时救助批下来再还账，先把病人送进医院再说。

第二天，通过高明生的沟通，小陈被送进了市安定医院，老陈夫妻俩从架空层搬回了家。整治私自占用架空层，还为老陈这一户解决了家庭实际问题。

集中清理那一天，区住建委、区市容、辖区派出所联合执法，社区、物业配合。由于前期发了通知，上门打了招呼，居民也都知道，清理工作势在必行。市容执法搬东西，公安民警维持秩序，社区劝导。

整治架空层给了郑彦鸿许多启示。虽然我们都在提倡社会和谐，人性化管理，但不能无休止地迁就。要建立和谐社会，必须都要遵守既定的规则。居民最初的那种无序的、蛮横的行为，开始就需要有人站出来制止，告诫那些不守规矩的人，什么事情是对的，什么事情是错的；什么事情能做，什么事情不能做。这样才能建立一个有规则、有秩序的机制。只要我们工作做到位，程序做到位，该执法的还是要执法。

第三步是整治毁绿种菜和饲养家禽的行为。社区将小区内种菜和饲养家禽的居民做了个入户摸底，统计上来交给物业。物业张贴告示：按照物业管理办法的相关规定，为了营造安全、舒适、美丽的环境，小区内不允许毁绿种菜、饲养家禽等行为，请业主自行处理自己的菜地和家禽，逾期物业将帮助清除。

这些种菜的都是原来的农民，在家闲着，看着土地闲着，便想起来做点什么。毁绿种菜是一种传染性的行为，只要有一个人种菜，就会有人跟风。社区按照园区地块进行了统计，发现稍微隐蔽一点的地方就有人种菜。

郑彦鸿发现，种菜的人当中柳叶村村民居多。他到园区察看时，很多都是熟悉的老邻居。

他站在浇菜的张大妈跟前问："张大妈，还在种菜啊？这大半辈子还没辛苦够啊？"

张大妈转过身来说："种点菜自己吃，也不辛苦。"看得出来，她在给菜施肥，一股浓烈的腥臊气味迎面而来。

"张大妈，小区里不能种菜，你看小区这么干净，种菜施肥到处有粪便的味道，影响环境。"郑彦鸿说。

"嗯嗯，不种了，等这一茬菜起来了，就不种了。物业跟我打过招呼了。"

郑彦鸿和物业说，这次整治毁绿种菜，一定要统一时间。在同一时间内全部铲除，不能留有余地，否则前功尽弃。如果种菜的居民要是自行收菜的话就更好，如果来不及收，或者菜还没长起来，折算成钱，把菜从他们手上买下来，反正这些菜也不值多少钱，但只限于这一次，以后就不允许种了。菜铲掉后，立刻补种草坪，所以在集中整治种菜行动之前，物业要提前做好准备工作。

饲养家禽的主要是附近农村搬迁回来住在一楼的居民，搬家的时候将家里的鸡带过来，有的用网做成笼子，把鸡放在里面；还有的干脆放养，让鸡在草坪上找食吃。养鸡的人家门口总是放置盛鸡食的盆子，满地的鸡粪让小区看起来像一个养鸡场。

郑彦鸿和常磊一户一户地上门做工作，有的是柳叶村人，和郑彦鸿熟悉还好办，立刻处理了。还有的嘴上应付，实际上在观望。几遍过后，只剩下少量的几户居民，还是上门做工作。没有好办法，只有上门劝导，上门的次数多了，养鸡的居民也觉得不好意思，把鸡宰了做了菜，小区养鸡的现象渐渐没有了。

这天晚饭后，郑彦鸿突然想起了曹月，便和妻子吴小慧谈了起来。吴小慧好奇地问："曹月现在过得怎么样？还是以前那样漂亮吗？"

郑彦鸿说："老了很多，要不是仔细看，认不出来。好像是离婚了带着个孩子过。"

吴小慧说："你自己不想想，我们不都老了吗？自从你们俩分手后，我们也不好再接触。”

郑彦鸿说：“她自己倒无所谓，关键她的儿子跟着她，天天在家玩游戏，这么大的小伙子了。”

吴小慧说：“改天我们去她家看看。我们有20年没有再见面了。要不是因为你，我们也不会这么长时间不见面的。”

郑彦鸿说：“怎么扯到我了，你不见她，怎么怪上我了？”

吴小慧说：“我怕她瞎捉摸，想着是我横插一竿子，把你们俩的事情给搅黄了。”

郑彦鸿笑着说：“不会的。想想也是，那时我毕竟年轻气盛，哪受得了她妈妈那样子。没有你，我也不会和她好。反过来想，即使我和曹月在一起，也不一定有我们在一起这么和谐。”

吴小慧说：“这话有道理。要么明天我去看看她，或者我俩一道？”

郑彦鸿说：“行啊。”

吴小慧说：“想想我那时候，像傻子一样。第一次晚上在柳叶塘边看到你们俩在一起，都没想到你们俩在谈恋爱，我还喊曹月到我家玩。”

郑彦鸿笑了笑，“你别瞎说。”

吴小慧说：“谈恋爱是正常的，我又没去追究你，你怕什么？后来曹月找到我，叫我带她去你们厂，你出差去了。我按照你说的：婚姻不是两个人的事情，是两个家庭的事情，得不到父母祝福的婚姻，注定是不幸福的。没想到，曹月是含着泪回去的，想想也是，她那时对你也算是真心真意的，可惜了。”

郑彦鸿心里泛起了涟漪，心想，那时是自己没有坚持，但他嘴上说：“一个恋爱的结束，成就了另一段婚姻的开始。”

十四

2015年4月初，南湖新苑小区所有的房屋全部交付完毕，总户数已经达到了4200户，如果住满了，人口将达到13000人。这么庞大的人口，给社区居委会服务和管理带来了很大的压力。在原来的社区申请到了最低生活保障，由于拆迁以后有了多套房屋或者取得了拆迁补偿款，收入增加了很多，低保自然也被取消了；还有的到了退休年龄，就有了退休金收入，原先因为没有收入享受的最低生活保障也应该被取消。这些本来应该是动态管理的正常工作，但真正按照规定来办，涉及那些被取消低保的居民利益，他们一下子不能接受，导致了矛盾的爆发，居民经常到社区来吵闹。

程丽君平常一个人在家，回家也没事，来回跑也耽误时间，所以她常常中午呆在办公室。这几天，她通知小区的低保户过来交户口本、身份证以及收入证明，困难的家庭需要重新申报，不能因为换了一个社区而停了低保。这天中午，程丽君正在整理材料，门"咣当咣当"被砸开了，冲进来一个腿脚不好、满身酒气的中年男子。

看到程丽君，男子满脸的吃惊，"你在里面?"这位男子一手拿着一根铁棍，一手拿着一只茶杯。她定睛一看，原来是低保户朱新宝。

朱新宝几乎是咆哮着，"今天我要把你们办公室砸了，看你们谁敢停我的低保？不为我们群众办事，要你这社区有什么用?"

这个朱新宝，程丽君熟悉，是最近才转过来的低保户。夫妻俩腿脚都不好，原户籍社区给他办了最低生活保障。两个人领着低保金，靠着残疾人使用的电动三轮车载客挣点钱过活，但拆迁以后家里分了两套安置房，自己住一套，出租一套，朱新宝的妻子到了50岁退休年龄，每月能拿到退休金，所以整个家庭收入已经超过了最低生活保障线，应该取消低保。为此，程丽君上门做了宣传，朱新宝虽然不情愿也没有异议。程丽君把政策宣传到位了，也着手申报取消低保工作。

“朱新宝，有话好好说。”程丽君声音低了下来，“跟你说过了，你拆迁协议上安置了两套房子，你老婆现在领到了退休工资，就是报上去审核也通过不了。如果是生病有困难，你把医药发票留着，给你申请临时救助，你当时不是答应得好好的吗?”

“我不管，你给我恢复低保，我等着拿钱。”朱新宝胡搅蛮缠，但口气明显软了许多，拿铁棍的手不再动了。

看他动静小了，程丽君上前拿下铁棍，闻到一股浓烈的酒气，低声说：“你看，喝了这么多酒就应该在家休息，下次喝酒就不要出来了。”她把铁棍藏到自己办公室门后，顺手倒了一杯水递了过去。

朱新宝本是个自卑、胆小的男人。没喝酒之前，程丽君两次跟他沟通，他总是点着头，表示能够接受，今天却一改常态，这是怎么啦?

也许是酒劲退了一些，也许是发现中午办公室有人，朱新宝嘀咕着，悻悻地走出办公室大门。

朱新宝走出去，程丽君出了一身冷汗，如果朱新宝手里的铁棍对着办公室的电脑，对着自己一通乱挥，后果恐怕不堪设想。不知不觉中，程丽君的泪水溢出了眼眶。

下午上班时，郑彦鸿问门锁怎么被砸坏了，程丽君把情况汇报了一下。郑彦鸿把朱新宝的基本信息找了出来，下午和他原户籍所属社区的张书记取得了联系，说朱新宝砸了社区的门。张书记不相信，问是不是他老婆指使的。郑彦鸿邀请张书记下班过来一下，一道上门做做工作。张书记答应了，下班时他过来和郑彦鸿、程丽君一道去了朱新宝家。

朱新宝开开门见到他们，战战兢兢地往里面走。朱新宝的妻子腿脚也不利索，平常朱新宝开电动三轮车挣钱，妻子在家操持家务。妻子听说朱新宝到社区砸门，当着郑彦鸿他们的面，把朱新宝臭骂了一顿，说社区这么照顾我们残疾人，还不知好歹。朱新宝低着头一言不发。骂过朱新宝，妻子开始哭穷，说自己虽然拿到了退休工资，也只有1000多元，而且身体不好，看病吃药又要吃饭，实在困难，还想申请低保。程丽君把政策交代清楚了：“你的安置协议上明明白白写下两套住房，这是硬性指标，有两套或者两套以上住房，房屋能出租就算是有收入了。再加上你自己也有退休工资，加起来已经超过了最低生活保障线，我们实在是无能为力。即使报到街道，报到民政局，也会被退回来的。”程丽君叫他们明天带着病历和住院的医院发票去社区，先申请临时救助，解决一下实际困难。

从朱新宝家出来后，张书记就说，朱新宝砸门的行为，十有八九是他妻子指使的，别看她说得好听，要不是她指使，朱新宝是没有这胆量的。很多居民都有一个误区，认为到了社区要先耍横，觉得这样事情才能办好。

这段时间，对于程丽君来说，简直是多事之秋。就在朱新宝砸门过后的第二天上午，社区又发生了一件奇怪的事情。

一位30多岁的男人带着一个六七岁的孩子来到社区，到吕思聪面前问谁是负责人。

吕思聪问：“什么事情？”

这个男人说：“我找负责人反映一件事情，我儿子今年有6岁了，一直没上户口，今年9月到了上学的年龄，没户口上不了学，你们居委会要给我解决。”

吕思聪看了看程丽君，对那位男子说：“这个问题也要找居委会啊？按照程序你应该到派出所申请啊？”

那位男子顿时激动起来：“我跑派出所跑了好几趟，派出所往社区推，社区往派出所推。这事情我也没办法了。我要上班，小孩没人带，没有户口又上不了学。反正我不管了，小孩我就放在这，你们看着办吧。”说完，自己径直走了。

这一瞬间发生的事情，办公室里的人还没有反应过来，程丽君头脑“嗡”的一声。吕思聪赶紧跟了出去，无论怎样喊，那个男人骑着电瓶车一阵风似地消失了。

办公室里，程丽君、吕思聪等人慢慢地问小孩。从小孩的口中询问他爸爸叫什么？住在几号楼？从孩子支离破碎的信息中，得知这个男人叫刘小龙，吕思聪从登记信息中找到了他的楼栋号和他的手机号码。这时，郑彦鸿开会刚回来，程丽君把情况向他做了汇报。

“现在我们社区太弱势了，什么事情都是我们来管，也太高估我们的能力了，好像我们社区是万能的似的。”吕思聪说。

“前几天有居民找我，叫我们社区给他开具高中毕业的证明，说打工的厂里要。”张书燕说。

“遇到这些居民，我心里都发怵，怕他们又闹出什么事情来。你看这是什么事情吧，户口上不了又来找我们。”程丽君说。

郑彦鸿说：“我们先了解一下情况吧，说不定他真到了很难的境地呢。”

郑彦鸿拨通了丢下孩子的男人的电话，说你这样把孩子丢在我们办公室也不能解决问题，还是过来先把孩子接走。

电话那头，那个叫刘小龙的说：“领导，我实在没办法。谁愿意这样做？我还在上班，不上班没有饭吃，等我下班再过来。”

“你几点下班？下班后，你到我们这边来，有事大家想办法。”郑彦鸿问。

“下午4点，下班我就过来。”电话那头说。

中午，程丽君买了点饭和小朋友一起吃。

下午4点多，那个叫刘小龙的男子来到社区，郑彦鸿喊程丽君、吕思聪、张书燕一道，了解一下他家的情况。

刘小龙说：“7年前，我在上海打工认识了我的女朋友，贵州人，就是这孩子的妈妈。我们在一起后她很快怀孕了，然后我就带她回家，生下这个孩子，那时我还在上海打工，家里只有我妈妈照顾她，她和我妈妈相处得不好，也可能是家庭比较苦的原因吧，小孩1岁她就离开了家。我找过她几次，也去了贵州她的老家，她一直没回家，电话换了，QQ也换了，像是人间蒸发了一样。我们没有结婚登记，小孩的出生证也丢失了，一直上不了户口。”

“小孩在哪家医院出生的？补办医学出生证啊。”张书燕说。

“那家医院拆掉了，根本没办法找。”刘小龙说：“前几年没有结婚证还要罚款，现在好像计生政策也放宽了，考虑到我生的是第一个孩子，现在医院补办医学出生证明也行。”

郑彦鸿说：“这样吧，我找街道跟区计生委联系一下，替你找一找这家医院，现在是不是跟别的医院合并还是改制了，我们先打听一下吧。小刘，我要批评你，下次做事千万不能这么鲁莽，你丢下孩子能解决问题吗？孩子出了闪失，受苦的还不是你自己家的人？你先把孩子带回家，我打听好了，再跟你联系。我们会尽力的。”

刘小龙尴尬地笑着，带着小孩出门，吕思聪跟了出去，在屋外，吕思聪问：“办事就办事，你还把孩子丢在这？你是怎么想的啊？”

刘小龙说：“我想引起你们的重视，只好这样了。我怕要是轻描淡写地说出来，你们应付我。我也是没办法。”

吕思聪说：“以后不能这样啊。”

刘小龙点着头，带着孩子离开了。

郑彦鸿把这件事情向周洪涛汇报了，周洪涛联系了区计生委，了解到那家区卫生服务站已并入市里一个医疗机构，并把负责人的联系电话给了社区分管计划生育的张书燕，张书燕和医疗机构负责人约好时间，带着刘小龙去了那家医院，把小孩子的医学出生证明的存根找了出来，重新补办了一份。拿到医学出生证明，刘小龙又跑了计生办、派出所，花了两天时间户口终于办好了。小孩户口办好后，刘小龙买了一条香烟送给郑彦鸿，郑彦鸿哪能要他东西，叫张书燕把香烟送还给他。后来，刘小龙买来几斤水果，放在社区办公室，丢下就走了。

十五

社区补招社工的考试在紧张地进行着。

这次考试也是分笔试和面试两个阶段。笔试主要考核计算机运用，文档处理、Excel表格制作、打字速度，按照1∶3的比例录取人员进入面试。比如本次实际招收2名社工，那就通过笔试录取前6名进入面试。胡文革的儿子胡锐在吕思聪、程丽君的指导下，笔试已经入围，现正在准备着面试考核。吕思聪说，要想面试顺利通过，现在就要到社区实习，多参与社区工作，和居民多接触，遇到面试老师的各种提问，就有了更多的应对办法。所以，面试前的这几天，胡锐天天呆在社区，跟在吕思聪后面，陪同入户登记居民信息，接触居民，把遇到的各种问题和处理办法都一一记录下来，做好笔记。吕思聪还整理出面试可能出现的其他问题，帮助胡锐做好充分准备，争取面试顺利过关。

功夫不负有心人，在程丽君和吕思聪的指导下，胡锐也顺利被录取了。这次录取的两位社工，由于年龄上的放宽，都不是从学校毕业直接过来的。胡锐在外面已经工作过两年，另一名社工任莉莉在幼儿园当过幼师。程丽君从街道办事处把两位新录取的社工领到社区后，社区开了一个会议。现在社区事务越来越多，他们对社区工作进行了重新分工。

民政是整个工作的重点，特别是安置小区，困难人群多，涉及社区的稳定，由社工办副主任程丽君亲自负责，程丽君还负责妇联、社保工作；张书燕、任莉莉负责计划生育，重点是整理、核对居民信息；吕思聪负责党建、宣传；鲁子铭负责调解、综合治理、安全；胡锐负责城管、创建、劳动就业。

分工之后，郑彦鸿把这一班人带到华龙社区去交流学习。华龙社区是一个老社区，很多工作开展得有声有色，在全区排在前列，积累了很多经验。两边的社工坐下来后，郑彦鸿请华龙社区欧阳书记介绍他们社区的工作情况，华龙社区的社工介绍了各自的分工，南湖新苑的社工根据自己的工作情况提出问题。

一上午的交流使他们开阔了眼界，华龙社区的很多做法给了郑彦鸿很多启示。南湖新苑社区和华龙社区有相同的地方，比如老城区的居民服务和企业退休人员的发动、管理。他们的做法就是动员退休老同志，组成“夕阳红”义务巡逻队，每天在小区内巡逻，带动了小区的群防群治；还有各种文体队伍，开展丰富多彩的活动，既丰富了群众的文化生活，又在无形中形成一股凝聚力。但也有不同的地方，比如华龙社区已经全部是城市居民，而南湖新苑社区居民来源稍显复杂，因此矛盾、困难可能更多。半天的交流，双方都感觉收获很大。

周洪涛书记下午来到社区，召开了一次社区工作例会。结合在华龙社区学习的情况，每一位社工把自己的工作、感受，以及下一步工作打算都一一做了汇报。周书记认真听取了他们每一个人的发言，对他们能主动出去学习交流，带着目的去学习，给予了充分的肯定，小区房屋现在已经全部交到居民手中，等到小区全部入住以后，社区就要创新管理方式，大家都要集思广益，运用好的方法治理社区，更好地服务居民。

这天下午，程丽君在小区碰到王翠霞。王翠霞说，他们楼下搬来一户人家，有10多天了。“搬来的时候，我觉得就情况不对，儿子和正常人不一样，是被人背上楼的。有一天凌晨，我看到一个人在小区的垃圾桶里翻东西，见我过来躲得远远的，看那人的体型，走路的神态，感觉像楼下才搬过来的那个女人。后来留心注意，发觉真是楼下才搬过来的那个人。我去了她家，家里到处堆满了矿泉水瓶子和纸盒子，她患脑瘫的儿子瘫痪在床，女儿上初中。她告诉我，她丈夫半年前在外打工时，被火车撞死了，家里很困难。”王翠霞说。

程丽君听王阿姨这么一说，便打算直接去看看，敲了敲门，一位

40多岁的女人听到是社区居委会的，便开门让他们进去。正像王翠霞说的那样，阳台上、客厅里，堆满了矿泉水瓶子、纸盒子。纸盒子一沓一沓整整齐齐捆着，矿泉水瓶子用蛇皮袋装着。房间门开着，一个20多岁的男子面无表情地躺着。

中年女子叫陈育红，十几天前搬过来入住。半年前，丈夫下夜班回家，从铁道上经过，由于上了一夜的班，头晕耳鸣，没听见背后火车的鸣笛声，被火车撞死了。陈育红急火攻心，一病不起，等病好了，落下心血管病。儿子脑瘫一直卧床不起，女儿正在上初中二年级，家里本来就困难，丈夫因为在火车道上出的事，也没赔偿多少钱，自己又不能上班，只好靠娘家人接济，自己捡点垃圾，日子艰难地维系着。

程丽君问，有没有享受最低生活保障。

陈育红摇摇头。

程丽君叫她把家里的户口本、三个人的身份证复印好，送到社区居委会，先给她办理临时救助，解决现在的燃眉之急，然后申请最低生活保障，并告诉她，这些捡回来的废品放在家里很危险，容易引起火灾。

程丽君想到区关心下一代工作委员会有个结对帮扶的项目，是开发区的一家企业专门为贫困学生设立的，叫她把女儿的相关资料，比如在哪所学校上学，成绩怎样，受到过何种表彰等准备好，为她申报上去。

听到有人问女儿的学习，陈育红两眼放光，说女儿顾佳卉很听话，从不乱花一分钱，她能上学，完全是她舅舅供出来的。顾佳卉也很争气，总成绩在全班第一，是学校的三好学生，最近参加全市数学竞赛获得了二等奖。舅舅总是鼓励顾佳卉，让她好好读书，书读出来就是家里的希望了。看来，女儿是支撑这位不幸母亲的唯一精神动力。

回到办公室，程丽君将顾佳卉的基本情况通过电话上报给区关心下一代工作委员会，想把她作为特困生来推荐，替她多争取一点社会资源。区关工委也很重视，叫程丽君将顾佳卉的详细资料下班前报过来，发到区关工委的电子邮箱。程丽君和陈育红取得联系，陈育红说等顾佳卉放学立即到社区，填写相关资料。陈育红说今天是周五，顾佳卉值日大扫除，可能晚一点回来。程丽君这才想起老公方家辉今天回家，她想，迟就迟一点吧，反正晚上不在家做饭，晚上出去吃火锅，回家再耐心解释一下吧。同事们陆陆续续回家了，她在办公室等着顾佳卉。

郑彦鸿看程丽君没走，就在她对面的办公桌坐了下来。两人就社区下一步党支部书记、委员的人选交谈起来。

程丽君和王翠霞交道打得多，对她的工作赞不绝口，所以月恒园党支部书记人选，程丽君推荐王翠霞。郑彦鸿也是点头认可，说："光考虑一个还不行，我们5个园区，有5个支部。一个支部光考虑一个书记也不行，我们要把支部班子一并考虑，一个支部配备一名书记，两个委员，把支部班子给配齐。"

顾佳卉和妈妈陈育红来到社区时，天已经黑了。这时郑彦鸿也起身回家了。

程丽君将电子档表格填写好，通过电子邮箱发到区关工委，然后回家。到家后，她轻轻敲门，半天没有声音。再敲，还是没有声音。她拿出钥匙，打开门。

门边玄关上压了一张纸条，是老公方家辉的字迹："我等了很久，你还没回来。不知道你平时的工作是否天天如此，还是我回来偶然这样？工作不可能天天加班吧？难道又发生意外了？天黑了，我走了。看着家里冷锅冷灶，我实在呆不下去了，你保重吧。"

看着字条，程丽君的泪珠瞬间滚落下来。自责、委屈、气愤一股脑涌了上来。她拨通了方家辉的电话，电话那头"嘟——嘟——嘟——"响了几声后被挂断了。接着，她又打方家辉的电话，电话始终没有接通。

后来，她收到方家辉的短信："我已经在回单位的长途车上了，你自己好好考虑考虑这样的生活吧。”

程丽君瘫坐在沙发上，心里五味杂陈。

自从她到社区上班以后，工作实在是忙，周末都得不到休息，好几次还发生了突发事件，她确实感觉亏欠老公。方家辉劝说程丽君放弃这边的工作，到他工作的地方买房、找工作，也不是没有道理。为了这个小家庭，程丽君也同意到省城去找工作。只是目前社区的事情太多，不能说走就走啊。

程丽君想，她和方家辉的感情是牢固的。他们在大三时就成了男女朋友。毕业时，他们与其他同学一样，都面对着共同的问题：分手还是继续？大多数的同学认为毕业季也是分手季，为了家庭、工作，分手也是无奈的选择。而他们俩一直没有直面这个问题，而是在各自经过冷静的思考以后，终于做出决定，要永远在一起！他们约定，工作一块找，既不在方家辉老家买房成婚，也不在程丽君老家买房，就是为了避免两个家庭出现矛盾。最终，他们选择留在上大学的这座美丽的城市。

晚上，程丽君没有吃饭，草草地洗漱完就上床了。她一夜无眠，第二天很迟才起床。

社区广场边上的施工围栏终于拆掉了，显得宽敞了许多，整个广场和马路连成一片，两道狭长的弧形人行道，是用花坛子隔成的。一切都那么自然，那么合理。整个广场有4000平方米，是居民活动休闲的好场所。花坛里栽了各种花，周边还栽了一溜边的银杏树。

郑彦鸿叫程丽君喊来陈书琴，说：“广场交付了，我们的文艺骨干也要登场了。”

陈书琴来到现场，看着开阔的广场，兴奋地说：“这个广场好，我今天就组织人，晚上开始活动。”

郑彦鸿说：“陈老师，我们要把社区文艺骨干发动起来，丰富居民的文化生活，让这个广场发挥作用。”

郑彦鸿和程丽君说：“社区还是要靠活动来凝聚居民，活动能动员更多的居民走出小家，融入大家。今后我们不仅要组建广场舞队伍，还要升级，组建合唱队、戏剧表演队，培育多样化的文艺团队。”

程丽君说：“是的，我们在外面的社区也看到了，那些居民表演的歌舞节目，看着就像专业的。”

“这些文艺骨干就在我们小区这一万多人里面，我们要把他们动员起来。”郑彦鸿说。

十六

小区的居民陆陆续续地搬进来，居民信息的登记工作也在陆续进行。

这天，周洪涛书记从区政府过来直接到社区，带着区政府办公会的会议纪要。区政府会议研究，将公建部分的社区用房交给街道，由街道装修后给社区使用。

“这是社区用房的平面图，我复印了一份你们琢磨琢磨，看看如何改造，更好地方便居民办事。”周书记说。他建议，楼下设置一个办事大厅，居民在一楼大厅一站式地办理各项事务，不需要楼上楼下跑；二楼设置图书室、会议室、活动室，把社区所有的功能全部融合进去；三楼作为培育社区社会组织的场所，建立志愿服务团体、文体活动场所。

周书记起身说到街道办事处去，叫街道党政办联系区政府招标办，尽快招标设计单位和施工单位，尽快启动社区用房改造工程。郑彦鸿把他送出门，隔壁的办公室正吵吵着。周书记说：“我走了，你去看看怎么回事，好像居民在反映什么问题，情绪有点大。”

郑彦鸿推开隔壁的办公室。程丽君正在耐心地听一群居民说话。

“太不像话了，楼道里大小便，臭气熏人，哪个能受得了？”

“这个地方的房子还好，人的素质怎么这么差？简直是没道德，人都有老的时候啊。”

“我们几个上去劝说，他居然还说，这是公共场所，他也有权利使用。你们居委会听听，这是什么逻辑？他的亲妈哎，老了，生病了，就能把她放在外面楼道里？这么冷的天气啊。不讲道理，不讲道德。”

大家七嘴八舌，见郑彦鸿进去，都围过去。

“郑书记，我们来向你反映一个事情。我们是轩衡园5号楼的居民，18层楼的一位居民，把他妈妈放在楼道里。老人家瘫痪在床，就在楼道里吃喝拉撒，气味太难闻了。”一位居民说。

“什么？是谁把自己的妈妈放在楼道里？”郑彦鸿问。

“这个儿子姓朱，住轩衡园5号楼1803，我们到他家交涉，他蛮不讲理，生了一肚子气才跑来找居委会反映，你们一定要处理。”一位居民说。

“这样吧，你们先回去，我们上门去看看。”郑彦鸿说。

“等中午你再去，现在只有老人在外面，她儿子上班没回来。”

中午时，郑彦鸿、程丽君一道去了轩衡园5号楼，乘电梯，刚到顶层，就闻到楼道里散发着骚臭味。楼道里一个并不空旷的走道边，搭了一张床，床上睡着的人连头带脸捂得严严实实，边上放着盛装大小便的痰盂，盖子只盖了一半。

郑彦鸿敲了敲门，一个中年人开了门。这人恐怕就是居民口中没有爱心、责任心，把母亲放在楼道里的朱俊杰。

站在外面，郑彦鸿问：“楼道里的老人是谁？”

那个男人说：“我妈。”

“怎么放在外面了？”郑彦鸿问。

“这是在外面吗？不是在楼道里吗？”

“是这样啊，我们是社区居委会的工作人员。居民在向我们反映，我们也看到了现场，我觉得，第一，你妈妈可能生病了，在楼道里住着也不暖和，不利于身体保暖。第二，楼道里确实像居民们反映的，大小便的气味很难闻，影响其他人的生活。”郑彦鸿说。

“我也没办法。她瘫痪好多年了。”朱俊杰用手指了一下床上躺着的老人，没喊妈妈，只是说了一个“她”。“家里房间不通风，气味更难闻。在外面过道里，空气流通相对好一点。”

“要经常帮你妈妈洗一洗啊。”程丽君走近老人，一股异常的气味扑鼻而来。

“除了我，人都死光了。”朱俊杰说。其实老人还有两个女儿，但这几年和朱俊杰闹得不愉快，兄妹之间不来往。

这时，电梯门再次打开，出来几个居民，后面还跟着一个拎着摄像机的记者。居民们纷纷上来围住朱俊杰，摄像机对着床铺和楼道拍摄了一通。

然后记者把镜头对着一位居民，居民讲述朱俊杰种种不孝的行径，把亲妈妈放在楼道里，一方面让老人受冻，另一方面老人大小便不及时处理，便盆放在楼道里，气味难闻，影响其他居民的日常生活。然后又换了一位居民继续声讨，说大家和朱俊杰商量时，朱俊杰一副不讲理的模样。最后镜头对着朱俊杰，朱俊杰说他照顾瘫痪的母亲好几年了，自己要上班，老婆和妈妈关系一直处不好，也不愿意照顾妈妈，没办法才把老人放在外面的。朱俊杰还说，他有一个姐姐、一个妹妹，都不来照顾妈妈。正好郑彦鸿和程丽君在场，记者问郑彦鸿，下一步准备怎么处理。郑彦鸿说，先做做朱俊杰的工作，再找一找老人的两个女儿，劝劝她们，尽快妥善处置这件事。

电视台记者走了以后，郑彦鸿问朱俊杰要了他姐姐、妹妹的联系方式。电话打过去，这姐妹俩说马上到小区来看看母亲。

从姐妹俩口中得知，这个朱俊杰从小就被父母惯坏了，自私自利，平常家里什么事情都要姐妹俩承担，这也无所谓，土地征收后，姐妹俩户口在娘家，也分了土地补偿款。但朱俊杰硬是唆使母亲把姐妹俩的补偿款要回来，说嫁出去的女儿泼出门的水，即使征地款名义上是她们姐妹俩的，也和她们无关，留下来作为老母亲以后的养老钱。姐妹俩不同意给，朱俊杰就带着母亲上门吵闹，闹得不得安生，没办法，最后六万块钱的土地补偿款被母亲要了回去，并说今后无论生老病死都不要她们管。姐妹俩钱出去就出去了，妈妈还是要看望的，尤其是拆迁以后，老人不适应新地方，她们俩去看看，但朱俊杰很排斥，吵着不让她们去，还闹到她们家，跟姐夫、妹夫吵，说她们还惦记着母亲的钱，那时钱还在母亲的手里。姐夫、妹夫被吵得头疼，后来在家发火：叫她们今后不要再踏入朱俊杰家半步。就这样，姐妹俩半年没见着母亲了。实际上，她们对母亲的感情也很复杂，母亲太娇惯朱俊杰，他是家中的独子，长期的溺爱养成了他自私自利的性格，母亲对姐妹俩的感情也很淡。

姐妹俩进了轩衡园5号楼的18层，便盆已经被朱俊杰处理过了，母亲睡的地方也清扫过了。姐妹俩掀开被子，母亲半天才睁开眼睛，神智不大清楚了，好像不太认识自己的女儿。靠近床边，一股很闻的气味向她们袭来，看来老太太很久都没有洗过澡了。她们敲开朱俊杰家的房门，跟朱俊杰说，她们想给老太太在家洗个澡。

朱俊杰的老婆说："身上都臭死了，还到家里洗澡？你们不能带她到外面澡堂里去洗吗？作为女儿，你们都不管，难道她就生了朱俊杰一个人啊？按讲服侍妈妈都是女儿的事情。"

姐妹俩当着朱俊杰的面说："当时六万块钱给了你们，你们不是说管老娘的生老病死吗？现在怎么还要别人来管呢？"

"这吃喝不要钱啊？你们还惦记着这六万块钱。"朱俊杰说。

郑彦鸿进去，跟朱俊杰夫妻俩说："老太太身体很虚弱，走路很困难。你家里也有热水器，怎么还往外推呢？"

"我不是不给洗，是她们太过分了，这么长时间都不管不问，太气人了。"朱俊杰的老婆说。

僵持了很久，最后姐妹俩回家了，老太太继续躺在楼道里。

十七

朱俊杰的妈妈还在楼道里住着。在社区和居民的干预下，朱俊杰给老人煮了点稀饭，把楼道里的卫生清理了一下。这天晚上，市电视台《聚焦现场》栏目措辞尖锐的报道，句句刺在郑彦鸿的心里，记者表示还会持续关注这件事情。虽然社区在镜头前表示要寻找老人的其他子女，做好工作，妥善处理老人的生活，但经过努力，姐妹俩还是不愿意介入妈妈的事情。

朱俊杰的姐姐、妹妹走了以后，事情又回到了原点。晚上，看过电视报道以后的郑彦鸿心想，明天再联系姐妹俩，无论怎样，作为儿女，也应尽心尽孝。

他拟定了几个方案：第一，劝老人的子女，把老太太送到医院，系统检查一下身体状况；第二，儿子朱俊杰把老太太接回家，让老人过上正常的生活；第三，老人的两个女儿把老人安顿下来，女儿服侍妈妈毕竟比较方便一点；第四，如果子女都不管，社区暂时让物业准备一间房子，把老太太安置进去。郑彦鸿晚上和物业公司的常磊联系，叫他先准备一间人防地下仓库。

第二天一早，郑彦鸿到了办公室，再次和朱俊杰联系，叫他到社区来。朱俊杰说早上送儿子上学，等把儿子送到学校再过来。郑彦鸿又和老人的两个女儿联系，叫她们过来商量如何处理老人的事情。姐妹俩昨晚也看到电视台《聚焦现场》报道，感觉压力很大，答应上午过来。

朱俊杰来的时候，郑彦鸿很认真地对他说：

“你说早上送你儿子上学，说明你心里还有亲情，愿意对子女负责任，但你在对待你母亲的问题上，你做得不对，从法律上来说，你还涉嫌遗弃。”

朱俊杰打断郑彦鸿的话："郑书记，你别吓唬我，我知法懂法。我妈妈是我一个人照顾到现在，不然早就死了，倒是她的两个女儿不来照顾。"

"你得到你妈妈的所有财产，你们兄妹当时也有约定，你就应该多承担。"郑彦鸿越说越生气。

"好，我已经照顾了这么多年，现在她两个女儿把妈妈接回家照顾几年，我再来养。"

"你昨天看了电视吧？你这样把妈妈放在楼道里影响好吗？今天喊你来，请你把你妈妈送到医院检查一下身体到底怎样，如果生病的话要接受治疗。"

"……"朱俊杰愣愣地看着郑彦鸿，半天说："我回家和我老婆商量一下。"

"你先回去，我们马上去。跟你姐姐妹妹电话联系了，她们马上来，就在你家里先给老人洗一把澡，然后送到医院检查一下，其他的事情以后再商量。你回家跟你老婆说，你们也养儿子，你们也会有老的时候，你们的儿子将来也这样学你们怎么办？现在你所做的一切，都在给你的儿子做榜样。"

朱俊杰脸上白一阵红一阵，悻悻地走了。

老人的两个女儿倒是很好沟通。可能昨晚也是看了电视，感到舆论压力大，两人像商量好了。姐姐说：

"郑书记，我们家也是感谢你，对我们家的事情这么上心。土地征收补偿款什么的，我们都不说了。我和我妹妹家昨晚也商量了，只要弟弟不纠缠我们，我们把老妈妈接走，没房子住我们给她租个房子，我们俩不指望他。"姐姐说完还看了妹妹一眼，妹妹点点头，表示同意姐姐的说法。

郑彦鸿感觉这事总算有了好的结果。

"老太太身体不知怎么样，先要送到医院检查，如果没什么事情就按照你说的做。"郑彦鸿说："我真担心，你这个弟弟是不是按时给老人吃饭。”

“是的哦，”姐姐说：“我昨天看了，我妈神智都不太清楚了，不知道是不是饿的。马上我们带她去医院看看，走不了我们就打120救护车。”

后来，两个女儿在朱俊杰家给老太太洗了一把澡，打车把老人送到医院，朱俊杰这才将老太太的床铺拆除了，当然，是两姐妹答应将老人接走他才拆除的，而且一再让郑彦鸿担保。郑彦鸿脸色凝重，没有搭理他。

从轩衡园5号楼下来，郑彦鸿的心里仿佛压着一块石头，朱俊杰不是生下来就是这样，是父母的溺爱导致了这样的后果。悲哀的是，朱俊杰对自己的所作所为竟然不以为然，这样为人父母，又怎么能教育好自己的儿子呢？

这时，区关工委来电话说，马上市关工委带一个企业老总到顾佳卉家慰问，叫郑彦鸿联系一下。由于程丽君将顾佳卉的材料提供得及时、完备，区关工委及时将她的情况报到市关工委，市关工委联系了市高新开发区一家企业到顾佳卉家进行探访慰问，提供资助。程丽君接到电话，区关工委的领导陪同企业的领导和市关工委的领导马上过来，叫社区联系街道，在社区等一下。郑彦鸿电话请示了周洪涛，周洪涛在街道也是分管关工委工作的，他说他正在外面有事，不能过来了，叫郑彦鸿解释一下。

一行人来的时候已到了下班时间。区关工委李主任陪同市关工委副主任和企业的王总——市康泰生物科技有限公司的老总，在郑彦鸿带领下，一同走进了顾佳卉的家。

他们仔细地听着陈育红介绍家里的情况：丈夫车祸后家庭陷入了绝境，儿子患脑瘫常年躺在床上，只有15岁的女儿顾佳卉是这个家唯一的希望。女儿很争气，在学校里取得了很多的荣誉。

王总拉着顾佳卉的手说：“我家女儿也是15岁，也是上初二，成绩却没你的好。有机会带她来跟你交流交流，你教教她怎样念好书。”

“明年就要中考了，好好干，争取考一个重点高中。”市关工委的领导鼓励着。

“这孩子真有出息，真用功，不错，书念出来了，家里就好了，知识改变命运嘛。”市、区关工委的领导都喜欢这个寒门的学子。

王总拿出一个厚实的信封，递给顾佳卉，说：“这是我的一点心意，拿着好好念书。”然后拿出一支笔，在信封上写上自己的电话号码，“以后有什么困难打叔叔电话，有好的成绩也要告诉叔叔。等明年中考成绩出来，叔叔再过来看看你。好好学习，学费的事情，我来解决。”

陈育红眼睛里噙着泪，连声说感谢。

这次王总给顾佳卉家送来了3000元钱，这给她的家庭带来实实在在的帮助。陈育红跟程丽君说，这钱不能动，留着做顾佳卉以后上高中的学费。

在小区的大门口，郑彦鸿和程丽君送走了王总和市、区关工委的领导。告别他们之后，郑彦鸿和程丽君又折回小区，到办公室收拾东西。

路上，程丽君跟郑彦鸿说：“郑书记，我想过段时间就辞职去省城找工作。”

郑彦鸿沉思一会，问：“老公的意思？决定好了？”

“嗯，我老公跑来跑去也不方便，我还是随着他吧。”程丽君说。

“是啊，夫妻俩不在一起的话，时间长了会生出误会来的。再说，社区工作者，事情多，压力大，确实很辛苦。”郑彦鸿说。

“不是压力和待遇问题，郑书记，其实我蛮喜欢这份工作的。虽然累点，压力大点，但看到那些有困难的人得到了帮助，心里有一种成就感。我们社区像王翠霞、高明生、汤建国等一些热心居民，他们不拿报酬，甘于奉献，让我深受感动，他们成了我的榜样，他们的参与增加了我们的力量，改变了居民的观念，这就是我们的成就。”程丽君声音小了下来：“我也是舍不得离开这个岗位，但如果我再这样，我们家家辉肯定会承受不了。”

“为了家庭，我理解你。”郑彦鸿说，“我也听他们说过，你老公回家的那几天，正好社区发生了很多突发事件，——可能不是那几天，我感觉你每天回家都很晚，你老公对你很有意见，这我应该理解。好吧，哪天走，提前到街道办理手续。走之前，我们好好地欢送一下，大家聚一聚吃顿饭。”

在办公室门口，程丽君说：“说到离开，我还挺舍不得的，我们虽然只共事了几个月，但和吕思聪、鲁子铭、张书燕他们感情很深。你这位老大哥也给了我很多帮助。你很敬业，很努力。”

郑彦鸿笑了起来：“哪里哪里，大家都很敬业，都很辛苦。”

天快黑了，他俩走出办公室，一路走一路聊着。

在郑彦鸿的眼里，程丽君是社区工作者最合适的人选：公道、细心、勤奋、有爱心、有责任心，学历高。在社工中，本科算是高学历了。只是可惜啊，留不住人。

其实，程丽君决定离开菱湖市也是经过了激烈的思想斗争的。方家辉那天回家发现程丽君还没回家，摔门留条离开家之后，程丽君晚饭没吃，一夜没睡好。接下来的这几天，程丽君认真地思考了两个人的现状，感觉到自己为了工作确实冷落了方家辉。方家辉需要的是温暖的家，是相亲相爱的爱人，而不是成天扑在社区里的工作狂。社区居民需要她，但方家辉更需要她。后来，她便主动地和方家辉联系，把她的愧疚坦诚地说出来，不管方家辉听不听，她都要告诉他：她会改变过去，把家和丈夫放在重要的位置上，认真经营好这个家。

十八

这个周五晚上，方家辉在经过一场冷战以后，还是恢复了原来的约定——每周五晚上回到菱湖市。

这周，连续几天晚上，程丽君主动用短信、QQ留言，重温了和丈夫甜蜜恩爱的过往。夫妻俩经过认真交流，终于达成一致意见：到省城买房，全部移居省城。程丽君下个周末去省城实地考察，在那应聘找工作并租下房子，然后回来办理辞职手续。所以周五下午，程丽君向郑彦鸿请了一个小时的假，提前回家，做好迎接老公的准备。

程丽君作为社工办副主任，从事社区民政岗位，工作很细致、踏实，既能把握政策的原则性，又能灵活掌握各类困难家庭的具体情况。民政工作在社区是一项很重要的民生工作，涉及很多家庭。只有对居民中各类困难家庭都清楚，才能有针对地进行帮扶。程丽君经常很晚下班，回家也就是方便面、快餐对付一下，家里的卫生也不是天天搞，难免有点乱，这也是丈夫方家辉不满意的地方之一。为了使方家辉满意，这天她便提前回家，把家里收拾得干干净净、整整齐齐，小屋弥漫着温馨的气息。搞好卫生以后，程丽君便开始做饭、洗菜。按照事先约定，方家辉下车先打程丽君电话，程丽君接到电话开始烧菜，以免烧早了，菜端上桌就冷了。

程丽君烧好了红烧鱼和鱼香肉丝，炖了排骨蘑菇汤，刚端上桌子，门铃响了。她解下围裙，开开门，一束玫瑰花递到程丽君手中。程丽君接过玫瑰花，和方家辉紧紧地抱在一起，所有的委屈随着泪水全部涌了出来。

方家辉抚摸着程丽君的头发，“老婆，我错了，不该这样对你，都是我的错。好了，好了。”这是结婚以来，夫妻俩第一次发生不愉快。但他们确定，两人还是深深地爱着对方。

“下次不许这样欺负我。你想啊，你甩手就跑，我的感受是什么?”程丽君抬头，泪流满面。

方家辉伸手擦去程丽君的眼泪。

两人坐下吃饭，边吃边聊，继续商量下一个周末去省城的安排，先找个房子租下来，再到人才市场看看，能找个工作更好。在方家辉看来，不管什么工作，总比在社区工作轻松。等儿子豆豆大一点，可以接到省城上幼儿园，夫妻二人也好方便照顾。说到豆豆，他们自春节出来以后，一直没回过老家，马上到五一劳动节了，一定抽时间回老家看看孩子和父母。

吃完饭，方家辉洗碗。收拾好以后，他提议一道出去散散步。

方家辉说："马上要离开菱湖市了，以后没什么事情也不会特意回来。其实，要是真的离开这个城市还是有点恋恋不舍的，住了几年，感觉已经习惯了。今晚我就陪你走一走上班的路。"

小区里的桃花、木棉花、玉兰花正在盛开，空气里弥漫着一股暖暖的气息，这种气息里，有花的芬芳，也有草和树叶的清香。路灯亮了起来，橘红色的，给人一种朦胧的期待，又有一种恬静的安逸。快节奏的生活，繁杂的工作，把他俩压得内心有点疲惫，精神有点麻木，感觉过日子就像一直往前奔跑，仿佛永远停不下来。他们好久没有这么悠闲地逛着，只是在这一刻，蛰伏在内心里的温情渐渐地苏醒过来。

顺着小区主干路，他们走出小区，走上马路。这条每天上班必经之路，平时程丽君走得很匆忙，走得心不在焉。今晚和方家辉慢走，才发觉路边有很多吸引人的东西：紧靠小区边有竹林、草坪，草坪中，延伸进去的用大理石铺成的蜿蜒小路，在橘红色的路灯下，显得精致、安静、和谐。

沿着马路，顺着小区铁艺围墙，走到尽头便是南湖新苑小区的正门。正门外是一个广场，广场和马路之间，用防护栏隔着。远看，广场和马路连成一个整体。

此时的广场上，《最炫民族风》的音乐声中，人们正在有节奏地舞动着。程丽君拿出手机，靠近人群，用手机拍了几张照片。

忽然，路边有人喊"程主任"，程丽君转身，是王翠霞。

"王阿姨，你也在啊，现在跳舞的人越来越多了。"程丽君说。

"天气暖和了，人在家里也呆不住了。这位是你老公吧？"王翠霞指了指程丽君身边的方家辉说。

“是的，我老公方家辉，今天下午才回家的。他在省城上班，每周回来一次。”然后程丽君对方家辉说：“这就是我常跟你说的我们社区热心的王阿姨。”

方家辉说：“王阿姨好，丽君在家经常提到你。”

“程主任很有责任心，我们这个小区是安置小区，困难户多，程主任为困难户解决了很多困难，把他们照顾得很周到。”

程丽君说：“王阿姨是我们社区的热心人，帮助了很多的困难户，一直是我学习的榜样。”

王翠霞说：“我们这些退休党员，能够做点事情，是你们给了我们机会，说明我们还有用处。再说了，居民有困难，我们能袖手旁观吗？”

王翠霞说着话，指了指身边的人。程丽君这才发现，王翠霞身边站着一个男人，这个男人面前还有一个坐着轮椅的男人。“这对弟兄俩，也是苦命的人。弟弟患有脑瘫，哥哥一直照顾着，才搬来我们小区。户籍地的社区叫他过来申请低保，那边的低保要停。”王翠霞说：“这几天我陪着这哥俩，天气暖和了，哥哥晚上带着弟弟出来透透气。”

站着的男人说：“白天我要出去打工挣钱，没时间陪他。我是上个月搬到南湖新苑小区的。昨天我们原来的社区打电话叫我赶紧到你们这重新申请低保。不然那边取消，这边还接不上。”

“你明天上午把户口本、身份证、安置协议、病历带过来，我再和你们户籍地的社区居委会联系一下。”程丽君说。

“好，好。看来又要麻烦你们了。哎，我们走到哪都会麻烦哪里的社区。”

程丽君心想：临走前还是加把劲，为这里的困难群体多做点工作吧。

王翠霞对那位哥哥说：“你也不容易了，带着这个脑瘫的弟弟20年了。”王翠霞是在小区里发现兄弟俩的，对他们的身世也了解了一些。

原来，哥哥叫薛新平，50出头，弟弟叫薛新安，比哥哥小5岁。弟弟出世就患有脑瘫，一直跟着父母生活，尽管生活比较艰难。哥哥薛新平很健康，在适婚年龄正常结婚生子。在儿子上小学的时候，薛新平的父母相继去世，作为哥哥，他只好把残疾的弟弟接到自己家里共同生活。

由于没有充分的心理准备，家里突然多了一个残疾人，薛新平的家很快就乱了。妻子不愿意接受这个脑瘫的弟弟和他们一起生活，他开始跟妻子解释，毕竟是亲弟弟啊，不能不管。但生活中的实际问题，却免不了让夫妻争吵。再多的争吵，也不能让他丢下兄弟不管。家里渐渐地乱成了一锅粥。

一次，妻子说灶台上煮着饭，叫薛新平等两分钟把火关掉。结果，薛新平扶弟弟上厕所，把灶台上的饭给忘记了，饭烧煳了不算，差点还引起了火灾。为此，妻子抓着这件事不放，和薛新平抓扯起来，倔强的薛新平动手打了妻子，妻子不依不饶，最后两人离婚了。

破裂的家庭给内向的儿子带来很大的打击。妈妈离家以后，儿子精神上受到了重创，成天把自己封闭起来，上课听不进去，作业也不做，很快就办理了休学，最后被诊断为精神分裂症。

为了弟弟，家庭破碎了，儿子生病了，薛新平承受着一般人难以承受的煎熬和苦痛。他白天在外上班，下班回来面对的是两个病人，生活在劳累、压抑和痛苦中度过，他不知道哪天是个尽头！

这还不是最大的痛苦，真正的痛苦是儿子被确诊为精神分裂症半年后的一天，儿子跑到一幢大楼顶上跳了下去。一个10岁的生命，还没有绽放就这样凋谢了。薛新平抱着儿子血肉模糊的身躯，满脸的泪水，但哭不出声音。

从此以后，薛新平和弟弟薛新安相依为命。薛新平把所有的爱、精力全给了这个带给他灾难的脑瘫弟弟。20年了，他把痛苦和艰辛变成了日子，把日子变成了重复。是的，他没有生活，只有日子，每天都要挨的日子。

这就是生活，一般人很难知道的生活。

为吸取轩衡园电瓶车充电引发火灾的惨痛教训，架空层、楼道清理常态化以后，社区对充电的电线装置进行全面排查。对不符合规定的乱拉乱接电线进行登记后，报区重点建设局，进行重新布线；对刚刚改造过的车库统一安装电线，供充电和照明使用。充电的电线全部改换成标准的护导线，同时要求物业安排巡逻人员划片包保，加强安全巡查，发现电瓶充满的，立刻拔下插头，从而保证架空层的安全。

由于巡查架空层增加了物业工作量，物业其他工作难免受影响。常磊到总公司反映，总公司迟迟没有回音，他也不好和郑彦鸿明说。郑彦鸿从物业公司其他人的口中了解到，常磊到总公司要人也没有落实，便和周洪涛商量：按照街道、社区精细化管理的要求，物业公司人力安排上有难度，我们去总公司帮助协调一下。

公司鲁副总接待了他俩。周洪涛说："最近公司投入很多，各方面的工作都有了起色。特别是整治乱堆乱放、清理架空层、整治毁绿种菜，物业都是主力军。现在小区状况有了大的改观，我们要保证良好的态势持续下去。"

鲁副总说："感谢各级政府的帮助和支持，特别是社区，这段时间在小区整治方面，社区和物业捆在一起，才会取得这样好的效果。"

郑彦鸿说："社区和物业的目标是一致的，都是为了服务好居民。小区治理都是大家的事，我们应该为物业管理助力。今天和周书记来，还是请总公司再支持一把，在物业管理人员上给予支持。"

鲁副总说："常磊和我们都说过，还打了报告。这样精细化的巡查，我们原来的人员肯定不够。一场火灾，我们赔偿好几十万，再加大投入，更增加了我们的压力。不过，你们放心，无论如何，公司都会考虑你们的要求。"

"你们投入点人力物力，做到管理的精细化，也是提升管理水平的需要。更重要的是，做好管理，减少灾害性事件，也就是提高经济效益。"周洪涛说。

"你们放心，我马上召开股东会议，讨论常磊的报告，尽量保证人员到位。”

他们走后，居之安物业公司召开了会议，还特地喊来常磊。根据岗位需要，南湖新苑小区物业公司招聘了5名员工，用来巡查楼道、架空层电瓶车充电情况，整治排查乱堆乱放，以防发生火灾。会议结束后，常磊将这一好消息报告给了郑彦鸿。

十九

薛新平带着相关材料来找程丽君。

虽然刚刚50出头，但薛新平看起来像60多岁一样。岁月的沧桑，生活的艰难，内心的无奈，从他的心底渐渐地漫出，浮上了他的脸庞。岁月像刀子一样，在他的脸上刻出悲伤的印记。他的脸上也有笑容，但分明让人感到，即使是笑容也是勉强的、苦涩的、无助的。

程丽君了解到弟兄俩生活的情况后，被他们的经历深深地感染了，既同情他们的境遇，又欣赏薛新平有男人的担当。只是，他过得太累，过得太苦了。她突然有一种冲动，特别想帮助这个不幸的家庭，哪怕尽自己一点点微弱之力。她问薛新平现在还有什么困难。

薛新平说："家庭发生变故以后，我和我弟弟一起生活20年了，他是我唯一的亲人。过去，无论遇到什么困难，我都紧咬牙关，感觉再难的事情都会挺过去。只是现在弟弟身体越来越差，有时候连坐都坐不住。最近几次我下班回家，他跌倒在地上爬不起来，硬生生地等我回家扶他起来。你想，要是冬天在地上呆几个小时，还不冻坏了啊？我回家看着他躺在地上，心里就特别难受。陪着他不上班吧，没有收入又不行。"

程丽君心头一紧，想想那种场面都很伤心。

"那以后家里就不能离人了？"程丽君问。

"是的。天气暖和了就会好一些。我也是走一步算一步，今后也不知道怎么办。”

程丽君叫他坐会儿，她到郑彦鸿办公室，将薛新平家的情况做了简单汇报，想把薛新平家也纳入最低生活保障，帮助薛新平增加点收入，减少他外出时间，以腾出更多的时间来照顾弟弟。

郑彦鸿同意，他决定和街道分管领导沟通，给这个特殊的家庭以最大的关怀。他立即打电话给街道民政办的陈主任，把薛新平、薛新安兄弟俩的生活状况做了汇报。“哥哥安顿不好，弟弟也没有保障。再说，哥哥身体也不好，有高血压、高血糖。现在是弟弟身边离不了人，你再跟区民政局沟通一下吧。”郑彦鸿说。

陈主任说：“你们写一个情况说明，我到区民政局汇报，你们也要和区民政局的领导沟通，这样他们开会时都了解情况。”

郑彦鸿说：“好吧。”

放下电话，郑彦鸿对程丽君说：“你先写一个情况说明，再按照两个人的保障标准申报吧。”

程丽君说：“但这也解决不了根本问题，这对兄弟挣扎在贫困线下，他们的经历真的很苦。”说完，程丽君把薛新平早年因照料弟弟搞得夫妻反目直至离婚，儿子因为家庭变故得了精神分裂症最后跳楼自杀等向郑彦鸿一一说明。

郑彦鸿说：“孝老爱亲，这是我们需要大力提倡的。这正好和朱俊杰的事例形成强烈的对比。我们要多宣传这种孝老爱亲精神，不像社会上的有些人，动不动就把家庭所有的困难都推给政府，撇开自己在家庭中的责任。”

“郑书记，你的文笔好，写一篇报道，宣传宣传吧。”程丽君说。

郑彦鸿沉思了一下，说：“这个可以考虑。”

“对，说不定还能收到意想不到的效果。比如，发动社会上的爱心人士捐款，多一些资源就能改善兄弟俩的生活。”程丽君脸上露出笑容。

郑彦鸿说：“要是有这样的效果的话，我就更应该写了，说不定真像你说的一样，能给兄弟俩带来帮助，也算是我帮他们做了一些实实在在的事情。你先介绍一下你所了解的情况，我再到他家里挖掘一下材料。”

郑彦鸿年轻时是文艺青年，曾发表过诗歌、散文、小说等。后来工作忙了，文学创作较之以前虽有所减少，但始终没有停止。结合工作，他写过通讯报道之类的文章，当过日报的通讯员。当程丽君向他介绍完薛新平的经历后，他产生了强烈的写作冲动。他要通过薛新平具体、细致的事迹，弘扬孝老爱亲的精神，鼓励大家在家庭、在社区、在社会做好人，干好事，带动社区良好风气的形成，影响更多的人来关爱家人、关爱社会。

下午，郑彦鸿和程丽君到了薛新平的家，经过深入了解，郑彦鸿发现，薛新平还是一个感情细腻、乐观豁达的人。经历过这么多的苦难，许多事情他已经看得很淡了。从他对弟弟无微不至的照顾来看，他并不是金刚铁骨、无欲无求，他是丢不下兄弟的情谊。渐渐的，他把这个脑瘫的弟弟不仅当成弟弟，还当成他的儿子，他的一切。

弟弟坐在靠椅里，稍有歪斜，薛新平时不时地给他扶正，隔一会儿喂一次水，喂过水之后帮他擦嘴。弟弟薛新安脖子以上部位时不时地抽搐着，嘴里嗷嗷叫着，只有哥哥薛新平知道他在说什么。

薛新平对郑彦鸿解释说：他问你是来干嘛的。

薛新平凑近弟弟，大声地说：“这是社区的郑书记，他来看看我们，帮助我们。”

两个男人的家被薛新平拾掇得干干净净，一尘不染。薛新平介绍了日常护理：一天三餐喂饭喂水，晚上泡脚按摩，洗脸擦背。为了晚上方便照顾弟弟，哥俩挤在一张床上，相互取暖。晚上天气好的时候哥哥用轮椅推弟弟下楼走走看看。薛新平说，弟弟喜欢到广场去，喜欢看广场舞。

薛新平比弟弟大5岁，弟弟薛新安从小就患有脑瘫，全身肌肉萎缩，8岁以前都不会走路，家人带他四处求医，后来，虽然能走路，但总异于常人，薛新安13岁那年父亲去世，1991年母亲去世了，从此弟弟便跟着自己生活。原来吃饭、喝水都能自理，只是这五六年以来，由于不能活动，薛新安身上的肌肉僵硬了起来。现在吃饭、喝水要喂，上厕所也要哥哥帮忙。弟弟经常感到不适，喊身上疼痛。他每天都给弟弟按摩，从颈椎、肩膀到大腿、膝盖，一按就是两三个小时。弟弟对自己依赖越来越深，他对弟弟也越来越放不下。

薛新平说，他原本也有一个完整的家庭，因为父母相继去世，弟弟只有跟着自己生活，妻子时常和他闹矛盾，1998年两人离婚。此事对10岁的儿子打击很深，他时常羡慕别人有父母相伴，时间久了，精神就出了问题。1999年年底的一天，是薛新平刻骨铭心的一天。那天，儿子永远离开了他。说到这，薛新平的眼泪在眼眶中打转。离婚后，儿子走了，他就和弟弟薛新安相依为命。“只要我有一口气在，再苦再累，都不会丢下弟弟不管。”薛新平说得很平静，但语气很坚定。

两人相依为命，薛新平已经习惯了这样的日子。弟弟虽然行动不便，却很聪明，还能和自己开玩笑。有时他心情低落，弟弟就很着急，想着法子逗他开心。说到这，兄弟俩相视而笑，薛新平说，弟弟虽然说话不清楚，其实心里什么都明白。

郑彦鸿仔细地听着、记着，他被兄弟间的深情和不屈不挠的精神所感染着。晚上回到家，他一气呵成，写了篇通讯报道，题目是《只要哥哥还有一口气在，都会照顾你》，发到了市晚报的电子信箱。

稿子投出去三天后在《菱湖晚报》见报。刊登后的第二天，晚报记者就此事件做了评论和读者来信摘登，对于20年不离不弃的兄弟情给予高度评价和大力推崇。报社派来记者，带着热心的市民到社区捐款，还有热心居民自己带着物品和现金找到社区，无论是物质还是精神，都给了这对不幸的兄弟带来了很大的关爱，也解决了他们的实际问题。

同时，《只要哥哥还有一口气在，都会照顾你》这篇文章，被全国很多网站转载，省、市文明网也同时转载。薛新平还被市、区文明办推荐为市级好人和区级好人。

为宣传菱湖好人事迹，菱湖电视台也派记者来采访，电视台特地安排了一天时间，将薛新平兄弟俩带到市里面转了一圈，感受一下菱湖市近几年日新月异的变化。他们去了市里刚刚建成的雕塑公园、方特梦幻王国和高新开发区。

好久没有离开家的兄弟俩体验了本市的一日游，他们为菱湖这几年的快速发展感到振奋，好几天都还沉浸在久违的快乐中。

程丽君从街道开会回来，带回了任务。高新开发区近期组织企业举办招聘会，发动社区居民参加。这还真是一件好事，小区里很多闲人待业在家，去看看也是一个机会。社工分园区贴出通知，报名的有30多人，大多是失地农民或大学毕业生，还有几位退伍军人。

招聘会的那天，程丽君和他们一道，骑着电瓶车赶到招聘现场。去的路上，大家都很兴奋，哪知道去了之后，全傻眼了。企业最需要的是电工、焊工、财务会计之类的技术工种，一点技能基础都没有的人，在这里很难找到工作。

程丽君用手机把招聘单位的岗位全部拍了下来。她想：技术工种和熟练的操作工在这里还是受欢迎的，要想顺利就业，还得进行岗位技能培训，将来社区可以考虑举办这类的培训，提高社区居民的就业能力。

回来以后，程丽君请示郑彦鸿，看能不能向区人社局申请，在南湖新苑社区举办一些技能技术培训，让没有任何技能的居民掌握技术之后参加应聘，这样就业的机会可能会多一点。

二十

早上，郑彦鸿还没来得及进办公室，正站在门前拿钥匙准备开门呢，一位买菜的大妈把他喊住："郑书记，小区里昨晚一户居民家发生了火灾。多亏隔壁的一位阿姨，及时喊人救火，才没有酿成大火。”

郑彦鸿听说失火，腿脚马上颤抖起来，忙问了失火地点，居民说在月恒园1栋5楼，他没来得及拔出开门的钥匙，赶忙跑去了现场。

走进月恒园，远远地就看到好多人站在失火的那栋楼底下，一些居民看到郑彦鸿来了，大家纷纷迎了上来。其中一位年轻女子说：“多亏了隔壁的王翠霞阿姨，要不是王阿姨，真的要出大事。”

郑彦鸿穿过人群，走进了楼道。他忽然惊了一下：这不就是曹月住的这栋楼吗？他感到有点紧张，顺着湿淋淋的楼梯，他竟然被人群带进了曹月的家！

曹月家的门开着，家里围了几个邻居，屋子里充斥着烟味、焦煳味，客厅和房间里湿漉漉的，地上堆放着淋湿的被子、衣服和一些家具。曹月呆坐在家里，王翠霞站在她面前。

王翠霞劝说着：“吃点东西吧，遇到困难我们大家一起面对。”看到郑彦鸿进来，王翠霞忙站起来，和郑彦鸿来到阳台。

郑彦鸿小声地问：“这究竟是怎么回事？”

王翠霞说：“昨天晚上曹月上夜班不在家，我就送饭给何涛吃，去的时候，看到家里全是烟雾，何涛用毛巾拍打着，哪知火势越来越大，我赶紧把何涛拽了出来，喊来邻居帮忙，结果房间里的衣服、被子还是烧光了。消防车赶来，明火虽然被扑灭了，但消防员还是不放心，硬是又用水浇了个遍，你看，家具家电全淋湿了。”

郑彦鸿问：“火是怎么着的？”

王翠霞说：“曹月昨晚问了儿子半天，估计是何涛在家熏蚊子把蚊香点燃放在地上，他睡觉的时候，被子掉在地上被点着了。真是好危险，我进去的时候，何涛也吓傻了。”

郑彦鸿说：“这里暂时也不能住了，昨晚他们住在哪里的？”

王翠霞说：“昨晚他们母子俩住在我家。今天一早曹月就坐在家里发呆，脸也不洗，饭也不吃。”

郑彦鸿说：“她儿子呢？”

王翠霞说：“好像给他妈妈买早点去了吧，他哪见过这个阵势啊。”

王翠霞向郑彦鸿建议，在他们光辉橡胶厂的同事里发动党员捐棉被和衣服。

郑彦鸿说：“这是好办法。”说完他走到曹月的面前，“你吃点东西吧，保重身体要紧。事情既然发生了，我们就要面对。”

曹月点点头。

这时，她儿子何涛拎着早点回家了。王翠霞说：“到我家吃去吧，这里烟味太重，家里也没有开水。”说话间，俞红梅也走了进来，说：“我刚听说曹月家发生火灾，急着就赶来了。曹月，你该吃吃，该喝喝，我们来喊人帮你清理，我们染料厂有好几个同事，我一喊准来，都是过去的同事，理应帮忙。”

当天上午，王翠霞发动了他们厂里的党员，仅一个小时，便收到了5条棉被和几十件衣服，还收到了2000元的捐款。他们把募集来的钱、衣服和被子送到了曹月家。俞红梅喊来染料厂的几个同事帮她清理烧焦和淋湿的衣被。

王翠霞送完募捐来的衣服、被子和钱，来到社区办公室，找到郑彦鸿，说：“今天上午发动了我们原来单位的同事、党员募捐，收到了棉被、衣服和钱。我们几个邻居商量，能不能在小区的门口搭一张桌子，在全小区范围发动捐款，为曹月母子俩再募集点钱。实际上，曹月担心儿子患有精神病，我们想带孩子看看，要是孩子有这方面的病，更是耽误不得。募集点钱，也好为她儿子去治病。郑书记，你看行不行？”

郑彦鸿说：“好。我们做一条横幅，扩大影响，帮他们家渡过难关。你们以社区的名义组织募捐，我们社区带头捐。”

郑彦鸿回到办公室，把募捐这项工作和街道周书记做了汇报。周书记很赞成这个办法，提醒要特别注意，在小区里寻找像王翠霞这样的热心人，广泛发动群众，凝聚群众。

郑彦鸿把这项工作交给程丽君具体负责，程丽君制作了横幅和募捐箱。

这时，本市有影响力的电视栏目《聚焦现场》的记者赶到办公室。原来昨晚火灾结束后，有邻居拨打了《聚焦现场》栏目的热线电话，记者晚上也赶去了曹月的家，为了后续报道，记者今天赶到社区，采访社区下一步如何帮助这个家庭。

郑彦鸿介绍了火灾发生后，好邻居王翠霞把曹月母子俩接到家中，今天部分热心居民为她家捐了5条棉被和几十件衣服，还募集到了2000元现金，社区正在给她申报临时救助，还安排明天在小区门口开展募捐活动。郑彦鸿邀请记者明天一定要来报道，扩大影响，以争取更多热心人士的帮助。

当天中午，郑彦鸿将曹月家发生火灾的事情告诉了妻子吴小慧。吴小慧立即向单位请了假，去了曹月家。

看到吴小慧，曹月忍不住哭了出来。曹月背负着太多的委屈，却没有一个合适的肩膀帮她分担。她一直就这么扛着，扛着，她快撑不住了。20多年没有见面，吴小慧的到来让曹月所有的委屈在这一刻迸发了出来，她俩紧紧地拥抱在了一起。

等曹月稍微平静下来，吴小慧说："走，到我家去，这里叫彦鸿帮着清理，咱们同学一场，现在你的事就是我们家的事。"

王翠霞听到这边的动静，进了曹月家，看到郑彦鸿，眼睛瞪得溜圆。

郑彦鸿忙说："王阿姨，这是我爱人吴小慧，我们俩和曹月都是高中同学。"

王翠霞说："怎么没听你说过啊？哎呀，你的口真紧啊。"说完笑了起来。

吴小慧说："王阿姨你好，听彦鸿经常在家说，你在社区做了很多工作，谢谢你啊。"

王翠霞说："没什么，都是我应该做的。"

吴小慧说："曹月，带着儿子，到我家住几天，等这边搞好了，再搬回来。”她转身对郑彦鸿说：“书记同志，这边的事情你就多费心，我要来验收的哦。”

曹月拗不过吴小慧，再说家里弄成这样也确实不能住，索性带着儿子何涛跟吴小慧走了。

晚上，吴小慧做了一桌丰盛的饭菜，几个人围坐在一起。饭桌上只听到吴小慧和曹月的说话声。吃完饭郑彦鸿收拾了桌子，洗好碗，安排晚上曹月和吴小慧住在一起，自己和何涛住一个房间。吃完饭何涛先回了房间，三个人围坐在桌子边。

郑彦鸿问：“何涛是不是需要去医院看看？”

曹月说：“我也很矛盾，是不是要把他送去看看，但送去了就会打上印记，外面人会说，这孩子是从安定医院出来的，怕他心理会有阴影。”

吴小慧说：“也是。儿子的病是大事，要慎重。”

郑彦鸿想起了高明生，说：“我们这里有一个安定医院的退休干部，他儿子也是这方面的专家，哪天和他联系一下，叫他儿子过来看看。先不要搞得兴师动众，小孩子反感，到时候我们做得随意一点。”

曹月说：“好。你们算是帮了我大忙了，平时我也没有一个商量的人，儿子天天闷在家不出门，为这我都着急死了，就算是真的生病了，也得想办法给孩子治，毕竟我就这么一个指望了。”

吴小慧说：“以后有事就找我商量，我的房子也在南湖新苑小区，彦鸿，我们的房子快要交付了吧？”

郑彦鸿说：“快了。”

吴小慧说：“以后我们住在一个小区，有事跟我商量。”

曹月说：“好。”

吴小慧说：“你还得开始新的生活。这么多年了，你也应该再找一个，这样下去岂不是苦了自己？”

曹月说：“哪有这么容易的事情啊，以后再说吧。”

这天晚上，曹月在郑彦鸿家里感受到了久违的温暖，原本她对吴小慧莫名其妙的嫉妒和怨恨也在亲情的融化下烟消云散。是的，过去的就过去了，人生在世，能争取的东西很多，唯独拗不过命运。

第二天，南湖新苑小区门口挂着“大火无情，人间有爱——为火灾家庭募捐”的横幅，横幅下面搭着一张桌子，桌子上面放着一只募捐箱。电视台《聚焦现场》栏目的记者也赶了过来。首先，郑彦鸿向大家介绍了前一天晚上发生火灾的情况，接着他带领社区的工作人员排队捐款。

由于捐款的地点设在小区主要道路，进出的人很多，大家只要是知道，都会丢下50元、100元，少的也是10元、20元。有几个低保户也捐了钱。还有的居民捐完身上的钱，回家取来钱又丢进募捐箱里。一个上午竟然收到了10000多元捐款。

记者全程拍摄了捐款过程，临近结束时也丢了钱放在捐款箱里，还说今晚安排播出，看能不能动员更多的市民参与。

郑彦鸿和王翠霞说：“今天是个开头，明天接着搭台。”

王翠霞说：“这里的入住率不高，明天也还是这些人，还能收到吗?”

郑彦鸿说：“今晚只要电视台播出，明天效果肯定好。”因为本市的《聚焦现场》栏目影响大，老百姓家家都爱看。

果然，第二天很多市民都赶过来捐款，电视报道继续跟踪。爱心如潮啊！郑彦鸿感到社会的力量太大了。这一天，他们共收到了19000多元的捐助，给了曹月母子俩带来了最有效的帮助。

临结束时，街道的周洪涛副书记赶来了，他也掏出了200元钱，递了过去。郑彦鸿介绍周洪涛和王翠霞认识，周洪涛说：“郑书记跟我说过多次，你真的了不起，为我们社区做了很多事情。”周书记握住王翠霞的手。

王翠霞说：“感谢领导。过去我在单位也喜欢管闲事，哪家有困难，我看不过去总想帮一把。再说，我是共产党员，关心困难群众也是我的本分。”

周书记说：“以后社区还需要你多做工作。”

王翠霞说：“郑书记是实在人，我们在一起也投缘。都是实在人，想法就是一样。放心，以后只要社区有事，就有我一份，我拿退休工资，享受政府的恩惠，就理应为政府、为居民做事。”

郑彦鸿和王翠霞告了别，跟周书记向社区办公室走去。

郑彦鸿说：“现在入户工作还在陆续进行，入住一户登记一户。”

周洪涛说：“下一步要多谋划，把社区离退休老同志动员起来，发动更多的力量参加社区治理。”

这次募捐共收到爱心捐款3万多元，除了刷新房子，曹月一家还可以添置一些必要的生活用品。

王翠霞牵头募集到的几十件旧衣服，曹月家也用不了，多余的放在王翠霞家。王翠霞联系了困难一点的人家，根据他们的需要，把这些旧衣服全部送了出去。

二十一

曹月的妈妈在菱湖电视台《聚焦现场》栏目看到女儿家发生火灾，社区为其捐款的新闻，心疼得不知如何是好，立刻拨打了曹月的电话。

曹妈妈说：“小月啊，出了这么大的事情，你怎么不和家里说呢?”

曹月说：“现在没事了，说了还不是给你们添负担吗？你们俩也这么大年纪了，本应该享福，不想让你们为我操心。”

曹妈妈说：“我和你爸爸马上过来?”

曹月正住在吴小慧家，说：“我正住在一个同学家里，不在自己家。等家里清理好了，我才回去住。”

曹妈妈说：“同学？哪个同学啊?”

曹月停了一下，说：“吴小慧。”

曹妈妈说：“是不是农村的吴小慧？”

曹月说：“是的。”

曹妈妈说：“涛涛还好吧？你要把他带好，我明天一早和你爸爸去你那里。”

曹月说：“涛涛和我在一起，我说了，没事的。”

第二天一早，曹妈妈和曹爸爸一早就赶到南湖新苑小区，敲了半天门，把对门的王翠霞给敲了出来。

王翠霞说：“你们找曹月吗？”

曹妈妈一眼认出来在电视里牵头为曹月家捐款还上了电视的王翠霞，说：“谢谢你照顾曹月，曹月有你这样的好邻居，也是她的福气。我们是曹月的父母。”

王翠霞说：“哦，你好。曹月和何涛去了我们书记家，昨晚在他家住的。”

曹月妈妈说：“听曹月说是住在同学家里的。”

王翠霞说：“是的，曹月和我们书记是同学，你放心，我们书记很平易近人的，对她们很好。”

曹妈妈问：“你们书记叫什么？”

王翠霞说：“叫郑彦鸿。”

曹妈妈脱口而出：“郑彦鸿？”

王翠霞问：“你认识我们郑书记？”

曹妈妈愣住了，半天才说：“不认识，不认识。”

曹妈妈心想：“糊涂啊！这么不清不楚就住到人家家里，连邻居都知道了。要是传了出去，还怎么得了？再说，这个郑彦鸿，还在纠缠着曹月吗？真是一段孽缘啊！要是有妇之夫，即使纠缠，该反对我还是要反对的，这样做不道德嘛。哎，当初还是怪我，否则曹月现在也不会落下现在这个结果。”

曹妈妈拿出手机，给曹月打了电话。

曹月说：“快到小区了，马上就到。”

曹月开门，曹爸爸曹妈妈走了进去。曹妈妈对何涛说：“和你妈妈一道，到外婆家住几天。我家房子虽然小，可也是自己家啊，住在别人家算怎么回事？”说完看了曹月一眼。

曹月看着妈妈这种眼神，似乎感到妈妈话里的意思，一下子触碰到她心里那不可触碰的疼痛，委屈的泪水掉下来：“我住在同学家怎么啦？最起码我们有三年高中的友谊，她在我困难的时候主动接纳我们娘俩，这又怎么了？”

曹爸爸说：“你妈妈也没说什么，只是叫你们回家住。”

曹妈妈说：“妈妈还不是怕你吃亏嘛。”

曹月说：“我不懂。我这位同学是吴小慧，女同学，怎么会吃亏？吃什么亏？”

曹妈妈说：“不是这里的书记吗？郑彦鸿，是吗？”

曹月说：“是啊。这都过去多少年了，我都老了，还能有什么啊？不错，是他家，也是吴小慧家，他们俩是两口子，懂了吗？”

曹妈妈半天才梳理出来这种关系，愧疚地说：“是妈妈老糊涂了，对不起，妈妈害了你，害了你一辈子。”

曹月说：“不怨你，只怨命，都是我命不好。

曹妈妈说：“妈妈知道你心里苦，妈妈不该这样怀疑你。”

这时，俞红梅喊来的市染料厂的同事进门为曹月家刷墙。这些人和曹月的爸妈都认识，曹月的爸妈说了一堆感激的话。

为曹月家捐款过去两天了，这天上午10点多，有一位60多岁的老人找到居委会办公室来捐款。她说自从看了菱湖电视台《聚焦现场》栏目的火灾报道后，她一夜没睡好，前两天身体不太好就没有来，今天特地打的过来，就是想表示一下心意。

老人说：“这1000元是我捐的，这20元是我打车的车费。出租车司机听说我特意来捐钱，就没有收我的车费，我把车费也放进去，算是司机捐的吧。”老人说着拿出一卷钱。

程丽君赶忙放下手里的事情说：“我带您去她家吧，她也好当面感谢您。”

走进楼道，还有一股刺鼻的烟熏味。曹月家的门开着，俞红梅喊来的同事正在刷墙，见程丽君带了一位老人特地来捐款，曹月眼泪扑簌簌往下掉。接过这1020元钱，她不知道和老人说什么好。倒是老人一个劲地安慰她：“有困难大家伸一把手，就会挺过去。你一个人带着这样的孩子，也是够苦的，慢慢来吧，日子总会好起来的。”

站在一边的程丽君心里涌动着波澜。

和同事刷好墙以后，曹月打了吴小慧的电话，说今天不去她家了，爸爸妈妈接她回家住几天。

吴小慧在电话里埋怨道：“我还买了好多菜，你去你爸妈家住两天吧，回头有空到我家来吃饭啊。”

这个周五下午程丽君向郑彦鸿请假，下午买了去省城的车票，去省城和老公团聚了。社区的其他同事周六和周日还是继续加班，到居民家采集信息。

郑彦鸿和吕思聪一组，但吕思聪喊来了自己的女朋友帮忙，成了一组；张书燕把休息在家的老公喊来陪她，好让丈夫体验一下她工作的辛苦；鲁子铭喊上女朋友，顺便让女朋友体验一下自己的工作。这样，入户登记分成了三组，郑彦鸿三个组轮流跑，顺便看看工作进度，打电话安排快餐盒饭，做好后勤服务工作。

周六这天下午，郑彦鸿在小区里走着，迎面碰到曹月提着垃圾袋下楼倒垃圾。

郑彦鸿问：“出门吗？”

曹月躲闪着郑彦鸿的眼神，以为郑彦鸿特地到她家，说：“我倒垃圾，马上回家。要上去看看吗？”

郑彦鸿愣在那里，不知道怎么说，只好“嗯嗯”了两声，但很快又后悔了。曹月倒了垃圾很快回来了，郑彦鸿机械地跟在曹月后面，从单元门进入楼道。曹月开了门，郑彦鸿走了进去：“我来看看家里收拾得怎样了。”

郑彦鸿从客厅到房间，每一处都看了看。墙面全部粉刷了一遍，明亮白净，地板也重新换了，家里的家具和电器重新置办了新的。

郑彦鸿问："这次损失了多少？"

曹月说："有5万多，收到捐款3万多，父母给了2万。现在全部恢复了原状。大家为我家捐了这么多钱，我真的不安。"

郑彦鸿安慰道："不是遇到困难了吗？实际上，大家捐一点，也不影响他们的生活。"

曹月端了一只杯子和一个水瓶："家里没茶叶，就喝点白开水凑合吧。"

郑彦鸿接过水杯："我也是不讲究的，出事那天，你是去上晚班的？"

曹月苦笑："还不是想多挣点钱，白天上一个班，晚上想干点事情补贴，只干了两天，就出事了。后来就没去上晚班了。打工，苦差事。"

郑彦鸿说："我们也是在打工，春节到现在没有休息过一天呢。这边是安置小区，人很杂，矛盾多，物业管理跟不上，所以我们要多忙点。"

"当领导忙也是应该的啊。"曹月笑了笑，继续说："想不到你还有领导的能力，过去在学校的时候，怎么也看不出来你能当领导。"

"赶鸭子上架，我也就这点能力，实在人干点实在事呗。"郑彦鸿说："儿子现怎么样了，是不是要去看看，成天在家里对他成长不利，你要多注意。"

"哎！"曹月深深地叹了一口气，"我也是这样想啊，过去他和他爸爸生活在一起，他爸爸前几年出了点状况，他去年才跟着我生活的，哪知道一来就呆在家里打游戏不出门。我也不好多责怪他，毕竟亏欠他太多，只好由着他。对了，我还要请你帮忙找一下安定医院的专家。"曹月的眼神里流露出无奈。

郑彦鸿说："那天在我家感觉何涛还好，不像有问题的孩子。"

曹月说：“是还好，我只是不放心。”

郑彦鸿说：“我们这里住着一个安定医院的退休干部，也是个热心人，他儿子就是这方面的专家，哪天和他联系一下，叫他儿子过来看看。”

郑彦鸿的这番话触动了曹月的软肋。10年前，她离婚独自生活，仿佛跌进了人生的低谷。没有人关心过她，而她家发生火灾之后，郑彦鸿夫妻俩给了她久违的温暖，过往的种种又开始在她的脑海中翻滚。

得知妈妈那天晚上请周伯伯一家人吃饭，曹月想都没想就喊郑彦鸿晚上来，想让大家看看：我曹月是有男朋友的，你们这样做都是白费功夫。

可是，曹月太鲁莽了。在妈妈的强势下，她采取了过激的行为，试图证明自己的强大，结果被现实击得粉碎。

郑彦鸿第二次来到曹月家，撞到了家里的客人。曹妈妈立刻喝令曹月去厨房盛饭，并迅速地撵走了郑彦鸿，在大家还没有反应过来，便及时地处理了这场尴尬。然后她把曹月喊到房间，苦口婆心地再次将郑彦鸿和何永霖进行比较：家庭的、本人的，正面的、侧面的。可倔强的曹月就是听不进去，后来还去找了吴小慧，向她诉说了她和郑彦鸿恋爱遭到家里人反对的事情。

吴小慧带着她去了新华被单厂，可郑彦鸿当时出差在外。曹月感到孤立无援，无奈地回家了。后来，吴小慧传来消息：郑彦鸿无法面对曹月的母亲，他俩算是有缘无分，决定分手。用吴小慧的话说：“没有父母祝福的婚姻，也是不幸福的。”尽管她不甘心，但她不得不认命。

后来，何永霖不仅往家里跑，还往单位跑。渐渐的，曹月就接纳了他。

这之后的一年，曹月和何永霖结了婚。和何永霖结婚一年后，儿子何涛出世，紧张的生活便开始了。先是受大气候影响，全市所有的全民所有制企业不景气，精简人员，何永霖托关系找门路想留在厂里。可留在厂里还不到一年，由于企业改制，所有人都下岗了。

生活的压力使得他们透不过气来。夫妻俩只好带着年幼的何涛，尝试着做生意。20世纪90年代中期，下海做生意几乎成了下岗职工的必选之路。他们租了一间门面，做起了酒、调味品生意。夫妻俩起早贪黑，没日没夜，店面越做越大，两年后，生意做大了，这时候曹月想在家照顾儿子、老公，店里雇了两个人，一个负责送货，一个负责记账、看店。

令曹月没有想到的是，没过多久，何永霖和那个叫婷婷的记账员搞到了一起，直到被曹月发现，事情才被捅了出来。接下来的就是争吵、理论、打架，直至离婚。离婚时儿子10岁，由于何永霖经济条件好，儿子跟了何永霖，她搬了出来，后来到私营企业打工，过着漂泊、凄苦的日子。

就在前两年，何永霖进货时被一个骗子骗去货款，导致公司资金链断裂，月月亏损，最终店面关门。何永霖和妻子出门要账，把儿子何涛还给了曹月。家庭的变故让儿子何涛心理上受到了伤害，他的学习成绩一落千丈，高中没考上，在一所职业技术学校混了两年，毕业后出去也找过工作，总是干不到几天便辞职了，回家没事就上网玩游戏。

二十二

程丽君周五下午坐上去省城的大巴汽车。一个多小时后，程丽君就站在省城的长途汽车站的出口了，远远的，她看到方家辉向自己挥舞着手。

方家辉接过程丽君手中的行李，把她带到自己很狭小的单身公寓，放下行李后两人便出去了。

这几年，省城的变化很大，城市规模、配套设施、道路交通，都是一流的。特别是这几年新建的高架桥此起彼伏，像一道道彩虹，连接着这个城市的各条主干线。

在饭店吃过晚饭，方家辉带她去逛了街，一边逛商场，一边将明天的行程作了安排：找房子，找工作。一时找不到工作也没关系，先找个房子租下来，房子找好了就辞去社区的工作，先搬过来。像程丽君这样的学历，在省城找一个普通的工作应该是不成问题的。

方家辉说："如果明天找不到合适的房子，看看也行，这周不行，下周再来，要有锲而不舍的精神。"

程丽君说："我既然到了你这儿，就听你安排了。嫁汉嫁汉，穿衣吃饭，以后全指望你这个一家之主了。"

第二天，他们去了一家房屋中介，省城这两年房价涨得厉害，比菱湖市要高出很多，显然在省城他们目前是买不起房的，租房的话，价格太高也不划算。看了几处房子，路段不错，只是房子里的设施陈旧，租金却很高。他俩来时还兴冲冲的，看了几处房子，顿时像泄了气的皮球。

房子找了几处不理想，接着去找有招聘的单位。也许是周六的原因，很多单位都关门休息。两个人干脆去逛商场，方家辉为程丽君买了衣服。程丽君说："春季一过就不冷了，衣服就不买了，再说，我们还要攒钱买房呢。"

方家辉说："房子买不起，衣服还是买得起的。去年年底忙，没有为你买衣服，现在补吧。想穿就穿，别苦了自己。"

周日上午，程丽君带了大一包、小一包的衣服和吃的东西，乘着大巴，返回了菱湖市。临走时，两个人也没有再谈程丽君辞职的事，方家辉说："下周我利用休息时间自己跑跑看，房子和工作慢慢找，你也别着急。"方家辉反过来安慰程丽君。

程丽君隐隐地感到，对于到省城来买房，方家辉也是底气不足，这对于她来说，无疑是一个好的信号。如果以后周末方辉回菱湖市，她要多抽点时间陪陪他，让他感到她很在乎他，很需要他，哪怕把工作放一放，毕竟感情和家庭对一个女人来说才是最重要的。

周一上班时，程丽君有一种预感，她可能不会辞职离开这里。

上午，鲁子铭带着一位青年来找程丽君，男青年边上还有一个60多岁的妇女。

鲁子铭说："今天来登记的是社区矫正人员，叫杨大宝，1986年出生，住在月恒园。他是因为聚众斗殴罪被判刑3年，由于个人认罪态度好，社会危害性不大，现在放在社区矫正。他妈妈也来了，想反映一下家里的情况，请社区帮帮忙。"

杨大宝的妈妈走过来说："主任，我们实在没有办法。两年前，儿子在单位上班，被朋友喊去打架，这一架把工作打没了，还赔了几千块钱，媳妇看到这个状况气得跑出去打工了，现在孙子还在生病。他现在出来了，让社区管着，但没有工作，没有收入，靠我一个人这点退休工资，吃饭、看病哪够呢？"

"那要去找工作啊！年纪轻轻的，不干事怎么行呢？"程丽君说。

"哪能找得到呢？现在不管到哪个单位应聘，都需要凭无违法证明，开不到证明，就不行。你想想，一个受过处理的人，到哪里能开到这个证明呢？到哪能找到工作呢？"

杨大宝始终低着头不作声。

杨妈妈继续说："我倒是不想管他，他这么大了，自己做的事情自己承担。只是我这个小孙子，没有投到好人家。没妈妈照顾不算，现在有病也没人管。"说着，老人从口袋掏出了病历。

原来小孩8岁，患有严重的疝气，医生建议要手术。

程丽君对杨大宝说："你先带着孩子住院，小孩子不是买了医保吗？先交一个门槛费，把发票留着，到时候我们帮你申请医疗救助。"

杨大宝说："就是没钱才来找你们社区居委会的，你们给我想点办法吧。"

"还好意思说，给小宝看病的钱被你拿出去花了，还有脸说没钱？"

程丽君说："大妈，别说了。我去和我们书记商量看看怎么办。"

程丽君来到郑彦鸿的办公室，把杨大宝的情况汇报了一下。两人商量后，决定先给杨大宝上报2000元的临时救助。这个钱不给他本人，由小孩的奶奶代领，然后交到医院，赶紧给孩子治病。

至于杨大宝工作的事情，也是一个难事。郑彦鸿说："我和常磊联系一下，找一个保洁的工作，在物业扫扫地应该没问题吧。不给他生活出路，保不准他会去社会上闯祸。"

程丽君就这两件事情和老人家交流了一番，老人很是欢喜。孙子治病的钱有着落了，儿子也能找到事情做了。

老人家说："就在本小区扫地也好，我能天天看着，不许到外面瞎混，更不能再打架了。等稳定了，我再找秀芳回家。"秀芳是她的儿媳，也是孩子的妈妈。

郑彦鸿打电话给常磊，和他说了杨大宝的事情。

"人是个身体健康的人，还有力气，也住在我们小区，干活方便，只是过去犯过错误，打架被处理过，你知道就行，也别声张，现在小伙子都要面子。"郑彦鸿对常磊说。

常磊说："你叫他过来直接找我。我有一件事跟你汇报一下，轩衡园很多居民反映手机信号一直不好，他们联系了移动公司，想在楼顶上架基站，强化信号。"

郑彦鸿想起来刚刚上班时的情景，忙说："要慎重，要征得全部人员的同意。有一个人不同意的话，就不能架。"

"你放心，这次架的比以前的小，分在几个顶楼上，我们都上门征求了意见，他们都同意。"常磊说。

郑彦鸿心想：只要居民同意，没有矛盾，增强信号也不是什么坏事。

郑彦鸿对杨大宝说："我和物业公司的常经理说好了，你现在就过去找他，在物业做保洁工。"

杨大宝的妈妈感谢不尽，两个人去了物业。

这天周洪涛来社区，和郑彦鸿就社区下一步的工作进行交流，准备着手成立党支部，在5个园区选5个架空层作为党支部的活动场所，并进行简单装修。周洪涛叫郑彦鸿立刻写报告，街道开党工委会议时，好在会上讨论一下。

郑彦鸿汇报说："安置小区有很多失地农民和失业人员，社区组织他们集体去高新开发区应聘，由于没有技能，就业能力很差，是否能联系人社部门开办一些技术技能培训，这样就会增加居民就业的机会；社区文艺团体现在很活跃，可以进一步激发成员的积极性，更好地开展活动，但需要投入一些音响设备；社区里有一些关爱家庭、关爱邻居的好人不断涌现，社区要积极引导，树立典型，搞一些评比推荐活动，树立典型，建立奖励机制，社区目前正在积极寻找身边好人，推进积极向上的良好风尚形成。这些事情都是我们需要做，而且能够做到的。"

周洪涛说："搞一个品牌活动，坚持长期做，这样就一定会有影响。"

郑彦鸿说："我们设想以广场为载体，以活动为纽带，倡导邻里守望，建立一个和谐的社区。"

周洪涛说："好，每月开展一次活动，活动形式多样，招聘会、志愿服务、文艺表演等都可以，让居民、党员、社工互动，建立一个互相关爱的温暖社区。一定要坚持做，扩大影响，做成品牌。"

郑彦鸿说："搞活动需要资金。"

周洪涛说："可以打报告申请。"

二十三

时间到了2015年6月中旬，天气进入了梅雨季节，滂沱大雨像从天上倒下来一样。连续的大雨让郑彦鸿按捺不住内心的焦急，他担心小区因下雨出现意外状况。

雨一直在下。郑彦鸿早上上班提前到办公室来，还打了常磊的电话，询问小区内有没有因为下雨导致突发事件，特别是电梯的基坑，因为之前就有居民反映基坑因下雨渗水造成电梯停运。

果然，常磊说：“多处基坑渗水，昨晚就接到电话，反映小区里十几台电梯停运，我当时就做了安排，喊维保单位来维修。我马上也到小区了。”

郑彦鸿说：“我最担心基坑渗水的事情。你过来我们一道去小区里看看。”

10分钟后，郑彦鸿和常磊在小区主干道边上会合。他们打着雨伞，穿着高筒雨靴，顺着小区主干道往里面走去。

常磊说：“地下排水泵有两台机子出了故障，来不及排水，我刚才安排人把备用的水泵抬过去了。楼下负一层要是来不及时排水，水一旦漫上来后果就不堪设想，上面的用电设备设施就有可能浸水。”

郑彦鸿说：“你要多考虑小区里有没有其他隐患，不能忽视任何一个细节。”

可能是地势较矮的缘故，道路上积满了水，积水还漫上了路牙子。汽车、电瓶车经过的时候，“哗——”地水溅到路人身上，弄得行人满身都湿透了。

走进一个架空层，里面正在往外搬运货物。原来是一个做批发烟酒的经营户董老板租赁架空层做仓库，哪知道一夜之间，道路上的积水漫进了架空层里，仓库里的货物连同包装箱全部泡在水里。

货物的主人开来了一辆货车，把还没有受潮的物品搬到车上去。董老板看到常磊过来，立刻拽着他到架空层里面看。

“你这个窨井排水太不靠谱了吧？你看看，水不往下水道窨井里淌，全进了我的仓库。我初步看了一下，损失了好几万块钱，你看看怎么办吧？”董老板不依不饶。他在商博城做批发生意，这里做仓库堆放部分货物。

“这种突发事情，我们也预料不到。”常磊说，说完拿出手机，喊来保安队长，叫他安排人员带着工具，将窨井盖缝隙堵塞的地方掏一掏。掏过的窨井盖，水立刻“哗哗”地淌了下去。

“我们先把货物清理出来，等会列一个清单送到物业。”董老板说。

郑彦鸿喊常磊去看看电梯情况，听说电梯已经停了好几台。他边走边对常磊说：“你们当初出租架空层给他们是做车库用的，他改变用途做仓库，出了问题是他自己的责任，你不仅不需要赔偿，还要要求他把仓库移走。”

常磊说：“他们当时租车库时，我也提醒过，就怕他们租下来当作仓库。仓库有一定的安全隐患，特别是怕他们堆放易燃易爆的物品。他一早打我电话，说要求赔偿的事情。我说了，‘这个架空层是车库，不能作为仓库使用你又不是不知道，这是你自己单方面改变用途造成的损失。’现在租用车库改变用途的情况比较多，而且也不利于安全。”

“最起码不能放置易燃易爆物品，你要把每一个架空层都登记一下，看看到底堆放的是什么物品。”郑彦鸿说。

郑彦鸿和常磊打着伞继续往小区里面走。

昨天晚上，高层落水管由于水流太集中，管道的容量不够，压力变大，落水管的接头处爆裂，水渗到基坑，电线遇到水发生了短路，造成十几部电梯损坏停运。电梯维保单位的工作人员半夜就赶了过来，一直在忙着维修。到现在，还有8部电梯停运。高层的人没有电梯下不了楼，小区仿佛炸开了锅一样。

常磊接到保安打来的电话，说电视台《聚焦现场》栏目记者现在正在小区里采访电梯故障情况，居民全都在现场围观。

常磊对郑彦鸿说：“记者在采访电梯故障。”

郑彦鸿说：“我们正在抢修，要是采访你，你就实事求是地介绍。”

说着，他们来到电梯停运的轩衡园。维保人员正在地下负一层拆下电梯控制主板，维修线路，记者跟着进去拍了镜头。单元门门口围了很多居民，吵吵着问电梯什么时候能修好。

维保人员向记者介绍，说昨天晚上接到物业电话，立刻赶了过来，由于基坑渗水，导致电梯主板电线短路，昨晚就开始维修了，早上又去购买配件，他们正在加紧维修，确保上午每一个单元有一部电梯正常使用。

这时郑彦鸿和常磊也赶了过来。常磊对着电视镜头向居民承诺：“今天中午之前，小区电梯将全部修好。今后物业公司会加强小区的电梯巡视，发现问题及时处理，确保出现问题立即解决。对于基坑渗水现象，一是天气造成的，二是施工的原因造成的。物业公司将把这种情况向上汇报，请施工单位维修，以保障基坑排水设施的正常使用。”

回来的路上，郑彦鸿说：“电梯维保人员要是住得远，电梯出现故障，还是来不及维修。你看是不是要求他们就在本小区租房居住，这样一旦出现问题，就能迅速解决。”

常磊说：“我也在考虑这个问题。我们准备向维保单位发函，要求维保人员在本小区租房入住，哪怕我们出一部分房租也行。”

事后物业公司给维保单位发函，要求维保人员住进小区，维保单位采纳了这个建议。维保人员住进小区之后，只要电梯出现故障，就能在很短的时间内赶到现场，确保小区内电梯的正常使用。

常磊回到办公室已经快中午了，租用架空层做仓库的董老板带着受潮物品的清单到物业索赔。常磊还是那句话：私自改变用途，董老板违约在先，董老板不仅赔偿得不到支持，物业公司还要求因为他违规使用车库、改变车库用途而终止租赁合同。

这次车库进水也只有董老板一家，主要是窨井盖缝隙阻塞造成的，其他架空层没有出现什么意外情况。董老板最后只能自认倒霉，和物业签订一份协议：货物撤出车库，损失自负，物业公司退回一年的租金。退回租金，能把车库收回，减少安全隐患，对物业公司来说也是一件好事。

紧接着，物业公司开始全面清理车库，特别是把易燃易爆的物品清理出来，还小区居民一个安全的居住环境。

周洪涛电话通知郑彦鸿去区人社局。郑彦鸿赶到时，周洪涛正在人社局张局长的办公室。原来，市里要组织一个培训项目，周洪涛知道这个信息后，为南湖新苑社区争取到了。这个培训项目是市政府的民生工程，涉及电焊工、汽车修理、家政培训。培训人员自己不需要出钱，全部由政府投入，理论课的培训地点设在区人社局的培训中心，实践课地点设在工厂，最后考试颁发证书。为保证质量，每个班只收30人。

人社局张局长说："这是一个好机会，但不能浪费资源。学员由社区组织，一定要组织好，特别要把有就业意愿的人请过来接受培训。我们过去在外面也搞过技术技能培训，没组织好，学员稀稀拉拉的，甚至还有滥竽充数的，与我们的初衷有差距。"

郑彦鸿说："张局长，你放心，我们一定会组织好，绝不浪费这次的好资源。"

回去以后，各个园区张贴了通告，特别是对于有就业需求的人员，社区工作人员还专门电话联系了他们。短时间内，报名者还不少。社区根据文化程度、家庭状况，把这次机会留给最需要的人，筛选出三个班共90人。社区分班召开会议，将这次培训的要求告诉大家：现在要放弃还可以，一旦将名单报上去就要坚持，既然去了就要珍惜机会，不要半途而废。报名的学员都表示会认真参加培训，争取学到技术早点就业。

开班典礼那一天，区人社局张局长在开班仪式上讲话。他说："本次培训，作为南湖新苑社区的专场，是政府的民生工程，是实施万人就业、千家致富的系统工程。希望大家珍惜机会，刻苦学习，掌握技术，早日就业。"

二十四

郑彦鸿接到周洪涛的电话，说区委办有一份区委钟书记的批示文件，南湖新苑社区一位居民直接给钟书记寄了封信投诉，至于反映的是什么问题，街道已经派人到区委办取文件了，等会就能拿到，现在叫郑彦鸿派人到街道，等钟书记的批示文件一到，立刻复印带回社区，看看怎么处理。郑彦鸿一边叫胡锐到街道找街道党政办拿材料，一边打电话给常磊，叫他到社区办公室来一趟。

社区的胡锐从街道拿回了区委钟书记的批示文件，材料反映的是居民养鸽子扰民问题。

厚厚的文件里，首页是区委、区政府信访局文件，印有“人民来访交办单”，交办事项下拨到街道办事处，说南湖新苑小区吴全明等18户居民于某天来区政府上访，反映南湖新苑小区轩衡园15号楼朱道新在顶楼养了400只鸽子，并在楼顶上私自搭建鸽棚等违法建筑，导致周边居民生活环境恶劣，卫生、空气污染严重。区委钟书记批示：请街道办事处调查处理，答复意见要与当事人做好沟通。接着是人民来访登记表，信访局、分管领导批示，最后是吴全明给区委钟书记的信，信上附有18位居民的签名。

他把材料递给常磊，常磊翻了翻，说他知道这件事情。小区里是有一个养鸽子的，叫朱道新，住在15号楼顶层18楼，此人以前是信鸽协会的，住进来之后，就把笼子搬到楼顶上，搭了个棚子为鸽子遮风挡雨，现在发展到了400只鸽子。居民投诉后，物业也及时上门了解了情况，做了劝导。牵头反映的居民叫吴全明，反映的问题主要是：一、鸽子飞来飞去，粪便掉在居民晾晒的衣服上；二、楼顶本来是公共场所，养鸽子以后，变成了朱道新家私人场地，其他人家想在楼顶上晾晒被子都不方便，上面变得很脏；三、上面养了鸽子以后，堆了很多玉米等鸽子饲料，引来许多老鼠，周边的人家里也有了鼠患。后来物业也跟他做了交流，人家毕竟爱好这个，一下子全部清除掉，也是有难度的。最近，物业和吴全明、朱道新协商，将鸽子的数量减少。

“这个吴全明也是，我们正在介入处理，也跟他沟通了，他怎么还把状子告到区委书记那里，总要给我们一个时间嘛。”常磊说。

“他这样做你也应该理解。他的意图很简单，直接给区委书记写信，就是想引起领导的重视，尽快解决问题。但不管怎样，养鸽子扰民肯定是不对。你跟朱道新联系一下，我们上门去看看。养鸽子可以，但不能影响其他人的生活。”

常磊回到物业办公室和朱道新联系。一会儿，常磊打来电话，说和朱道新联系好了，他晚上6点下班才能到家。郑彦鸿答应6点上门。郑彦鸿叫程丽君下班别走，喊上胡锐，和物业公司一道上门找朱道新，做一下调解工作。

6点不到，郑彦鸿带着程丽君和胡锐去了轩衡园15号楼，胡锐带着相机。他们直接上了楼顶，5个鸽子笼摆放在一边，见人来了有动静，鸽子“轰——”的一声飞出去了。一刹那，鸽子身上掉下来的绒毛弥漫在空气中，还伴随着一股腥臭味。鸽子飞出去以后，楼顶的地上到处是鸽子的粪便和鸽子毛。胡锐把这场景拍了下来。

这时，郑彦鸿接到常磊的电话，说朱道新回家了，现在他已经在朱道新家里。郑彦鸿说他现在已经在楼顶上了。

一会儿，常磊带着朱道新上了楼顶。

常磊指着郑彦鸿对朱道新说：“这是社区的郑书记。”

郑彦鸿笑了笑：“你就是朱师傅吧，以前爱好这个？”

朱道新说：“给郑书记添麻烦了。”

郑彦鸿和朱道新在楼顶上走着，“你这有多少鸽子？”

朱道新说：“现在没有多少了，我以前住的地方是两层小楼，后面一个院子，场地很大，最多的时候有600只鸽子。我是信鸽协会的，我的鸽子飞得远，江苏、山东都飞过。现在只有400只了，我一辈子就喜欢这个。”

“现在在这楼顶上养鸽子也不方便吧？”郑彦鸿问。

“就是，可能有人向你们投诉了吧，给你添麻烦了。”朱道新说。

走到饲料袋跟前，郑彦鸿拉开看看，里面有玉米、小麦混合的饲料。难怪吴全明说老鼠到处跑。

绕了一圈，郑彦鸿说："朱师傅，养鸽子是你的爱好，我也能理解，但我还是希望你不要影响别人的生活。你看，你们楼底下的人，比如晒个衣服、晒个被子，鸽子屎就会掉在上面，多不好。邻居之间还是和气点好。"

"楼下的人就会以偏概全，我上面尽量搞干净，不影响大家。我准备卖掉一批，我女儿马上要坐月子了，再给她吃几十只，我只养几十只玩玩。少的话，就不会影响别人了。"

"什么时候卖呢？"郑彦鸿追问。

"给我一点时间，这样吧，常经理也在，我承诺：两个月内，我只留30只，就养30只玩玩。你们看怎么样？"

"你现在就开始慢慢地处理，不然来不及啊。"

"我在和楼下的人协商，给我时间处理，我把楼顶扫干净，他们上来晒个衣服晾个被单也方便，尽量不影响楼下居民。"

可是，郑彦鸿没有想到，他们走后不久，朱道新就和楼下居民因为言语上的矛盾，又闹翻了。朱道新本来承诺在不影响邻居的情况下只养30只鸽子，现在反悔了。

原来，朱道新下楼倒垃圾，看到邻居吴全明和几个邻居在一起，便跟他说，马上会处理掉一批鸽子，减少数量，希望他跟楼下的人说一说，给一点时间。

吴全明倒是没说什么，微笑点头，就在朱道新转身上电梯的时候，邻居们的话刺痛了他。

"等两天不处理，我们再去催。"

"我们先到区里，再不解决就到市里，看他的鸽子还怎么养得成？"

朱道新退了回来，看着说话的几个人，问："你们怎么说话呢？难不成你们还真的去政府告状了？"

吴全明试图阻止，但那位居民已经迫不及待地说出口：

"今天有人找你了吧？明确地告诉你，我们已经在联名上访了，你不把鸽子处理掉，我们还会向上反映的，非得让你养不成鸽子。你看，楼下乱糟糟的，衣服洗好晒干了，一看，鸽子屎躺在上面，你说恶心不恶心？”

“怪不得呢，原来是你们在捣鬼。还上访？好，你们不是找政府吗？那就去找啊，以后别找我了，我还就不睬你们呢，你们爱咋样就咋样。”

吴全明说：“朱师傅，你哪能这样说呢？下午你不是当着居委会领导的面说好了吗？”

“你们不是上访吗？有政府给你解决，以后就不要跟我再说了。”

“我们就去上访，看看有没有人出来治治你。这栋楼被你搞成什么样子，你自己看看吧。”

“那我们就试试，看看谁怕谁！”

吴全明立刻打电话给郑彦鸿，问他们和朱道新是怎么说的。

郑彦鸿说：“我们刚才去了，朱道新已经同意了，答应先处理一批，两个月内只留30只，保证不影响你们楼下居民的生活。你再和其他的人说说，给他一点时间。”

“朱道新刚才和我们闹翻了，他说不会减少鸽子数量。我们爱咋样就咋样。”

“怎么？我们说得好好的，怎么又变卦了？”

“是的，楼下居民七嘴八舌的，说再不清理还要上访，可能把他惹毛了。”

“你们也不要太急躁嘛，人家半辈子的爱好，你们也要理解一下，要好好交流，不是我说你，动不动就上访找领导，事情还不是我们坐下来解决吗？你们的做法真成问题。”郑彦鸿说。

郑彦鸿打电话给轩衡园的党支部书记俞红梅，把养鸽子事件掌握的情况向她做了说明，让她出面做做双方的工作，先找一下轩衡园15号楼的吴全明了解一下情况，再去找养鸽子的朱道新，劝说双方不要闹矛盾，妥善处理养鸽子的事情。

俞红梅到了吴全明的家，劝大家退一步，给朱道新一点时间，也是给彼此一个空间，咄咄逼人的态度只能激化矛盾，也解决不了问题，还影响居民和睦。

大家想想也是，毕竟还是邻居嘛，老是揪着别人的小辫子不利于今后的团结。“以后不利于团结的话就不要说了。”俞红梅说。

俞红梅来到朱道新家，劝他不要计较大家的闲言碎语：“有些人讲话就是随便。说话，他们是过了，但事情，还是你做错了，毕竟你养鸽子影响了别人。还是按照下午郑书记在场达成的结果，减少到30只，至于邻居们说的话，翻篇了，不说了。”

最后朱道新点头答应了。

事情调解好了，俞红梅打电话告诉了郑彦鸿，这时已经是晚上10点10分了。

二十五

这天上午，鸿泰园党支部书记高明生来到社区，说根据居民的反映，闻到一户居民家传来异味，怕有什么意外。任莉莉查看了这一户的户籍信息，这户房子里居住着一位独居的老人，老人的儿子在外地工作，平时也不经常过来。任莉莉拨打老人电话，但始终无人接听。

任莉莉立刻和程丽君汇报，她们转身一道跟着高明生来到这户人家，刚靠近楼道便隐隐地闻到一股臭臭的味道，大家立刻紧张起来。程丽君打电话向正在开会的郑彦鸿汇报，郑彦鸿叫他们立刻和老人子女联系，问知不知道老人的去向，老人的子女要是不知道的话，就立刻报警。

果然，老人子女既不知道老人的去向，也联系不上老人。报警后，警察打开了门，老人已经死在家里了。老人今年82岁，死在家里已经四五天，尸体已经开始腐烂。

菱湖电视台《聚焦现场》栏目的记者也赶过来了。程丽君脑子

“嗡”的一声。现在本市的老百姓遇到突发事件首先想到的不是报警求助，而是拨打《聚焦现场》栏目热线，媒体的发酵，往往把事件炒得沸沸扬扬，结果难以控制。

《聚焦现场》的记者站在门外用摄像机拍摄，采访了围观的居民。居民介绍说，老人平时一个人居住，子女在外地工作，现在还没有赶过来，老人平常也不怎么下楼，偶尔出去买买菜，这次是有好几天没有看见老人出门了。

程丽君远远地站在那里，但还是没逃过居民的指认。记者把摄像机对着程丽君，问：“你们小区类似这样的空巢老人有多少？平常怎样管理？”

程丽君说：“今天这位发生意外的是独居老人，子女在外地工作，我们已经联系上了，现在他们正在往这里赶。因为我们小区正在陆陆续续入住，空巢和独居老人的数据还在增长之中，目前大概有三四十人。”

记者问：“社会上空巢老人死在家里无人知道时有发生，为防止此类事件的发生，咱们社区下一步对这类人群有什么样的措施进行特别关爱？”

程丽君说：“我们马上梳理这类人群具体信息，将采取社区工作者、志愿服务队员、老人互相关爱等多种形式，把他们纳入我们的视线内。”

郑彦鸿散会后回到小区，正好看到火葬场的接尸车从小区广场驶出，接着电视台采访车也驶了出来。郑彦鸿想：坏了，通过《聚焦现场》的报道，社会影响就更大了。到了现场，程丽君和郑彦鸿说起了自己接受采访的情况，郑彦鸿说：“你脑子反应还蛮快啊，接下来就按照你说的去安排。”

第二天，老人的儿子、媳妇到社区办理火化手续，社区出具了证明，老人的儿子说：

“平常我每天都打电话给妈妈，这几天出差在外就没有打电话。真没想到老妈妈竟然是这样离开的，老人真的是太可怜了，死在家里没人知道。哎，都怪我，这几天，我们真的很懊恼。”

程丽君问：“老人平常有病吗？”

“血压有点高，但也不至于会这样啊。”老人的儿子自责道，“还有半年，我就调回菱湖市的分公司了，我也是申请了很多次，总公司才批准的。为了工作，照顾不到老人，我真的是感觉很愧疚。”

电视台《聚焦现场》第二天晚上播出了这条新闻。一位独居老人死在家里没有人知道，社区对居民信息掌握滞后和对帮扶空巢老人无计可施，已引起多方面的关注，新闻播出后，在社会上引起很大的波动，各级政府也都高度重视。

区政府召开专门会议，区长助理、重点建设局沈局长主持了这次会议，研究部署在全区所有小区内开展对空巢老人的关爱行动。会议结束后，街道党工委书记李朝明来到沈局长办公室。

沈局长说：“南湖新苑小区火灾事件刚刚平息，又闹出孤寡老人死在家里无人知道的事情，你们要想办法啊。”

李朝明说：“这个小区太大，他们也很尽力了。”

沈局长说：“类似的事情，别的小区也发生，但没有进入到公众视线，你看，南湖新苑小区的事情，经过电视这么一传播，社会影响太大了。上次我说的那个郑——”

李朝明说：“郑彦鸿。”

沈局长说：“那个社区的郑书记，我看他的能力不够，对突发事件的处置没有经验，造成了很大的负面影响，你们街道党工委要认真研究一下，尽快拿出一个方案，今后要是遇到类似的问题，应该怎样应对。”

李朝明说：“我们回去再认真研究一下，看看南湖新苑社区的班子如何调整，一切从工作实际出发。”

沈局长问：“江志远工作到位了吗？”

李朝明说：“可能到位了吧。”

沈局长说："要调动他的工作积极性，江志远还是有一些办法的。"

李朝明说："我们尽快研究，给江志远加一些担子。"

周洪涛到南湖新苑社区召开社区工作者会议，就如何关爱空巢老人，防止再次出现意外情况提出多种建议：一日一敲门、电话问询、结对关爱、老人互助等。

周洪涛首先要求大家把这类人员的信息掌握清楚，对小区里60周岁以上或者身体不好的独居人员信息进行登记、梳理，社工将每一位空巢老人的信息发到园区网格内，由本园区的党员结对帮扶，做到不遗漏、全覆盖。

会议结束后，郑彦鸿立刻安排网格负责人对居民信息进行筛选，没有入户登记的进行重新入户登记，先把信息整理出来。社区60周岁以上的子女不在本市居住或者无子女的空巢老人共有46人，对这类人员的病情、监护人或远房亲属的电话信息进行采集，通过电话予以确认，建立个人档案。社区将其称之为"银龄安康关爱行动"。

接着，社区召开了全体党员大会，对社区"银龄安康关爱行动"进行具体布置：按照正在筹备的5个楼栋党支部，根据空巢老人分布情况，以5个园区为单位，将46人全部分到5个园区楼栋党支部网格，由楼栋党支部按照居住楼栋，全部落实到每一位党员的名下。

郑彦鸿最后在党员大会上说："最近我们小区的独居老人死在家里无人知道，发生这样的事件令人痛心。这件事情通过《聚焦现场》栏目报道后，在社会上引起很大的反响，我们能够理解。独居老人的痛苦、孤独和无助，是社会关注的焦点。拜托大家，多关注身边这类人群，看看我们可不可以给他们提供一些力所能及的帮助，让他们的晚年可以有尊严地生活着。"

党员大会之后，5个园区的楼栋党支部开会具体贯彻落实。程丽君参加了月恒园党支部会议，会议将本园区空巢老人的信息登记工作一一落实到各个党员身上。王翠霞在会上说："社区将这样大的事情交给我们，我们不接便罢，既然接下来，就要对他们负责。我们一定不能马虎，要把事情做好。”

程丽君陪同王翠霞来到她自己结对的两位空巢老人的家里。

王翠霞结对的空巢老人是梁金梅和马大华。梁金梅是从市染料厂的退休工人，今年有60多岁了。她是20世纪70年代从上海下放来的知青，后来在菱湖成了家，过着安安稳稳的日子，唯一遗憾的就是没有子女。老伴10年前去世了，现在她一个人住在南湖新苑小区，好在身体还算硬朗。王翠霞说：“今后我每天来看你，要是有什么事尽管吩咐我。买菜啊，洗衣服啊，尽管说。”

梁金梅有了这样一个伴儿，感到很高兴。

王翠霞带着程丽君又来到马大华家。马大华原来是农民，土地征收后被安置在南湖新苑小区。老人原先有个儿子，在老人50岁的时候，儿子在建筑工地上从高层房屋上失足掉了下来摔死了，老伴因此一病不起，不久也撒手人寰。马大华还算坚强，身体一直硬硬朗朗的。他没事还到娘家侄子那里转转，侄子家在农村，家里承包了鱼塘，老人每次到侄子家，侄子都会在水塘里捞鱼做给老人吃，临走还带上两条回家。

回来的路上，程丽君说：“王阿姨，大家的热情都很高，要不是你们这么协助社区，这么大的工作量，我们怎么能做得好?”

王翠霞说：“我们这么大年纪了，你们还这么看重我们，也是你们信任我们，给了我们自信心。说起辛苦来，还是你们辛苦。社区成立以来，你们都没有怎么休息过。这个小区是我们大家的，我们就要发挥大家的力量。事情多，我们大家都伸出一把手，事情就会变少了。你放心，今后有什么事情尽管吩咐我，我再把任务分解下去，我们党支部有20多位党员呢。”

程丽君说：“谢谢。只是，我可能在这里也干不长了。”

“怎么？调到哪去了?”王翠霞停下脚步。

程丽君说：“哪里是调动，我想辞职。我这边工作太忙，照顾不到老公，老公也心疼我，想让我到省城他的身边，相互有个照顾，在一起会好一点。”

王翠霞：“哦，那是。可惜了，可惜了，我们在一起很投缘呢，没想到你要走了。”

程丽君说：“其实，我也舍不得菱湖市，住惯了。上次到了省城，就感觉不大适应。更重要的是，我还舍不得你，你身上的很多品质对我触动很大，也是我做社区工作的动力。”

王翠霞说：“不管走不走，下周五你家小方回来，我请你们俩在我家吃饭。”

程丽君说：“好，下周五一定去品尝你的手艺。”

王翠霞说：“我手艺可不行，都是老伴在家做饭。”

程丽君说：“好，我就尝尝叔叔的手艺。”

5个园区的党支部迅速将社区空巢老人的关爱任务分配完毕，党员们身上都有了具体的任务。原则上，一个党员结对一位空巢老人，王翠霞这个单元有两位，她顺便一起包了，用她的话说：一个是跑，两个也是跑。

二十六

南湖新苑小区公建部分的建设终于全部完工了，建成之后准备交付使用。小区公建部分的设施设备、配套用房、社区用房和门面房也逐步完工。完工后，区重点建设局准备将小区的设备设施管理、小区考核管理向街道移交。设备设施的移交，主要就是查验消防器材、门窗、设施设备、地下排污系统、二次供水管网、消防联动管网等是否完好，如果有缺失部分，需要登记出来。缺失部分原先也是安装过的，比如消防水带、金属水枪，往往施工单位在工程竣工过后，没有看护、管理，或者交给物业公司后物业人员疏于管理造成的。

这次全面系统地验收移交是由区重点建设局牵头，街道、社区和物业人员参与，检查好了交给物业公司管理。区重点建设局派了江志远来办移交，江志远将清单发给物业公司，叫物业公司根据清单一一对照。对于缺失部分，区重点建设局责成施工单位立即补齐，交给物业。今后如果再丢失，均由物业公司负责。

郑彦鸿一直关注社区用房情况。这几个月来，社区在居民楼里办公，房间小，人多了没地方呆，居民办事很不方便。

郑彦鸿问江志远："社区用房什么时候办理移交？"

江志远说："等设施设备移交完，就着手办理社区用房的移交，区里常委会还没开，不过也快要开了吧。"

郑彦鸿说："你在区政府，信息要来的快一点，一旦有社区用房的消息，就立刻告诉我。"

江志远说："那当然，我多关注一下就是了。"

郑彦鸿说："江主任，社区人手不够，你要赶快到岗哦。"

江志远说："我比你还要着急，等所有的房子交付了，我就过来。"

汤建国到社区找到郑彦鸿，说宇凡的爸爸妈妈想回来发展，一来宇凡的奶奶年龄大了，他们在外面不放心；二来在外面奔波也不是个事情，最终还是要回家的。他请郑彦鸿留意一下，南湖新苑小区门面房出来的话，他们想租一个门面开店做生意。

郑彦鸿说："快了，也就这几天的时间吧。"

郑彦鸿问："小宇凡的成绩怎样了？"

汤建国说："比过去提高了一些。好在刚刚上二年级，现在抓还来得及。小孩子还是需要父母督促教育，所以，他爸爸妈妈要回来发展也是个好事。小孩子教育是个大事，在外面挣钱，家里孩子耽误了，划不来的事情哟。"

郑彦鸿问："宇凡在你家听你们话吗？"

汤建国说："总的来说还好，但还是顽皮，喜欢玩电脑。我家里的电脑我看得比较紧，除非作业做好了，我才让他玩一会。"

郑彦鸿说："社区用房和商业用房全都搞好了，我们办手续时，顺便去区里问一下商业用房怎么租，你和刘平山说，叫他准备好，联系好了立即过来办手续。”

汤建国当场打电话联系了刘平山，告诉他商业门面房已经建好了，具体怎么承租，怎么办手续，等汤建国消息，叫他做好随时回家的准备。

几天后，周洪涛从区里带回社区用房的会议文件和图纸来到社区，说区里召开了常委会，确定了社区用房交付时间，明天叫郑彦鸿去办手续。

郑彦鸿说：“正好江志远在区里方便，叫他过去办不更好吗?”

周洪涛摇摇手：“还是你去吧。”看这阵势，江志远到社区工作，一定还有一些不为人知的情况，他也不好再深究了。

周洪涛说：“我们去社区用房的现场看看。”

郑彦鸿喊上程丽君和吕思聪一道过去。

周洪涛带领社区的工作人员来到了社区用房现场，新建成的社区办公用房和一排商业用房连成一片，这里将来会形成一个商业区。社区办公用房有三层，每层500平方米。一楼可以做居民服务大厅，剩余的部分还可以做其他用处；二楼设置一个图书室、会议室、活动室；三楼为培育社区里的社会组织，建立志愿服务团体、文体等活动场所。三层总面积有1500多平方米。

周洪涛对郑彦鸿说：“这个房子本来准备招商用的，是区委钟书记从国有资产管理公司招商的项目中拿回来的。区委常委会从社区建设的重要性出发，才做出这样的决定。明天一上班你就抓紧时间去区国有资产管理公司办理手续。”

“好。”郑彦鸿说。

“接下来我们要好好动动脑筋，搞一个设计方案，招标装修，可以先组织人到外面看看人家社区办公室是什么样的，有一个直观的了解。”周洪涛说。

“这边门面房什么时候对外出租?”郑彦鸿问。

“准备开始了吧，区国有资产管理公司负责出租。”周洪涛说。

郑彦鸿忽然想起来汤建国前两天说刘平山夫妻俩想回来租门面开店，便打电话给汤建国。汤建国回电话，叫刘平山明天上午之前赶回来。

第二天上午，郑彦鸿到街道党政办拿了会议纪要，回到办公室，刘平山已经等在办公室门前。他简单地了解了刘平山准备开什么店，经营规模多大，投资多少。然后两人去了区国有资产管理公司。

郑彦鸿先是办理了社区办公用房的手续，然后询问了承租门面房的具体要求和程序。好在刚刚才准备出租，国有资产管理公司工作人员让刘平山填写了表格，刘平山预定了紧靠社区居委会办公用房的那间房，草签了租房协议，相关负责人让他尽快到指定的银行汇款作为定金，然后带着汇款单签订正式协议。也就是说，今天来了，赶巧了，很顺利地就这么定下来了。

杨荣轩出院了，出院回家的那天，他打了郑彦鸿的电话，声音响亮了很多。他一再表示对郑彦鸿的感谢。

郑彦鸿下班时，特地去了他家。杨晓梅已经收拾好家里，准备出单元门，见郑彦鸿来了，折回来开了门。

“腿脚还需要休养一段时间，毕竟年龄大了，还有骨质增生。他一个人住在这里，多亏了你们社区对他的照顾。”杨晓梅说。

“人老了，一个人独处的时候会感到孤独，关键时候还需要亲情的陪护，你多跑跑，毕竟80多岁的人了。”郑彦鸿说。

杨晓梅开开门，对爸爸说：“郑书记来了。”然后对郑彦鸿说，“我走了。回家还要给孩子们做饭。”

杨荣轩从床上坐起来，准备下地。

郑彦鸿说：“你躺着别动。”

杨荣轩说：“这次腿摔了，是坏事，也是好事。我丫头终于肯认我了，这要感谢你们啊。”

“毕竟是自己的女儿，当时说的都是气话。你老了，她终究不会不管的，你好好注意身体吧。”

“郑书记，我也想开了。我就拿低保生活，生活简单一点，只要身体好、心情好，比什么都强。我再也不到处乱跑给你们添麻烦了。我再上访找领导麻烦，就真对不住你们对我的关心。”

郑彦鸿说：“这就对了，生活上有困难我们大家想办法，要是总纠结一件事情，搞得心累就不划算了。你想开了就行了。”

这个周五晚上，按照事先和王翠霞的约定，程丽君和老公方家辉晚上到王翠霞家吃饭。方家辉也感觉到这半年以来，程丽君在社区工作中和这些居民相处得很好，在家经常提到王翠霞，结对帮助社区困难群体，为社区做了很多工作，是一位值得尊敬的好阿姨。

方家辉回家以后，把包放下，换了衣服，先到程丽君办公室等她，顺便感受一下她工作的环境。

走到南湖新苑小区广场，方家辉拨通程丽君的电话，问他们的办公室在小区里的哪一栋。

程丽君说了具体位置，并叫他自己先过去，她还在小区里，区关工委下午来社区发放“春蕾计划”助学资金，他们社区贫困的人群多，还要跑几户困难学生家，她现在正和区关工委的领导在顾佳卉家。

方家辉到了社区临时办公室门口，社区的吕思聪和任莉莉站在门口向他挥手示意。他们把方家辉迎进办公室。

郑彦鸿出来和方家辉打招呼：“小方你好，程主任现在在小区里发放助学款，你先在办公室坐一下。任莉莉，泡茶泡茶。”

方家辉：“您就是郑书记吧，丽君经常提到您，说您很关照她。您忙您忙，我坐着等一会儿。”

方家辉坐在程丽君的位子上，看着办公室墙上贴着办事流程：计划生育、民政、大病救助、医疗救助等。居民们进进出出来办事，社区工作者也各自忙乎着手头上的事。

快下班的时候，程丽君从小区回到办公室。“久等了吧？辛苦了。”程丽君说。

方家辉说："你更辛苦啊。"

程丽君到郑彦鸿的办公室打了个招呼，喊上方家辉，下班出门了。

他们在小区门口的小店里买了一些牛奶、水果，到王阿姨家吃饭，哪能空着手呢。

王翠霞开门，招呼着两个人进来坐。王翠霞说："喊你们俩吃饭，还买什么东西，真是见外了。"

程丽君说："没有，没有。"

桌子上已经端上了鱼、排骨。老伴围着个围裙在厨房里烧菜，老伴烧好一个，王翠霞就往外端一个。

程丽君进了厨房："叔叔在烧菜啊？"

王翠霞老伴说："不知合不合你们口味。"

王翠霞说："我家来人都是老伴烧菜，他的手艺比我好。"

程丽君说："能看得出来，叔叔做家务是一把好手。家辉，你要好好向叔叔学习哦。我要是不烧饭，他要么下面条，要么喊外卖。"

方家辉说："是要学学，以后我们一起生活了，我天天做饭。"

吃饭的时候，方家辉说："这边的社区工作很累，我担心丽君的身体长期这样下去吃不消，想让她跟着我到省城，我们俩在一起，互相有个照应。"

王翠霞说："夫妻俩在一起，相互有个照应，我也是赞成的。你以后有没有回菱湖的机会啊？"

方家辉说："机会是有。我原来也是在菱湖这边的公司，后来省城开发新的项目我才过去的。按说呢，这边的气候、环境更适合我们生活。"

程丽君一言不发。

王翠霞说："你心疼程主任，怕她累着，我们都知道。但我感觉，即使她累点，但心里舒服就不算累。其实你也看出来了，程主任在这边工作越来越得心应手。"

王翠霞说完，大家都没出声，她忙说："吃菜吃菜，我是建议，你们俩商量。”

程丽君说：“我们再看吧。”

方家辉说：“我也知道，这边再忙再累，丽君还是不想丢开，虽然她嘴上不说，但我也能看得出来。她跟我说过，看到你们这些退休老同志还在为社区做事，她就没有累的理由了，我也理解。但要是长期这样，身体肯定受不了。”

程丽君说：“我哪有那么娇气啊？”

方家辉说：“看来你还是想留在菱湖。”

程丽君说：“你说呢？要么你调过来吧，这样我们还是在一起的呀。”

方家辉说：“要是你真的不想离开菱湖，我们回去再商量吧。”

方家辉的话一说完，气氛立刻缓和开来。

王翠霞说：“吃菜吃菜，不谈工作了。总的来说，这件事你们夫妻俩要多商量。小方，程主任是个女同志，在家里你要多听她的，多让着她。”

方家辉表示支持程丽君的工作，这也是王翠霞的良苦用心，她想用这样一种大家都愿意接受的方式来挽留程丽君。

二十七

郑彦鸿家的安置房也交付了。

郑彦鸿和吴小慧一道去看了新房子，房子通透明亮，高层还是敞亮啊，周边美景一览无余。所以说，高层也有高层的好处，视野开阔，空气好。

他俩喊来了装修人员，把基本要求和装修的人说了，交代抓紧施工，春节之前必须装好，保证春节前就能搬过来，今后上班就更方便了。

这次交完房，居民将陆陆续续地入住，除了空房出租的流动人口，常驻的居民信息也会固定了。郑彦鸿和程丽君商量，按照事先一直在谋划的网格化管理，把小区77栋楼房、5个园区划分5个网格，网格责任要压实，将社区的工作人员责任分解到相应的网格内。工作人员熟悉网格内的情况，采集网格内的信息，处理网格内的事务，承担网格内的一切责任。

郑彦鸿和程丽君正在商量如何落实网格化管理，周洪涛进来了。郑彦鸿将社区网格化划分情况作了汇报：

“我们整个小区共有5个园区，划分5个网格。每个人负责一个网格的所有事务。每一个网格成立一个党支部，党支部就设在每一个园区楼下架空层里，形成楼栋党支部。每一个网格负责人和楼栋党支部共同来做园区的所有事情。”

周洪涛点头称好，说：“这样每个人身上都有任务，也有责任。他们互相也有个比较和促进，这样管理就更加精细化了。看来经过这几个月的努力，我们楼栋党支部的工作越来越成熟了。”

“还有两天，小区的房子就全部安置完了。入住还有个过程，有的还要装潢，估计到年底、春节前很多人都会搬进去。春节前新办公室我们能搬进去吗?”郑彦鸿问。

“不需要到那个时候。设计好了立即招标，两个月之内装修结束。”周洪涛说，并从包里拿出一沓图纸，“这是新办公室土建工程图纸，复印一份给你看看。明天我们一道去其他社区，看看人家社区的布局和功能设置，再结合我们的实际，请人设计，力争装潢得更好、更实用。”

社区实行网格化管理之后，社区工作者的积极性很高，每天都要抽出时间去自己网格内巡查，和居民接触的机会增多了。

社区工作者任莉莉听到一位居民反映一个信息：一户居民一家三口睡在家里已经好几天了，这家男主人患有脑梗，最近病情有恶化的趋势，他的妻子是精神病患者，儿子也有遗传性精神病。男主人病倒以后，一家人饭都吃不上，现在由女主人的妹妹、妹夫一家在照顾。

任莉莉便上门了解了情况，原来还真是一个非常特殊的家庭：

这家男主人叫许大槐，60多岁。30年前，30多岁的他娶了一个智障的女人。这个叫王腊香的女人家里也很穷，为了今后有个人照顾她，家里人就给她找了个男人。这个男人还想续香火，两人结婚后生了个儿子，哪知道生下的儿子智力也有问题！可怜的许大槐，本想娶个老婆过上幸福生活，哪知道儿子出世后，家庭所有的重担全压在他一个人身上。他不但要出去挣钱，回家还要照顾母子俩。他不回家，母子俩饭都吃不上。结婚之前，岳父给了一间房子，后来他自己又盖了一间房。许大槐没有正当的职业，常年在外靠搬运货物做苦力赚取生活费，常常是挣的钱不够家用，亲戚邻居经常接济。后来政策好了，家里享受最低生活保障，他这才松了一口气。

说来也怪，没有低保，他还出去挣钱。有了低保，好像有了指望，许大槐不仅不出去挣钱，还喜欢上了喝酒，天天喝，酒瘾越来越大，最后发展到一天喝两顿。拆迁时，政府考虑到他家的实际困难，不但不够的面积没有让他补交房款，还给了他困难补助。

搬到小区以后，许大槐酒瘾越来越大，喝酒的频率越来越高，对酒产生了依赖，渐渐的，身体开始吃不消了。他总和别人说，常常感到头晕。终于有一天他彻底倒下了，医院查出来是脑梗塞。

现在一家三口全部倒下了，自然引起邻居的关注。这段时间，许大槐的小姨子王腊梅一家来送吃送喝的，但许大槐的病情始终没有好转，她便向社区工作者任莉莉求助。

任莉莉说："他儿子30多岁了，躺在床上也有好几年了，过去由许大槐照顾，现在许大槐病倒了，别人也帮不上忙，因为儿子大小便也在床上，家里气味难闻。这家人真的很可怜。"

郑彦鸿叫上任莉莉，说上门去看看。

走到门口，门开着，简陋的客厅，桌子上还摆着一些剩菜，家里不仅脏乱，还有一股异常的怪味。

许大槐上身赤裸着躺在床上，精神迷迷糊糊的，他小姨子介绍着："他时而清醒时而迷糊。"

"他儿子在哪?"郑彦鸿问。

王腊梅推开隔壁的房门，一股浓烈的臭气迎面扑来。王腊梅捂着鼻子说："自从搬进小区以来，他就没起来过，在床上吃喝拉撒，姐夫没病之前还能给他洗洗，这老的一病，小的也跟着遭罪。这一家人怎么办?"

她姐姐——目光呆滞的王腊香满脸黑乎乎的，一副脏兮兮的样子，站在许大槐的身边看一会，又跑出了房间。

邻居正围着许大槐的小姨子，劝说她赶紧把许大槐送到医院。

郑彦鸿叫任莉莉将他家的情况写个材料，他亲自跑一趟街道民政办。

郑彦鸿递给街道民政办陈主任这份情况说明里介绍道："这家情况太特殊了。父亲许大槐60多岁，前段时间被诊断患有脑梗塞，现在病情加重，经常昏迷。母亲患有精神病，吃喝拉撒全在床上。儿子也患有精神病，什么事情也不能做。请求民政部门能不能帮忙将母子二人安排送到敬老院。"

陈主任十分为难："敬老院不是说进去就能进去的，一是不知道敬老院有没有床位，二是费用问题怎么解决，低保户肯定没有那么多钱。他们多大岁数?"

"妈妈50岁，儿子30岁。"郑彦鸿说。

"他们一家人全部进去，费用也是问题。"陈主任说。

"母子俩进敬老院，父亲还要送医院。你看看这个家庭怎么能负担得了?"郑彦鸿说。

陈主任说着话要给敬老院的尚院长打电话，郑彦鸿说："还是我们亲自去趟敬老院，当面说能说得清楚。"放下电话，他们俩去了敬老院。

敬老院的房子外面刷了白色的涂料，虽然旧，但感觉还是比较干净的。这里原本是一个学校，学校搬走后，政府把它改成敬老院。政府除了供养无儿无女的老人外，后来多出来的床位也对社会开放，这部分人员费用都是由家庭自行承担。

现在和敬老院协商，也就是费用问题。按照许大槐家的情况，不属于“三无”人员，费用应该由家庭自理，但他家的条件很特殊，不要说两个人的费用，就是一个人的费用也难以承担。

尚院长说：“其他费用可以少收，但护理费少不了，我们请人护理，需要支付工资，况且又累又脏的活，工资少了人家还不愿意干呢。”

郑彦鸿对陈主任说：“母子二人全部到敬老院，房子腾空了再租出去会有点收入，我们再跟领导汇报一下他家的特殊情况，一年申报一次高额度的临时救助。现在最高的救助有多少？”

“三万元，这需要民政局开会，分管区长审批。”陈主任说。

“一年有三万元，加上房租收入，能保证敬老院部分床位费和护理费，低保费用保证他们在敬老院的生活费，不够的部分，就算敬老院减免了。”

“那你再向街道主要领导汇报一下。”陈主任说。

郑彦鸿说：“好，算是解决了一个大问题。”

尚院长说：“两个人大部分费用能解决，我们敬老院贴一点也没关系，全部叫我们承担，我们也承担不了。”

郑彦鸿从敬老院回到街道办事处，向周书记、李书记做了汇报。领导都同意郑彦鸿的方案，由周洪涛出面找区民政局，具体事务街道民政办陈主任办。回到社区，王腊梅找来车子，把许大槐送进医院，母子俩被送到敬老院。家里的房子由妹妹王腊梅代为出租，资金申请由王腊梅办理。

二十八

自从在南湖新苑小区里见到曹月以后，郑彦鸿的内心掀起了波澜，沧桑的面容、忧伤的眼神，特别是曹月儿子何涛的现状，使得他对曹月萌生出一种隐隐的牵挂。

其实，郑彦鸿和曹月没有走到一起，他自己也有很大的责任。尽管曹月的妈妈当初不同意他们的恋爱，甚至用刻薄的语言伤害了他，那也是作为父母对于子女的关心和爱。曹月并没有气馁，还表现出无畏和果敢。

第二次去曹月家的那个晚上，郑彦鸿被曹妈妈奚落一番回家后，连续几天郑彦鸿都没有和曹月联系。后来郑彦鸿得知，曹月跑到吴小慧家，让吴小慧带她去找郑彦鸿。她们俩来到新华被单厂，不巧，郑彦鸿和厂销售科科长到外地出差去了。

他出差回来的时候，吴小慧去了郑彦鸿的家，把曹月找他的事情告诉了他，并说曹月叫他回来后去趟她家。

吴小慧每次说起这件事自己就笑了起来，认为自己很傻，第一次晚上看到他们俩在一起，还不知道他们俩在谈恋爱，后来慢慢地才悟出来，直到曹月来找她，她才确信。吴小慧还说郑彦鸿艳福不浅，和城市里的曹月谈起了恋爱，真的是深藏不露的高手。

郑彦鸿为了给自己一个机会，还是硬着头皮第三次去了曹月家。曹月妈妈看到郑彦鸿，脸马上放了下来："你又来干嘛？我那天不是说得清清楚楚吗？你以后不要来找曹月了！"

郑彦鸿问："阿姨，我想听曹月亲口对我说。"

曹妈妈说："她说的没用。你想想，谈恋爱不仅仅是两个人的事情，更是两个家庭的事情。即使你们俩结了婚，我也不会承认你的，你想想，今后小月会幸福吗？你要为她考虑，就不要来找她。"

郑彦鸿只好灰溜溜地走了。

这之后，郑彦鸿没有再见曹月。倒是曹月找过吴小慧，吴小慧转达了郑彦鸿的意思，曹月妈妈不会同意他们俩谈恋爱，态度很坚决，即使今后他们在一起，也受不了曹月妈妈的强势，所以干脆分手算了。

过去，郑彦鸿也曾想起曹月，特别是刚分手的那段时间，郑彦鸿常常在夜深人静的时候思念她，那时他处于人生的低谷，常常感到无奈、心痛。曹月是他的初恋，初恋的纯情和对未来的憧憬深深地印在他的脑海中。随着岁月的流逝，曹月的脸在他记忆中渐渐地变得模糊了。时间真是一副良药，医治了他心里的伤痛，教会了他如何放下。

现在，曹月住在他们社区，是社区的居民，他就要想办法来帮助她。郑彦鸿找来高明生，他儿子周辉是市安定医院心理科医生。

郑彦鸿拨通了周辉的电话，说："周医生你好，这个孩子有20岁了，近一年来不出门，老是在家打游戏，你给想想办法。"

"哦，我要过来看看情况再说。要么哪天下班早抽个时间我过去一下，和他见见面。我去的时候，就以他妈妈同事的身份，我们事先统一口径，先随便聊聊。"

郑彦鸿打电话给曹月，说联系好了一个心理医生，改天到她家跟孩子先聊聊，并把周医生交代的事情说了一下。

曹月说："好，谢谢你。"

南湖新苑小区中的配套用房——社区用房、商业用房相继交付。区招商局将商业用房作为载体进行招商。商业用房有一个准入机制，并不是所有的商家都能进入。对于进入的商户，社区需要把关，主要就是考虑商户落户以后的日常管理能否配合社区工作，更多考虑的是商业用房使用要安全，不能扰民。这中间有个程序——召开听证会，听取多方利害人的意见。

区招商局引进了一家叫"海洋之星"的动漫城，区文广新局在许可之前，组织召开了听证会，市场监督、消防、公安、社区等部门参加。郑彦鸿考虑到居民群众利害关系，从该经营场所附近的居民中选出了4位居民代表，参加了听证会。区文广新局的同志介绍了“海洋之星”的具体经营项目、业绩；消防大队的同志对经营面积、防火措施、安全通道进行询问和提示；区市场监督局的同志对经营项目的许可证办理、资质进行询问和提示；社区工作人员主要是询问营业时间、规模，最多能容纳多少顾客，安保措施有何保障，提示商家不能让顾客随意从“海洋之星”场地的后门进入小区，更不能扰民，否则引发矛盾，难以管理。听证会综合各方意见，进行备案。听证人员还到现场进行查看。

靠近社区用房旁的那间门面，正是刘平山的小店，现在正在紧张装修。郑彦鸿进去看看，里面堆满了地砖、水泥和沙子。

刘平山见郑彦鸿进来，忙迎了上去，这间小房子能单独租下来，还多亏了郑彦鸿信息来得快。按照规划，这个商业区里还有一家医院、一个菜市场，现在正在招商当中。这条街繁荣起来以后，会给小区居民生活带来很大的便捷。

郑彦鸿问刘平山：“装修得蛮快啊，哪天能开张啊？准备工作都做好了吧?”

刘平山说：“现在一边装修，一边联系进货，还有两周就能开张了。到时候，请你过来指导啊。”

郑彦鸿说：“好的，到时候我一定来看看。”

这时，周洪涛打来电话，郑彦鸿在小区的广场边等着，他们一道去市区几个标准化的社区看看，参考人家社区的布局，对新社区用房装修做一个参考。郑彦鸿喊胡锐带个相机跟着一道过去。

他们去了全市几家标准化、示范社区，那里都设置了办事大厅、会议室、图书阅览室、多媒体室、健身房、康复室、舞蹈室，有的社区还开办了居民居家养老。

回来后，根据现有的布局，他们也做了个初步设计方案，一楼做一个一站式的居民服务大厅，社区工作者将全部在楼下为居民办事，多余的部分建立一间治安警务室，兼具派出所的部分功能，今后居民不需要跑派出所，办理户口迁移在社区就能办结；二楼建立大会议室、小会议室、图书阅览室、党员谈心室；三楼建立健身房、舞蹈排练室、社会组织活动室。

周洪涛和郑彦鸿将社区功能用房的情况大致画了草图，对每一间房屋的功能都进行说明并提出要求，并决定将其提供给设计单位，设计单位也在招标当中。

区人社局举办的南湖新苑社区专场培训班分电焊工、汽车修理、家政三个专业，开班仪式结束后，学员就进入了紧张的培训当中。电焊工理论课上完，这些学员就被安排到企业上实践课，分到车间班组。这时，人社局培训中心教师空下来了，就安排汽车修理班的学员上理论课。汽车修理班的理论课结束，学员被分到几个汽车修理厂上实践课，家政班便开始了。三个班时间安排紧凑，一个班接着一个班，效率提高了许多。除了汽车修理班的培训时间长一些，其他两个专业经过一个多月紧张的学习，基本上能够结业。

在培训的过程中，周洪涛和郑彦鸿去了电焊工的实习企业——坐落在高新开发区的菱湖市瑞龙汽配公司。这家企业是区政府招商企业，在南湖区落户以后，发展很快，从刚来的2000平方米的厂房，短短的两年多时间，现在扩大到了15000多平方米的规模。这段时间，企业需要熟练工人，多次招聘，都满足不了发展的需求。这次市民生工程的技术技能培训实践课放在这里，也是想通过培训，把合格的熟练工人留下来。

公司的部门经理接待了周洪涛和郑彦鸿，介绍了实习的具体安排，实习期间学员只拿生活费，学成后如果有意向留下来，也可以。

汽车修理班分散在四家汽车修理厂。随着小汽车进入家庭，汽车修理也是一个朝阳行业。等他们学成之后，一定会有就业的渠道。

最有意思的是家政培训。家政培训精选了家庭护理、面点制作两个项目，周洪涛和郑彦鸿也去了培训中心现场。培训班邀请面点师傅授课，把案板放到讲台前，从和面开始，做馒头、做包子。培训没有理论，全是实践，学员上来自己动手做，极大地激发了学习的积极性。家政培训不仅有利于创业做生意、打工，而且能增强家庭的生活技能。

二十九

周洪涛打来电话，叫郑彦鸿查一下他们社区一个叫邹庆生的家庭情况。“庆祝的庆，生活的生。你看看家里几口人，分别多大。”周洪涛说：“邹庆生本人在市立医院做阑尾切除手术，手术后突然死亡，家里人不愿意走医疗鉴定和司法程序，这几天在市政府上访。你把情况了解一下，我们一道去市政府信访局参与调解。”

郑彦鸿迅速在电脑里打开户况表，查找到了邹庆生：在菜场卖猪肉，住生嵩园，儿子刚刚大学毕业，老婆无业，还有一个老父亲，79岁，没有劳动能力，一家四口人的生活主要靠邹庆生做生意来维持。他迅速在笔记本上记录下这些基本信息，然后往街道赶去。

周洪涛在街道大门口的车子上等着他，郑彦鸿到后二人立即往市信访局驶去。

周洪涛说：“下午市信访局主持调解。据说死者家属之前在市立医院搭灵堂，扰乱了医院的正常秩序，后来还到市政府上访，一共去过三次。市里很重视，叫信访局组织调解，区信访局叫我们也参加，再做做死者亲属工作，坐下来解决问题。”

他们到了市信访局，发现信访局的大厅里有很多人，可能是死者家的亲朋好友。

区信访局林副局长看到周洪涛，立刻招呼他向过道走去。

林副局长说：“死者家来了很多亲朋好友，家属全在大厅里，选了几个人参加调解会议，我们直接到会议室。”

他们三个人从一道小门进入了大厅，再进入会议室。

会议室里坐了几个人，那个老人郑彦鸿似乎认识，应该是死者父亲。老人旁边坐着自己的孙子，还有其他亲属。

接着，会议室里陆陆续续来了市信访局的领导，最后市立医院的代表走了进来。

市信访局周局长亲自主持调解。

市立医院代表、医务科张科长说："邹庆生死亡事件发生以后，我们及时上报市卫计委，将相关病历进行上交。这段时间，市卫计委医疗事故鉴定委员会也及时介入。病人在医院治疗期间，我们根据病人的病情采取的各种治疗办法，都是按照程序进行手术、抢救，没有发现有任何不当的处置，医疗鉴定委员会也作了认定，我们不存在过错。"

一位60多岁的老太太哭着说："我是死者的姑妈。我们来找你们医院，不是敲诈你们，不是想讹上你们，不是让你们施舍我们，我们要讨一个公道。好好的一个人，上午还在菜场做生意，下午到你们医院做个小手术，晚上说没就没了。你们动不动就说不存在过错，这到底是谁的过错，我们总要搞清楚吧？"

张科长说："关于责任问题，我刚才也说了，市医疗事故鉴定委员会认定我们不存在过错。"

老太太说："既然你们没有过错，那谈什么赔偿？"

张科长说："现在关于赔偿问题，你们也可以走司法程序，就是说，可以到法院起诉我们医院。法院判多少，我们赔多少。"

老太太身边另一位男同志说："我来说几句，我是死者的舅舅。我们这几天心里都很难受。你们看看，这家人是老的老，小的小，这个日子怎么过？你们看，快80岁的老父亲话都不会说，你们看可怜不可怜。我外甥在你们医院是怎么死的？我来说说我掌握的情况：那天中午住院，诊断为阑尾炎，然后下午进手术室，手术出来，医生都说手术很成功，后来进入病房，晚上开始大出血，又去抢救，抢救无效才死的。如果下午手术后一直没出来，人死在手术室里面，我们家里人会认为是病情严重导致死亡的。他是在手术后被告知手术很成功，转到病房里以后，发生大出血而导致的死亡。你姓张，张科长，你想想，医疗事故鉴定委员会还说你们没责任，难道是我们的责任？你们没责任还谈什么赔偿呢？病人死了那么多天，你们医院没有人过问一声，没有人说过一句暖心的话，你们这是医院吗？有这么冷酷的医院吗?!”

张科长说：“你们也要理解，当时你们家属闹得厉害，我们怕发生更多的冲突，就不便于出来和家属见面。”

死者的舅舅说：“你们还说我们闹得厉害，你们当时怎么做的?”他指着死者的父亲，“他儿子无故死亡之后，他去找你们的院长，刚到你们院长办公室，不知道从哪个地方冒出来几个彪形大汉，硬是把他拖了出来。老是见不到医院领导，他们才在医院搭灵堂的。灵堂还没搭好，就被不知从哪请来的人扯掉了。我们跟你们医院反映问题，你们就是不出来面对我们。张科长，你们是人民医院，你们连一点同情心都没有，还配开医院?”

市信访局周局长小声问张科长：“你们医院在赔偿上面有什么新的具体意见?”

张科长说：“超过35万元，我们也不好做。即使钱付出去，以后审计也过不了关。我们要求家属走诉讼程序，有了判决书，也好有一个付款的依据。”

周局长打断争吵的局面：“大家冷静一下，病人在医院死亡，我想，这也是医院不愿意看到的。既然出现了问题，我们就要心平气和地来处理。”他转脸问死者家属，“你们不愿意走司法程序?”

死者的舅舅说：“我们不打官司，也打不过你们。好好的一个人，手术没死掉，手术以后死掉了，你们都说你们没责任，我们现在还能相信谁?”

周局长问：“就赔偿问题，你们家最后商量了什么意见?”

死者舅舅说：“最少不能少于40万。”

周局长对张科长说："我再找找你们院长，看能不能大家担点担子，现在的差距只有5万了。"接着他对死者家属们说："我们现场不能定，但明天会回话给你们，你们看怎样?"

下午的调解没有纠结在市卫计委关于责任事故的认定，这样死者家属情绪比以前好了很多，就赔偿问题双方的态度都很明确，调解也就告一段落。

周洪涛、郑彦鸿跟死者家属打了招呼以后往回赶，车子刚刚到了街道，周洪涛接到区信访局林副局长的电话，说市信访局周局长马上要到死者家看看家属，叫社区联系一下家属。

周洪涛说："周局长真是体恤民情，愿意亲自下来搞调研，现在像这样的领导真是不多。"

郑彦鸿想：是啊，人家县处级的领导，干事这么实在，还真的不容易。有的领导连听群众反映问题的耐心都没有，周局长这样做，说明现在的干部通过反"四风"之后，工作作风都在变啊。

周局长的车子直接开到了南湖新苑小区。

到了社区临时办公室，郑彦鸿叫程丽君联系一下邹庆生的父亲，说市信访局的周局长等会儿到他家。电话里，邹庆生父亲说他们还在出租车上，马上也到家了。

一会儿，周局长他们下了车。郑彦鸿带着他们往生嵩园走去。

家里装修很简单。邹庆生的父亲见周局长亲自上门，很感动。周局长问了家庭成员，邹老说，现在家里只剩儿媳、孙子和自己，可惜顶梁柱子倒掉了，儿媳在家做家务，也没个工作，孙子今年大学刚毕业，还没找到工作，自己也年事已高。

周局长握着邹老大爷的手说："你也要多保重，死的人已经没办法活了，活着的人还要坚强起来。"然后忙问孙子下一步有什么打算。

小邹说："报了公务员，现在正准备考试。"

周局长说："好好干，小伙子。你们这个家庭不容易，培养了你这个大学生，现在到了你回报家庭的时候了，你现在就是家里的顶梁柱了。”

周局长问：“社区的领导在不?”

林副局长介绍周洪涛和郑彦鸿：“这位是街道的周书记，这位是社区的郑书记。”

周局长说：“请社区多关心这个困难的家庭，当然了，困难只是暂时的，等到小伙子工作了，生活就会有改善了。”

临走，周局长丢下一个信封，里面装了1000元钱，算是慰问慰问吧。邹老接过信封，感到一丝丝温暖。

在回来的路上，周局长对同行的区信访局林副局长、街道和社区的陪同人员说：“这一户看来确实困难，特别是社区，多上门关心。出了这么一档子大事，需要我们基层组织多帮助和关心。这边赔偿的事情，我来找市卫计委协调，争取让人家满意。”

两天后，郑彦鸿从邹老口中得知：在周局长的协调下，赔偿的事宜按照邹老家的要求办好了。

事后，郑彦鸿多次上门，为邹庆生的父亲办理了最低生活保障，把邹庆生的妻子介绍到物业安排了保洁工作。

三十

年华园有一位居民到楼栋党支部反映：有一家人是从老城区旧城改造地块拆迁安置过来的，父亲患肺癌早年去世，母亲带着一个13岁的孩子生活，家庭的主要来源是母亲的退休工资，可这位母亲也患有胃癌，工资根本不够母子俩的生活和昂贵的药费，平常靠母亲捡一些废品换钱补贴家用。这几天，母亲也去世了，孩子的亲戚帮忙把后事办了，这位可怜的孩子就成了孤儿，本来姑妈想接孩子去呆几天，可固执的孩子不愿意听姑父唠叨，坚持回自己家，而冰冷的家里就只剩下他孤零零的一个人。

这个孩子叫方杰，今年13岁，上初中二年级。

张书燕和支部书记汤建国去了方杰的家，敲了敲门，开门的是一位瘦弱的少年，头发很长。这是二楼一套两居室的房子，70多平方米，家里陈设很简单。瘦弱的方杰站在桌子的一边，桌上的菜碗上面罩着窗纱饭罩。

张书燕问："你叫方杰?"

方杰点点头。

"你……有什么困难需要我们帮助吗?"张书燕试探地问。

方杰摇摇头。

汤建国说："孩子，有什么困难我们一道去解决，你是初中生了，算是有文化的人了。"

"我准备出去打工。"方杰声音细弱，像女生的声音。

"你不上学了?"汤建国问。

"不上了。"方杰说，"我要出去打工，我长大了，自己能养活自己的。"

汤建国感到鼻子发酸。这么小的孩子，怎么就想着要去打工?家庭的变故、生活的辛酸，使得他过早地尝尽了人间的酸苦。

"你不要着急，我们一起想办法。现在还在放暑假，等开学了，还是要上学去。"张书燕说。

"我不想上了，也没钱上学。"方杰说。

"你家办理了低保吗?"张书燕问。

"不知道。反正也没钱上学，阿姨，你们是社区的，要是能给我找个单位上班，那最好。"

"你这么点大岁数，在哪里能找到工作呢?"

方杰没有了声音。

汤建国对张书燕说："你回去将这个情况向郑书记汇报一下，我在这陪陪他。"

张书燕走了，汤建国留了下来。

汤建国揭开桌上饭罩，菜碗里剩下一些酱菜，问：“你晚上吃什么?”

“家里还有面条。”方杰说。

汤建国的眼泪快要下来了，他想起来自己的女儿小琴。小琴从小就被他娇惯着，无论是在家读书放学，还是在外上大学放假，每次回到家里，汤建国总是叫春芝买一些小琴喜欢吃的菜，自己亲自下厨给女儿做。孩子学习辛苦，他要在生活上多多关心。

“吃面条哪行啊？晚上到我家去吧。我家就住在你旁边的楼栋，家里还有一个小弟弟，他上小学，你们俩一道做作业也有个伴。”汤建国家里有一个刘宇凡，经过4个多月的相处，现在已经成了一家人。

方杰说：“谢谢叔叔，我家里有面条，我自己会做的。”

这时，门外响起来敲门声，方杰出去开了门。

进来的是一位稍胖一点的女人，说：“走吧，晚上到我家吃饭，姑姑买了好吃的。”看见汤建国站在这，她狐疑地望着他。

“我是这边的邻居，年华园党支部书记，我姓汤。”汤建国解释说。

“哦，谢谢你们的关心。我是方杰的姑姑，孩子可怜。家里现在没有人了，可他还很倔，偏偏不听话。”姑姑说。

汤建国将方杰姑姑喊到阳台上，背着方杰说：“这孩子挺苦的，我家离这里也很近。你劝劝他，吃饭可以到我家里，不就是一口饭吗？真的很方便。”

方杰姑姑说：“那真的谢谢你了。从小他父母管教的少，这孩子也养成了不好的习惯，他姑父看不惯，管了他，可能也是他姑父说话就是那种硬硬的口吻，他总说姑父骂他，他就不愿意去我们家。”

汤建国说：“看样子，孩子正处于叛逆期，我们要有耐心，不要急，现在重要的还是要上学，不上学不行。你们一定要劝劝他。”

方杰姑姑说：“是，他现在就执意要出去上班。我们劝他，他不听。”

他俩走到方杰身边，怎么劝说都不行，方杰既不去姑姑家，也不去汤建国家，说自己一个人在家下面条吃。

晚饭后，刘宇凡在汤建国家吃完饭后，又给奶奶带了一份回家了。汤建国和春芝说起方杰的事情，听得春芝眼泪兮兮的。春芝对汤建国说：

“老汤啊，我们俩也有60岁了，家里也分了几套房子，征地款也还存着没动，我俩平常也有社保退休金，按说呢，我们的钱自己也花不了、吃不完，到最后也带不走半毛钱。不如趁我们还能看到的时候，花点钱，资助那些困难的人。刘宇凡到我家来了以后，我就想，我们要继续做下去，尽自己的能力，有多大能力做多大的事情。”

汤建国说：“我俩想到一起来了。既然你这样想，我就没有顾虑了，反正尽力做吧。”

当晚睡觉前，汤建国热了热菜，盛上盒饭，又来到方杰的家，敲了敲门，方杰问：“是谁?”汤建国答：“是我，下午来的那个姓汤的伯伯。”

“汤伯伯，谢谢你，我没事的，我睡了。”

汤建国问：“你开开门，我给你带了饭菜，还热乎着呢，你起来开门，再吃点吧。”

屋里传来方杰哽咽的哭泣声。静夜里，尽管哭声很小，但汤建国贴在门边还是听到了。

“要么，我把饭盒放在你家门口，你起来拿一下，好吗？我走了。”汤建国说着，走下了楼，在单元门门口听着动静。

一会儿，响起方杰开门的声音，他把饭盒拿回了家，又锁上了门锁。汤建国这才回了家。

第二天上午，汤建国到社区办公室，向郑彦鸿汇报了方杰家的情况。郑彦鸿、程丽君、张书燕一道商量了一个帮助方杰的方案：

先解决方杰的低保，让他有一种生活保障；尽快和他的学校联系，做好开学前正常上学的准备。这件事情由张书燕和汤建国具体操办，需要郑彦鸿出面的，郑彦鸿出面。

张书燕和汤建国立即动身去了方杰所就读的城南实验中学，他的班主任任老师正巧在学校。快开学了，所有的班主任老师都提前到学校做开学前的准备工作。

任老师说："方杰这个孩子比较特殊，家庭贫困导致孩子一直很自卑，从小也缺乏家庭管教，缺失家庭关爱，学习上没有养成一个良好的习惯，学习态度也不好，成绩自然也就好不了。他母亲去世的时候，他姑姑也打电话跟我说了，我也去了。孩子确实很苦，但不管怎样，学业还是不能放弃的。"

张书燕说："现在他本人很倔强，也不准备上学了。我们想请老师一道做做孩子的思想工作。他爸妈都不在了，唯一的亲人姑姑也说服不了他，一般的学生还是听老师话的。"

"哦？"任老师说，"不上学？我倒没听他跟我说过，不上学肯定不行的。"

张书燕说："我们就是想请老师和我们一道，去他家做做工作，让他振作起来，好好上学。"

任老师说："明天下午我去他家家访。家访之前我到社区，和社区领导商量怎么才能更好地帮扶他，解决他的顾虑。顾虑不解决，他即使上学，书也是读不进去的。"

张书燕和汤建国回到了社区，把老师明天下午要来家访告诉了郑彦鸿。根据现在的状况，方杰已经符合低保申报条件，张书燕已经上门复印了他家的户口簿、房屋安置协议，按照最高标准申请，材料着手上报。

汤建国对郑彦鸿说："这个孩子我想带着一起生活，和我们一起吃住。这事，我和你春芝嫂子也商量好了。他到我们家后，他的房子可以出租，加上低保收入，让他感觉自己有经济条件，能更安心地学习。学习上，找一个一对一补课，我来出钱，首先把成绩搞上去，他在学习上就更有自信心了。"

郑彦鸿说："这孩子缺乏家庭的温暖，个性比较自卑，如果有家庭温暖的话，他会很快地调整过来。你能这样表态，也是解决了他的实际问题。”

汤建国说：“现在当务之急是为他树立信心。还有十几天的时间就要开学了，如果这几天思想工作做不通，不去上学，等开学的时间过了以后，即使去了学校也跟不上，那样他就更加不想上学了。这么大的孩子，说大不大，说小不小，要是不上学，一辈子也就毁了。”

郑彦鸿说：“是啊，等任老师来了再说吧，老师来了，我们一道上门劝劝。”

任老师来的时候，只和郑彦鸿两个人去了方杰家。

看到任老师，方杰胆怯起来，喊了一声：“任老师好。”

任老师在方杰的肩膀上抚摸着，“方杰，你现在的情况和想法我们大家都知道。每一个人在人生中都会遇到困难，你13岁了，在老师眼里，你就是男子汉。你经历了很多，但都能扛得起来，也能很坚强地面对，我也很欣赏你的坚强。”

方杰眼圈红红的。

“你想不上学出去找工作，我们都相信你想靠自己的能力，自强自立，老师相信你。但现在你才13岁，你没有很多知识，又能干什么呢？”任老师接着说。

郑彦鸿说：“你是未成年人，到哪儿能找到工作呢？上学的时候，只能好好上学，将来考个大学，出来之后，有你挣钱的时候。你好好上学，我们社区给你办理低保。吃饭的问题，你汤伯伯家里已经商量好了，愿意把你接到他家里。这几天你也知道，你汤伯伯去了你家好几次，他是真心地对你好，因为他看出来你是个有出息的孩子。”

任老师说：“先把暑假作业全部找出来，把书本整理好，还有十几天就要开学了，准备一下吧。”

方杰这才点点头。

郑彦鸿说：“下午我们去给你买一个书包，买点文具，做好上学的准备。”下午，汤建国、张书燕给方杰送去书包和学习用品，帮他找来课本和暑假作业。这些作业大多还没有动，方杰在汤建国和张书燕面前答应赶在开学之前尽快完成作业。

三十一

周洪涛来到社区，和郑彦鸿商量社区各级组织设置和班子成员人选。

社区党委按照5个园区，设立了5个二级党支部，每一个党支部确定一名网格负责人作为联系人。支部书记都是离退休党员，尤其是担任过企业中层以上领导干部的老同志担任，他们有经验、有时间、有热情。5个二级党支部在楼栋架空层里的5间车库设立了办公地点，作为党支部活动室，并根据党委会商议，制定了楼栋党支部主要的工作职责：

召集本支部的党员“三会一课”，每月召开一次，让党员在这里学习；党员值班、巡逻，开展群防群治，确保各自园区的平安；接待居民咨询、反映的问题，党支部值班人员记录，能解决的当即解决，解决不了的上报社区；网格负责人每周两个半天时间在楼栋党支部坐班，和党员一起研究本园区的工作；本支部的健康党员和困难人群结对帮扶，开展和园区空巢老人、独居老人结对的“银龄安康关爱行动”。会议确定先按照这几项内容开展工作，以后还要在实践中不断充实完善。

现在首先要搞好二级楼栋党支部的班子建设。按照5个自然形成的园区，由园区网格负责人召集本园区的党员，大家推选支部书记和支部委员。5个党支部分别召开支部大会，选定了5位支部书记。

年华园党支部书记汤建国，网格负责人张书燕；月恒园党支部书记王翠霞，网格负责人程丽君；鸿泰园党支部书记高明生，网格负责人任莉莉；生嵩园党支部书记陈书琴，网格负责人胡锐；轩衡园党支部书记俞红梅，网格负责人吕思聪。同时，支部班子还配备了支部委员。这些社区骨干有一个共同的特质：热心、有爱心。在他们的带领和影响下，更多和他们有着共同特质的热心人，也都会从家里走出来，融入社区建设的队伍中。

楼栋党支部开门办公以后，网格负责人配合支部书记，将党支部办公地点布置得很精致，很温馨。街道送来办公桌和塑料坐凳。一张办公桌，支部书记和值班人员使用；墙面上张贴了党支部书记、支部委员、本支部的党员名单，党员的义务、权利，入党誓词，楼栋党支部工作职责等。所有的准备工作做好以后，党支部正式挂牌。从这天开始，楼栋党支部就算正式开门办公了，郑彦鸿把每个支部都跑了个遍，看看各支部运行情况如何。

他来到年华园党支部，支部书记汤建国和网格负责人张书燕正在抄写着园区数据，见郑彦鸿进来，张书燕起身让座。

“我正和张书燕核对我们园区住了多少人口，大致是哪里拆迁安置过来的，掌握一下具体数据。”汤建国说。

郑彦鸿拿起户况表，认真地看了起来，他发现汤建国在杨荣轩、张静怡的名字下面画了一个横杠。

通过大家努力，杨荣轩找到了多年未见的女儿杨晓梅，杨老先生的晚年不再孤苦伶仃，有了女儿的陪伴，外孙、重孙有时也过来看望，生活有了滋味，他也不再提享受退休的事情。正像郑彦鸿跟他说过的一样，能健康地活着就好，身体好才是最重要的。

“张静怡是怎么回事?”郑彦鸿问。

“我在关注这个小女孩。”汤建国说，“我经常看到这个小女孩放学后帮她奶奶摆地摊。我正和张书燕说，是否到她家看看，多了解一些情况。”

张书燕说：“我查了一下，这是一个低保户家庭，但小女孩很开朗。具体的情况要上门登记居民信息才知道。”

汤建国说：“小女孩帮她奶奶摆地摊，肯定有困难，我想看看她们是否需要帮助。如果需要的话，我想伸一把手。”

郑彦鸿翻翻党支部桌上摆放的居民诉求登记簿，上面记载着居民反映的一些问题，如居民家门口垃圾清运不及时，夏天到了，气味很难闻，建议物业及时清理；某地方的下水道阻塞，污水漫出路面；某楼栋里的灯不亮……

郑彦鸿说：“居民反映的这些问题，要立刻和物业公司联系，尽快把问题解决掉，这样我们党支部在居民中就有威信了。”

汤建国说：“这些小问题都已经解决了，居民都很满意。”

郑彦鸿：“这样好，让居民感受到了党支部的作用。”

郑彦鸿又转到月恒园党支部，党支部书记王翠霞和另一个党员带着红袖章在园区里巡逻。党支部办公地点有一个党员在。他们每一个班有三个党员，两个人巡逻，一个人坐班。郑彦鸿了解了一下他们党支部搜集到的居民反映的问题，和年华园差不多：小区里养狗扰民，需要社区和物业干预、管理等。后又郑彦鸿来到鸿泰园、生嵩园和轩衡园党支部，党支部书记和社区工作者们都能积极配合，在园区里和群众保持密切的联系。

党支部设到楼栋，起到了很大的安全作用。有一天，月恒园党支部书记王翠霞看到3个六七岁的小孩子在楼道边上拿着瓶子追着玩，当时是中午，气温比较高，王翠霞拦住了他们，拿下来他们手中的瓶子，瓶子里有大半瓶的液体，一闻才发现，原来是松香水，小区居民装修房屋后剩下的。这些易燃品，如果碰到火源燃烧，就会酿成大祸。王翠霞将这几个瓶子送到垃圾桶里，叫程丽君打印一个通告贴在楼道张贴栏里，提醒装修房屋的居民将剩余的松香水、油漆等易燃物一定要妥善处理，不要随手丢弃。

年华园党支部开门以后，居民有事没事都去那看看，人气还挺旺。汤建国宣传楼栋党支部开门了，居民有什么诉求可以到这边来反映，能办的话，党支部立刻就办，办不了的，向社区居委会反映。

五个楼栋党支部开门以后，得到居民的欢迎，居民有什么问题就来反映，值班的党员都很认真地做记录，涉及需要帮助的，党员们前去帮忙；涉及物业公司处理的，打电话喊物业处理；疑难问题，向社区居委会主要负责人汇报，社区网格负责人经常碰头研究工作。闲下来多年的离退休党员，在这里找到了工作积极性和自身的价值。

这天下午离下班还有一个小时，郑彦鸿召集大家开一个工作例会，看看大家有什么问题需要提出来解决，楼栋党支部工作启动以后，如何更好地发挥作用。

园区的网格负责人都汇报了这几天党支部开门以后的工作，做的工作各异，但党员的热情和积极性都很高涨。

程丽君说街道妇联布置了一项任务，市里正在评选“十佳自强少年”，看看各个园区有没有合适的人选，往上推报，条件是上小学或初中的学生，家庭比较困难，自己自强不息，成绩好。看我们小区这边能不能找到这样的孩子。

张书燕说：“那天在年华园党支部，汤建国说起一个小女孩，很不错。我今天下午又去了一趟，了解了具体情况。小女孩叫张静怡，妈妈是智残、肢残，父母在她两岁时离婚，外公退休拿1000多元的退休工资，外婆摆地摊贴补家用。但张静怡很懂事，成天笑盈盈的，还经常帮外婆摆地摊，晚上放学在地摊旁边帮忙边做作业。这孩子现在上小学三年级，在班上成绩一直是前三名。”

郑彦鸿虽然没见过这位小朋友，但隐隐地感觉这个小姑娘身上有一种优秀的品质。

程丽君说：“这个典型好。只是材料要得急，明天就要上报。”程丽君转脸看看郑彦鸿。

郑彦鸿明白程丽君的意思，想叫他亲自动手，便主动揽了过来，说：“这个材料我来写，张书燕，你和她家里外公联系一下，我到她家走访，把她的材料写实写全一点。”

程丽君说：“我们书记的文采应该是没得说，今后小材料我们写，上报到区里市里的材料，郑书记亲自动手。”

郑彦鸿说："也是为了集体荣誉嘛。"

会议结束后，郑彦鸿按照张书燕给的地址，去了张静怡的家。

这是一套很简陋的两居室。客厅的阳台处堆满了布娃娃、塑料玩具等，这些估计是摆地摊用的。

张静怡的外公是市供销社系统的退休人员，生育了两个女儿。大女儿的日子过得还好，大学毕业后有了稳定的工作，现在还在补贴这个家。小女儿小时候发烧，烧成了脑膜炎，精神上有问题，后来摔倒了，手跌成骨折，别看是残疾人，长得挺好看，后来经人介绍，有个男孩子愿意娶他。父母始终照顾着这个女儿，即便是小女儿结婚了，一大家人还是在一起生活。

张静怡出生以后，她爸爸忍受不了生活的压力，成天在外混吃混喝，上不了几天班就不干了，家里看他这样也不是事情，让女儿离了婚，也就什么都不指望了。

谈起张静怡，外公脸上露出了笑容。这小孩子从小就懂事，从不乱花钱，不要零食，学习很刻苦，学习上虽然没有人辅导她，但她总是很自觉地独立做作业、背书，成绩一直都是班里的前三名，数学竞赛还是全市的第二名。面对家庭的贫困，张静怡始终保持着灿烂的微笑。

外婆也有70岁了，做点小生意补贴家用也不容易，由于年纪大了，出摊子需要帮忙，小静怡总是帮忙打下手，帮完忙以后，就在摊子边上做作业，等外公做好饭过来，她才回家。妈妈这几年经常犯病，她患有癫痫，犯病时总是不省人事，外公还教给张静怡照顾妈妈方面很多细小的事情，郑彦鸿将这些都一一记了下来。

晚上回家，他特意写了一篇通讯，题目叫《九岁女童，用勤奋和微笑点亮家的温暖》，上报到了区妇联，同时还发了邮件到本市日报。几天后，日报将这篇通讯登了出来。

三十二

街道党工委书记李朝明听取了周洪涛关于南湖新苑社区近期工作的专项汇报。二级党支部设在楼栋里，党员收集社情民意，关注空巢老人，为居民办事，李书记感到很有新意，特地过来实地察看，他事先没有告知郑彦鸿，从广场上下车后，才打电话喊郑彦鸿过来。

郑彦鸿一路小跑赶过去。

李朝明说："这段时间你很辛苦啊，我们到小区里看看。你把党支部建在楼栋里，这个创意好啊。过去在战争年代，我们党把支部建在连上，这样更加贴近战士。现在你把支部设在楼栋里，就更能贴近群众，发挥党员在治理社区中的作用。"

郑彦鸿说："我们小区太大了，会发生各种情况，如果信息不畅通，我们无法知道居民的诉求。我们把党支部设在楼栋，也就是设在居民的家门口，群众反映问题更方便了，也是社区延伸了触角，这样信息来得更快、更准确。把支部设在楼栋里，收集居民诉求，为居民解决实际问题，更能提高基层党组织的威信。"

说着郑彦鸿陪同李书记来到了年华园党支部，支部书记汤建国几乎每天都在党支部里面，这时正在登记居民反映的问题。登记完了，和居民打完招呼，便起身跟李书记和郑书记打招呼。

郑彦鸿向汤建国介绍道："街道党工委李书记来看看我们楼栋党支部。"转脸对李书记说："年华园楼栋党支部汤书记。"

李书记坐下来，翻翻桌上居民诉求登记簿，看看里面的内容："你们为社区做了很多工作，辛苦了。"

"汤书记在自己家里办了一个留守儿童之家，收留了些社区里的留守儿童，现在正准备收留一个孤儿，他想把困难的孩子集中在一起照顾、辅导功课。"

李书记伸出手，紧紧地握着汤建国的手：“你这个做法很好，很了不起啊。”

汤建国说：“我们有这个精力和能力，就做一点善事吧。”

李书记赞许地说：“好，好！”

郑彦鸿陪李书记到了月恒园党支部，王翠霞介绍了她的工作：结对帮扶了五位困难户和两位空巢老人，现在还在发动党员收集旧衣物，再发放给低保户、残疾家庭。郑彦鸿说：“旧衣服在我们社区很受欢迎，低保户、残疾家庭都用得着。”

李书记问：“旧衣服收集来怎么处理呢？”

王翠霞说：“先整理、清洗，用紫外线消毒灯消毒，再折叠，保证衣服都是干干净净的。”

郑彦鸿陪同李书记又换了下一个党支部。鸿泰园都是高层楼房，鸿泰园党支部老党员每天登记居民诉求，还巡视电梯、高层消防设施，发现一处立即登记，并反馈给物业。

生嵩园的支部书记陈书琴组建了社区文艺组织。陈书琴本来就爱好文艺，现在在社区也有了用武之地，她的舞蹈队现在发展到了将近200人。

轩衡园的支部书记俞红梅是调解的一把好手，在社区多次调解矛盾，现在影响很大，有6个党员进入了她的调解队伍，而且人手会越来越多。

郑彦鸿和李朝明把5个楼栋的党支部全部看过后，往外走。郑彦鸿边走边介绍：“现在我们5个楼栋党支部，已经有了各自的志愿服务队伍，他们发动了200多个党员和居民骨干，我们社区治理的力量将不断增强。”

李书记说：“这段时间你是动了脑筋，有了思考的，探索出了一条安置小区的治理路子。”

郑彦鸿说：“感谢街道党工委的支持，首先派了周书记担任第一书记，对于我们的工作起到了推动作用。还有就是涉及我们南湖新苑的工作，街道是一路绿灯，这也是我们工作的动力。现在老党员、社区骨干动员起来了，他们的无私奉献，他们的积极参与，也是我的工作动力。”

李书记说：“党的十八大关于建立基层学习型、服务型、创新型党组织，给我们党建工作提出了新的要求。特别是习近平总书记关于加强党建工作的一系列重要讲话，开启了从严治党的新要求，明确了我们的工作方向。我们楼栋党支部应该是大有作为的。”

郑彦鸿说：“接下来工作的重点放在楼栋党支部上面，把基础工作做实。”

李书记说：“好。这是一个尝试，也是一个创新。”

和李书记在小区广场分手之后，郑彦鸿回到办公室。正好刘平山站在店外喊道：“郑书记，过来提提意见。”

郑彦鸿走了进去。这个不大的店面，让刘平山布置得井然有序：前面“7”字形的柜台，分别是文具、学生用品和手机等电子产品，里面隔了一块做照相场所。

郑彦鸿问：“生意还好吧？”

刘平山说：“生意蛮好的，多亏了你及时为我盘下这个店面。”

郑彦鸿说：“刘宇凡成绩比以前好多了，你们做生意也放心了。”

刘平山说：“多谢老汤对我家的关心哦，现在宇凡都不要我烦神了。”

郑彦鸿鼓励刘平山好好干，把店面生意做活，说完便回了办公室。

社区申报张静怡为全市首届十佳自强少年，无论是事迹，还是材料，在全市妇联系统都是典型，特别是那篇报道，在社会上引起了强烈反响。这之后，汤建国经常去她家，和张静怡的外公接上了头，和张静怡结成了帮扶的对子，上门送钱送物。

全市首届十佳自强少年的评选是全市各区、县妇联推报，经过筛选，选出20名候选人，然后在本市新闻网上通过市民投票，最后确定当选人员。张静怡已经顺利进入20名的候选人行列，市电视台根据全市的申报情况，也专门来社区拍了宣传片。报纸和电视的广泛宣传，使更多的市民关注张静怡的生活，有的市民通过电视台给张静怡送来了学习用品和现金，给了这个家庭带来实实在在的帮助。

在20天的投票中，张静怡凭借其事迹，征服了很多市民，以高票顺利当选本市十佳自强少年。

颁奖的那天，郑彦鸿参加了电视台的现场录像，这个活动是由一家房地产公司冠名赞助，为张静怡颁发了现金5000元以及获奖证书。张静怡的外公激动地说："没想到，我们家张静怡因为学习好，还能得到这么多的奖励。"

郑彦鸿说："这就是政府鼓励家庭生活困难，但没有被困难吓倒，学习上更加努力刻苦的孩子。"

社区服务大厅和活动室，经过一个多月的装修，很快就完工了。崭新的社区办公室，窗明几净。搬家那天，社区组织楼栋党支部书记和部分党员观摩了社区，大家进去参观的时候，也是精神振奋。

参观结束后，支部书记和党员们在二楼会议室开会讨论楼栋党支部工作。

楼栋党支部工作通过这几天的运行，给了党员们很大的信心。因为居民需要，才体现了他们存在的价值。特别是网格负责人每周都抽出两个半天时间到楼栋党支部里面坐班，给了党员们工作的动力。这些老同志总是说："社区还能用得上我们，就是对我们莫大的信任。"现在在楼栋党支部值班的除了党员，还有一些热心居民，把楼栋党支部搞得热热闹闹的。座谈会上，各支部书记还亮出了新招：每一个支部都牵头成立社会组织志愿服务队伍。

年华园党支部书记汤建国准备成立留守儿童之家，现在家里已经有了刘宇凡，接下来方杰、张静怡都将进去学习；月恒园的支部书记王翠霞成立爱心志愿团队，和空巢老人、残疾人等困难人群结对帮扶，建立关爱对子，目前她已经和重病患者刘玉生、残疾家庭薛新平、空巢老人梁金梅等结成对子，再发动月恒园的党员收集旧衣服，整理、清洗后发放给残疾家庭和低保户；鸿泰园的党支部书记高明生成立巡逻队，关注电梯使用情况，遇到问题立即和物业沟通；生嵩园党支部书记陈书琴组建社区歌舞团，在广场舞的基础上，增加文艺品种，排练独唱、合唱、戏曲等，在广场上为居民表演；轩衡园党支部书记俞红梅已组建了社区调解队，调解邻里纠纷、家庭纠纷、物业和业主纠纷。

郑彦鸿很感慨，这么多退休老同志，在没有报酬的工作岗位上兢兢业业，还动脑筋发展自己的队伍支持社区工作，我们社区工作者哪还有理由叫苦叫累呢。

三十三

周洪涛带来菱湖师大团委书记苗炜来到南湖新苑社区，准备在社区建立一个“大学生社会实践基地”。周洪涛和苗炜是大学同学，这样的事情，苗炜首先会想到从事街道社区工作的老同学。“大学生社会实践基地”是学校团委牵头成立的，分布在一些街道、社区，一方面为困难群体免费补课，开展志愿服务活动，把大学生资源送到需要帮助的地方；另一方面，也是给大学生们提供锻炼的机会，让他们早点接触社会，丰富自己的阅历，锻炼自己的才干。

他们在新装修的二楼、三楼参观一遍，决定把“大学生社会实践基地”放在二楼多媒体活动室，利用投影仪等设施，更好地为孩子们服务。

苗炜问郑彦鸿：“你们这里大致有多少学生需要补课?”

郑彦鸿说：“我们马上再详细地统计一下，估计人数不会少。我们这个安置小区，困难人群多，花钱在外补课的不多，现在有个免费的补课机会，大家都会求之不得。”

苗炜说：“平常大学生们都有课，也有学习任务。我们安排每个周六过来。这个多媒体会议室能坐50个学生，正正规规的一个教室。”

周洪涛问：“什么时候启动？我好回去向我们街道李书记汇报。”

“可能就在这几天。我今天来，主要是看看地点，和你们对接一下，做好前期的准备工作。”苗炜说，“今年我们学校在你们区只有这么一个点，我首先想到了我的老同学。你这安置小区也是有很大的需求嘛。”

周洪涛说：“感谢老同学的支持。”

苗炜说：“那就这样，我这就回去向领导汇报，这个地点非常适合，我们学校领导和你们团区委最后敲定时间，我再和你们联系。”

苗炜起身告别回去了。

程丽君安排社区工作者以网格为责任单位，在各个楼栋党支部门前的宣传栏分别张贴通告，告知社区每周六都有免费补课，愿意参加的到社区报名，并在户籍信息上筛查10周岁到14周岁的少年儿童，重点让从小学五年级到初中三年级这个学龄段的孩子来社区补课。通过宣传和电话询问，小区里有60多位中小学生有补课的意愿。

几天后，菱湖师大“大学生社会实践基地”就举行了挂牌仪式。

挂牌仪式那天，团区委书记、菱湖师大团委书记、街道党工委书记共同揭牌。周洪涛代表街道致欢迎辞，菱湖师大团委书记致辞，学生志愿者代表作表态发言。小区中小学生代表坐在挂牌仪式的现场，整个过程时间不长，40分钟全部结束。仪式结束后，领导们离场，负责大学生志愿活动的学校组织者、社区工作者、楼栋党支部书记召开了一个座谈会，大家对接下来每周六补课的内容、课程设置进行协商认定。

汤建国和妻子春芝还是放不下方杰。

那天晚上汤建国送去饭以后，夫妻俩下了决心想收留方杰。这天晚上，夫妻俩又谈起了方杰，再次去了方杰的家。汤建国敲开了门，方杰的眼泪滚了下来。

在方杰的内心里，他的童年、他的生活和同学们无法相比。父母病怏怏的样子、生活的窘迫、家庭的贫寒，加上自己学习成绩不好，他抬不起头来。同学们讥笑他、排斥他、欺负他。在家里，父母也没有精力来关心他。眼前的这位汤伯伯，短短的几天时间，一直把他挂在心上，他从汤伯伯的目光里感受到了关心和温暖。

汤建国问："作业完成得怎样了？"

方杰说："差不多了。"

春芝说："孩子，你看你的衣服要洗了，明天到我家去，我给你洗一洗吧。以后有困难尽管找我们，别憋在家里啊。看到你这样，我们心里也不好受。"

方杰"哇"的一声趴在桌子上哭了起来。

汤建国走到方杰旁边，用手抚摸着他的头。方杰转身趴在汤建国的身上，哭得更伤心了，汤建国默默地抚摸着他的头。

第二天，方杰搬到汤建国新装修的房子里，刘宇凡也搬了进去，只是刘宇凡白天在新房子里做作业，晚上还是回家陪奶奶。

方杰搬到汤建国家里以后，汤建国开始过问他的学习。为了更好地帮助方杰，汤建国到社区找郑彦鸿，要求在刚挂牌的"大学生社会实践基地"里找一个大学生志愿者，到汤建国家为方杰补课，把那些还没弄懂的知识点温故一下。

这位大学生志愿者很负责任，有针对地把几门课的知识点全部列了出来，耐心地指导小方杰。汤建国还联系了方杰的班主任，把方杰最近的表现告诉了老师，并表示，今后他就是方杰的家长了，有什么事情直接打电话，他会配合老师，把方杰的成绩搞上去。

老师听说方杰有地方住，有地方吃饭，也就放心了。

"想不到方杰遇到了这么好的人，到校后，我们共同抓一抓，把他的成绩搞上去。"任老师和方杰的其他任课老师说。

社区广场交付以来，陈书琴的广场舞队伍越来越壮大，人气越来越旺。特别是进入夏天以后，晚上出来活动的人络绎不绝。渐渐的，卖水果的、卖百货的、卖各类小吃的纷纷上场，由于物业管理力度不大，这样一来，偌大的广场被侵占得七零八碎。陈书琴他们跳舞的空间越来越小，被这些经营户挤到中心的一个圆圈里。特别让人心烦的是，经营餐饮的，特别是烧烤，油烟熏得人眼睛都睁不开。

陈书琴把这种情况反映到社区，郑彦鸿便找到常磊，要求物业管理要加强，不能放任不管。常磊带领着保安，逐户打招呼，不要占用居民休闲场所，把中心地段的地方空出来。但小摊贩根本不买账，仍然是我行我素。

“我们这是养家糊口，要吃饭，我们摆摊比他们跳舞更重要。”摊贩们说。

“你养家糊口也不能乱摆啊，这个广场现在被你们弄得不成样子。”常磊说。这段时间，广场上的地砖黑乎乎、脏兮兮的，尽是油污，每天早上物业都派保洁清扫，隔几天还要用高浓度的洗涤剂来清洗。

好像是打了败仗的常磊回复郑彦鸿：“我们也只能是劝导，没有执法权。经营户太蛮横，根本不配合，我们实在没有办法。”

这边没有办法，那边小区广场被小摊贩们挤占得所剩无几，周边的油烟、烧烤味呛得人没法呆。

郑彦鸿到街道办事处向周洪涛汇报广场的整治情况，看来不启动强硬的措施，光靠物业公司、社区劝导，根本解决不了问题。

周洪涛说：“广场整治需要市容执法的力量。市容执法整治后，交给你物业日常管理，物业也要保证他们经营有序。”

郑彦鸿说：“物业管理人员的年龄偏大，工作力度不大，平时也疏于管理。市容执法整治以后，我们重点管理。广场就是社区的脸面，脸面脏兮兮的，身上再干净也会影响整体形象的。”

周洪涛说：“等两天我和区市容执法队协调一下，看看能不能抽点人员，协助我们整治广场。”

自从方家辉和程丽君在王翠霞家吃饭以后，方家辉终于理解了程丽君为什么想留在社区。社区工作虽然苦点累点，工资待遇也不高，但程丽君在工作中找到了乐趣和价值。她的价值就是使深陷困难的人走出困境，使社区居民像一家人一样快乐地生活着。他爱着程丽君，所以就应该为程丽君做出牺牲。

后来他再也没有在程丽君面前提他们去省城买房找工作的事情，他还在公司领导面前试探性地提出，想回菱湖市的分公司，哪怕工资待遇差一点。回到菱湖，他就能照顾好程丽君。想不到他想调回菱湖的请求，公司领导还真的在考虑当中。菱湖市也是他们公司开发的重点城市，之前已经开发了一个广场，三处商品房小区，目前还有一个小区正在建设。今年，公司在省城拿下几处商品房开发项目以后，还想回菱湖市开发重要项目。菱湖近几年城市快速发展，特别是保障房建设，在全省做得最好，公司也打算竞标参与建设，到时业务骨干方家辉被派回菱湖，也不是没有可能。

这一切，方家辉都在运作之中，他打算等调回菱湖的事情办好了，再和程丽君说，给她一个惊喜。

这天晚上，方家辉和程丽君吃过晚饭后到外面散步。顺着马路上的人流，他们俩走到南湖新苑小区广场。现在，南湖新苑小区比以前更加热闹了。原来一枝独秀的广场舞队伍，被杂乱的小摊贩包围起来。小摊贩将广场变得繁荣起来，也把广场的夏夜延长了。靠广场里面，现在多出了火锅、烧烤等摊位。程丽君最近也听说跳广场舞的和卖烧烤的为了抢地盘时常争吵。

程丽君和方家辉没有往里面去，顺着外围百货摊走了过去，卖小百货、鞋子、服装的小摊歪歪斜斜摆成长龙，正好看到张静怡和外婆正在百货摊边。张静怡在广场的路灯下正在做作业，外婆应付着客人。

程丽君蹲在张静怡身边，还好，广场上的灯光还很明亮。程丽君说："静怡，吃了吗？"

张静怡说："吃了。"

张静怡的外婆过来："程主任在散步啊？"

程丽君说："是，来看看。"

张静怡外婆说："广场上的油烟很重，有时候风大，刮到我们这边，味道很难闻。"

程丽君说："是，我听郑书记说，可能要整治。物业晚上有人吗？"

张静怡外婆说："物业管不了。一开始我们还和物业的保安说，看他们管不了，我们也不说了。"

程丽君说："我们再向街道反映。小静怡成绩还不错吧？"

张静怡外婆说："还好还好。谢谢你们社区的关心。"

程丽君摸摸小静怡的头，便起身和方家辉走了。

程丽君对方家辉说："这个孩子很懂事，家庭条件差，自己刻苦学习，今年被评为全市首届十佳自强少年。"

方家辉说："这又是你们社区一个励志感人的故事。"方家辉心想：程丽君哪能离开南湖新苑社区，她简直把这里所有的人和事都融进了自己的生命中。

三十四

程丽君对郑彦鸿说："这段时间，月恒园党支部书记王翠霞在园区里做了很多事情，一个人结对帮扶了5个困难户，还为他们送钱送物。"

郑彦鸿说："月恒园党支部在党员结对帮扶这一项工作中，做得很出色。"

程丽君说："我们要多倡导这种助人为乐的精神，以点带面，把身边好人挖掘出来。"

郑彦鸿说："你征求一下她的意见，我们喊个记者来把像她这样的好人好事宣传宣传，传播身边的正能量。"

王翠霞过去在市光辉橡胶厂就是一个热心人，担任厂车间主任的她，只要知道车间里哪位工人家里困难、身体不好的，她都会格外照顾，嘘寒问暖，甚至还送钱送物接济别人。她感觉能帮助别人自己很充实，很有成就。

王翠霞所在的市光辉橡胶厂拆迁以后，单位的人各奔东西，在外租房等待安置。厂里的党组织随之也就名存实亡了，没有人通知开过党员会议，也没有人交过党费。她和老伴早上买菜、烧饭、吃饭，周而复始，日子过得很单调。厂子散了，房子拆了，单位的领导也分流到其他单位，没有人关心她所惦记的事情。住在南湖新苑小区以后，她看到单位很多同事又都住在一起，想拢起大家的那颗心便活泛起来。

她没事就在自己楼道里转悠，那天曹月家失火，她在第一时间发现并喊人救火，这才避免更多的损失。她看到曹月儿子何涛那双胆怯和无助的眼睛，心里泛起一阵酸楚。后来她一直牵挂着母子俩，没事就来陪陪他们，给了曹月精神上很大的慰藉。

王翠霞和刘玉生的相遇也很偶然。一天，王翠霞买菜回家，看到一个瘦骨嶙峋的中年男子拎着菜在路边石凳上坐着，感觉拎菜走路都很吃力，她便留了心。随后王翠霞跟着他上楼，试探地问他是不是身体不舒服。刘玉生告诉她，自己得了膀胱癌和食道癌，一时也治不好了。王翠霞帮他拎着菜，爬到六楼，进了门，屋里面空空荡荡的，连张吃饭的桌子都没有，碗和菜就放在椅子、凳子上面。

王翠霞喊来儿子，把自己家的桌子和儿子家闲置的一台洗衣机、电视机送了上去。儿子搬家后购买了新的家具电器，就想把旧的家具家电扔了，王翠霞觉得还能用，舍不得扔，便留在家里。现在刘玉生正缺这些东西，正好派上了用场，但搬上六楼，还真的是费了很大的力气。

慢慢的，王翠霞从刘玉生口中得知，刘玉生离婚多年，由于自己当年不顾家，妻子、女儿很多年前就不来往了，亲戚朋友也远离了他，他得了膀胱癌之后，原来交往的人更是躲瘟神似的避之不及，本来就不多的积蓄现在全部用光了，还欠下很多债，同居的女友这时也悄然离开了。后来拆迁，就换了这套房子，刘玉生想和女儿、前妻和好，既没有脸面提，也找不到任何中间人说和。

刘玉生是两年前手术的，后来病情再度复发，住进南湖新苑小区后，感到身体十分虚弱。王翠霞结识他之后，便经常上门看望他。他总是敞开门，用他自己的话来说，家里没有什么值钱的东西，不用关门。一次，王翠霞看他的门关着，敲了半天门，刘玉生才出来开门。

王翠霞问："怎么关起门来了？你不是不关门吗？"

刘玉生说："王阿姨，不瞒你说，我实在活不下去了，身上到处都疼。我在想，是不是要了结自己，准备关上门吃点药，然后再开门。"

王翠霞脸拉了下来："你怎么这样想呢？人的生命只有一次，要珍惜。有问题要面对，生病就要看。"

"医生说要化疗，我拿不出钱来，也想不出办法。再说，这个病一折腾起来，花钱也是白搭。"

王翠霞说："你不要做傻事。"拿起他床头凳子上摆放的安定药瓶，装进自己的口袋里，"我回家给你拿点钱，咱们去医院做化疗。"

王翠霞从家里拿出工资卡，到银行里取出2000块钱，喊来出租车，叫刘玉生带着医保卡，送他去了医院。50多岁的刘玉生流下了眼泪，这么多年了，不要说给他拿钱，就是正眼和他好好说话的人都很少，他的心里真是五味杂陈。

到了医院，王翠霞把刘玉生送进住院部，晚上叫老伴照顾刘玉生。

老伴岁数也大，在刘玉生住院期间，王翠霞还找来了过去同事中的党员帮忙晚上陪护。她说："共产党员嘛，这个时候就要站出来，多为困难群众解忧。"毕竟是举手之劳的事情，党员们乐于助人，也愿意去医院陪护。

几天后，刘玉生出院回了家，王翠霞把他的医疗发票送到社区程丽君那里，为他申请了医疗救助。

周春娣和魏大林是一对无儿无女的老人。周春娣5年前患上糖尿病，现在病情越来越严重，靠打胰岛素来维持，随着病情的加重，渐渐的，她的眼睛看不见了，后来又患上了尿毒症。住进南湖新苑小区后，她几乎常年卧病在床。热心的王翠霞知道后经常上门为她家洗衣洗被，料理家务。

自从王翠霞进了门，和这对夫妻结成对子，魏大林这才感到家像个家的样子了。有时，王翠霞还拉着老伴一道来，她负责把衣服、被子放进洗衣机里洗，老伴用桶提水，她负责拖地。

薛新平、薛新安弟兄俩也是王翠霞结对帮扶的对象。薛新安患有脑瘫离不了人，哥哥薛新平要是买个菜，出去办个事情，就喊王阿姨看一会，帮薛新平搭把手。

在王翠霞结对帮扶的人中间，最让她感到轻松的是空巢老人梁金梅。

梁金梅是从市染料厂退休的工人，有退休金收入，老伴10年前去世，现在一个人住在南湖新苑小区，唯一遗憾的是老人没有子女。现在年龄大了，连说话的人都没有，要是生病就更加感到寂寞无助，想喝点热水都很困难。这时正好遇到年龄相仿的王翠霞，王翠霞经常上门陪她聊天，有一次老人生病住院，王翠霞还跑到医院陪床。对于王翠霞来说，梁金梅主要还是需要精神上的陪伴，没事她就上门陪老人聊天，梁金梅的生活有了滋味。

郑彦鸿了解了王翠霞结对帮扶的事迹后，觉得很有必要做做宣传，倡导社区邻里守望，为困难人群伸出援手，让大家感到冷暖相知。

轩衡园的党支部对面有两户居民，分别住在一楼和二楼，经常发生争吵，党支部书记俞红梅在值班时留意到了，便去了解情况。

原来，二楼住着张大妈和她的儿子张大宝，张大宝40多岁，患有轻度智障，有时候在楼上吃个瓜果什么的，就随手将果皮往楼下扔，经常扔到楼下李大妈晒的被子和衣服上。李大妈是个暴脾气，看着弄脏的被子和衣服，就破口大骂。

这天又遇到楼下的李大妈在骂人，俞红梅在楼栋党支部听到后便走过去，询问发生了什么事情。

李大妈说："楼上这户人家我实在是受不了，经常往下扔瓜子壳、水果皮，平常我都不敢在家晒衣服被子。刚才我正经过楼下，头上有个东西，伸手一摸，原来是鸡骨头，你说脏不脏?”

俞红梅问：“你知道是几楼扔的?”

“不就是二楼吗？脑子不好的。”李大妈说。

俞红梅说：“我上去看看。”

她敲了敲二楼的房门，半天没动静。她使劲敲，还是没声音，便下楼走了。

“上面没人。”俞红梅说。

“躲在家里的。”李大妈没好气地说，“每次干完坏事，就躲在家不出来。”

俞红梅又折回去楼上，继续敲门：“有人吗？请开开门，我是社区的。”

半天才有人开门，家里十分凌乱，就张大宝母子二人。

俞红梅自我介绍：“我是轩衡园党支部书记俞红梅，我们党支部办公室就在对面，有什么事情需要帮助，可以去找我或者我们办公室其他值班的人，也可以到居委会。”

提起居委会，张大妈热情了许多，因为他们母子俩还在靠低保生活。

俞红梅对张大宝说：“我今天是来了解一件事，楼下居民说你们乱扔东西，这样不好，下次要注意啊。”

张大妈说：“楼下的人家也太欺负人了，每次说的话都很恶毒。一开始往下乱扔也是孩子不注意，她开口就骂。后来不是我家扔的，她还骂我们，这不欺负人吗？干脆，随你骂，看你能骂成什么样。”

“邻里关系要处好，再说，你要跟你儿子说，养成好的习惯，不能乱扔了。”俞红梅说，“下次吃东西就在家里，垃圾收集起来带下去。我再下去劝劝楼下的李大妈，尽量不要骂。好吗?”

俞红梅到了楼下，劝李大妈：“人家孩子本身有点问题，也很忌讳。俗话说打人不能打脸，戳人不戳痛处，你要多包涵。你开口就骂，肯定会伤了人家自尊心。以后你也要注意，你越骂就会越激化矛盾。”

“那我忍着?”李大妈委屈地问。

“也不是,你可以好好地跟他们说。我也了解了,有时上面掉东西,也不一定是二楼的人扔的,你不分青红皂白就骂,换个位置想想,你要是被冤枉,也会不舒服的。我们党支部办公室就在你家对面,有事情可以找我们。”

三十五

这天晚上,郑彦鸿正在家里吃晚饭,接到陈书琴的电话。陈书琴说:晚上在广场上跳舞,跳舞的阿姨们和在广场上摆烧烤摊的摊主发生了争执,跳舞的李阿姨和摊主打起来了。

郑彦鸿问:“打起来了?有没有伤着人?”

陈书琴说:“李阿姨手臂被烫伤了,头也流血了,已经打了110和120。”

郑彦鸿说:“我马上来。”

放下电话,郑彦鸿把碗里的饭划了几口,就往社区广场跑去。

郑彦鸿到的时候,警车和警察正围着烧烤摊。跳舞的大妈大姐们叽叽喳喳,警察站在“香千里烧烤”摊边,摊主跟着警察上了警车,一同上警车的还有跳舞的两位大妈。

陈书琴和受伤的李阿姨站在路边,周围围了好几位跳舞的人,在等120救护车。李阿姨脸上、衣服上浸了很多血迹,受伤的头部用毛巾捂着。郑彦鸿走了过去,问了陈书琴具体情况。陈书琴说,晚上她们跳舞,发现烧烤摊子又向广场中间挪了,她们跳舞转不开身,正好周围味道又特别难闻,这位李阿姨就说摊主不自觉,占用她们活动场地。摊主回了一句:“我们没生活来源,不做生意怎么办呢?”

李阿姨舞步停了下来,“你做生意不能影响别人,弄得到处乌烟瘴气还有理了?”

摊主说:“你嫌烟呛就不要在这跳。再说,广场又不是你们家的,谁都能占。”

“广场就是休闲场所,是居民活动的地方,怎么了?”李阿姨说。

“吃饱了撑的没事干。”摊主嘟哝了一句。

李阿姨也是火爆脾气,听到摊主这么说,一把推翻了边上的桌子,上面的调味料洒了一地。摊主正在洗锅,发现有人掀摊子,连同锅和锅里的水一下子砸向了李阿姨。夏天都是裸露着胳膊,李阿姨的胳膊一下子红肿起来。摊主感觉洗锅的水不烫,还不过瘾,拿起锅铲砸向李阿姨,正好砸到头上,血立刻淌了出来,看到流血了,跳舞的人全都围了上来,把烧烤的桌子、凳子全部掀翻了,菜也洒了一地。

说话间,120的车子停在路边,陈书琴和一位阿姨把李阿姨扶上了车子,送到医院。郑彦鸿嘱咐陈书琴:“先到医院处理伤口,去了之后,有什么情况给我打电话。”

陈书琴说:“郑书记,你放心吧。”车子立刻鸣笛而去。

郑彦鸿走到广场,大家还在议论着晚上发生的争执。大部分认为烧烤、麻辣烫等餐饮影响居民的生活,带来污染,政府应该管一管;还有一部分人认为,人家做生意讨生活也不容易,再说,小区的居民也是有这个需求。

当晚,陈书琴打来电话,说李阿姨伤势不重,好在洗锅的热水不烫,要是开水后果就不堪设想了,头部流血是锅铲在额头切开一道伤痕,包扎后也无大碍,伤口处理好就能回来了。这边派出所民警给“香千里烧烤”摊主做过笔录,见伤者在医院也无大碍,当晚便把摊主放了回来,并叫他支付李阿姨的医药费,说等伤者看好伤后进行处理。

第二天,20多位大妈、阿姨们来到区信访局,反映昨晚在小区广场发生的冲突事件,请区政府严肃处理并还她们一个公道,同时强烈要求取缔广场上的流动摊贩,还广场清净明亮,还居民休闲娱乐场所。区政府分管区长批示,请街道办事处、区市容局、卫生局、市场监督局联合执法，物业公司配合，取缔广场流动摊点。

当天下午3点，区市容执法人员和物业公司人员陆陆续续对摆摊的人员进行劝导，发放整治广场通知书，告知经营户，为给居民营造一个休闲纳凉的好环境，区市容执法大队将取缔广场流动摊点，请摊主配合，如不配合，市容执法大队将收缴经营用具，到市容执法大队承诺不在此设点后领回。陆陆续续到来的摊贩，你看看我，我看看你，虽然没摆摊，但也没有离开。

摆地摊的说："我们不像烧烤有污染，为啥不给摆?"

这位做餐饮的说："我们做餐饮的怎么啦？你们吃饭我们也要吃饭。我马上就摆，看能把我怎么样?"这个摊主叫李平，也是做烧烤生意的。别看这个广场不大，仅做烧烤的就有四家，生意一直持续到每天凌晨2点多。

说话间，那个叫李平的摊主卸下三轮车上的桌子、灶具、液化气瓶，市容执法队员立即上前劝导。李平我行我素，继续摆放桌子凳子。这时，市容执法队员将取缔通知单放在桌子上。李平打破了僵持的局面，麻辣烫、海鲜、凉粉等摊主纷纷卸下桌子和灶具。市容执法队给每一位摊主发放了取缔在休闲广场经营摊点的通告。

今晚，区市容执法队整合一支由30多人组成的队伍来到广场进行执法。执法队员全副武装，头戴钢盔帽，穿着整齐的制服，一户一户劝导，劝导不成，就强行将经营工具抬上停在广场边的货车上，贴上标签，做好登记。他们只要搬走一户桌子、灶具，后面的经营户便自行撤走，只一会儿，广场上便清朗多了。

广场整治的第二天，30多位摊主挤进了郑彦鸿狭小的办公室。

李平走在最前面，进了门往沙发上一坐，"有困难找社区啊。郑书记，我们不摆摊就没饭吃了。家里上有老，下有小的，你给我们想想办法啊。"

"我们自己谋生，不找政府麻烦，你们干嘛不让我们摆了?"

"不给我们做生意，你们社区给我办低保，我们总要吃饭吧。"

郑彦鸿说："你们做生意也不容易，要么租个门面，搞一个稳定的场所，店面也正规，人也舒服，生意还能做得长。"

"我们不也是这么想？现在的房租这么贵，挣的钱还不一定付得起房租。"经营户们说。

"我们也就是挣点小钱，再说大家也都需要，也算方便群众生活嘛。"大家七嘴八舌。

郑彦鸿说："休闲广场是居民休闲娱乐的场所，现在的情况你们自己也清楚，脏、乱、差很严重。你们每天经营过后，地上的油污到处都是，影响环境卫生。你们先等几天，我去街道把你们的意见反映上去，看能不能想想别的办法。"

李平说："我们等两天就等两天，郑书记，你可是我们的父母官，我们的生活全指望你了，一天不做生意，一天就没收入，家里老婆孩子张着嘴等着吃饭。"

郑彦鸿说："你们先回去吧，就当累了这么久休息几天。"

经营户们离开办公室后，郑彦鸿电话打给了周洪涛，周洪涛在办公室，郑彦鸿叫周洪涛等他一会，说马上找他有重要的事情汇报。

进了周洪涛的办公室，郑彦鸿说："广场的经营摊点被取缔了，广场上面清净了，可我的办公室却不清净了，刚才30多位经营户到我办公室来。"

周洪涛问："去干嘛？"

郑彦鸿说："没生意做，没收入，要吃饭啊。"

周洪涛问："你的意思？"

郑彦鸿说："这些经营户也不容易，家里都靠摆摊子挣点收入。我看堵疏结合，在广场两边划一些摊位，交给物业管理，适当收取一点卫生保洁费，安排保洁人员搞卫生。烧烤和其他餐饮靠外面摆，没有污染的摊位靠近广场摆，这样既让这30多位经营户有了生存空间，又照顾到居民需求。"

周洪涛半天没出声，想了想说："你去找一下李书记，跟他汇报一下，本来整治广场区政府是下了大力气的。”

郑彦鸿去了街道党工委书记李朝明的办公室。他先向李书记汇报了近段时间社区的工作，特别是把党支部设在楼栋后，发挥了离退休老党员的作用，楼栋党支部运行得很正常，他们每天开门，接受居民咨询，登记居民反映的问题，解决了一些居民的燃眉之急，党支部在群众中很有威信。

李朝明说：“我去过你们楼栋党支部后，回来也在想，你要不断完善楼栋党支部工作，把社区里更多的党员动员出来，变成我们的力量，发挥基层党组织的战斗堡垒作用。”

郑彦鸿接着说：“我们楼栋党支部还分别组建自己的社会组织开展志愿服务，发挥更多党员的作用。”

李朝明说：“好，哪天我向区委钟书记汇报，请他过来看看。你们做了很好的探索，把党建落实到社区治理的实处。你准备一个材料，总结一下具体做法。”

“好，我回去准备材料。”郑彦鸿这才进入下一个议题：“广场整治效果很好，现在真的还了居民一个休闲的场所，但经营户需要做生意维持生计，小区居民也有消费需求，看能不能请街道市容执法中队帮助划一个规范区域，让摊主在规定范围内经营。”

李朝明说：“这样也行，但管理权还是要交给物业公司。物业公司是小区管理的主体，市容执法配合是义不容辞的事情，但物业公司日常管理总不能靠市容执法来解决。”

郑彦鸿说：“我们商量一个方案，划定区域，让物业公司进行常态化管理。”

李书记还交代了社区维稳工作，叫郑彦鸿把楼栋党支部建成深深扎根在群众中间的一棵参天大树，根系要延伸到小区每个角落。

郑彦鸿认真地点了点头。

郑彦鸿从李朝明办公室出来以后又走进周洪涛办公室，说李书记也是同意这种做法，并要求市容执法队配合规范治理。周洪涛打了一个电话，执法队王队长一会进来了。

周洪涛对王队长说："广场上次整治好了，但还有一个问题没解决，现在30多位摊主想要规范经营，你明天到社区一趟，具体情况，郑书记和你商量。"

王队长对郑书记说："摊主找你了吧？也找过我。不规范经营、随便乱摆肯定不行，我们商量一下，看看如何规范整治，尽量把有污染的烧烤和广场隔开。"

回去以后，郑彦鸿叫物业通知经营户中午到社区开会，正好市容执法队王队长也到现场来，根据事先他们商量的方案，明确广场里面不能摆摊设点，经营地点放在广场两侧，餐饮摊点放在外侧，摊点位置划好以后，要严格按照经营范围规范经营，愿意的当场登记，确认位置，并在指定的地点经营。

物业和市容执法队中午就在广场的两侧划了位子。下午3点半，市容执法队的队员和物业公司工作人员对摊位摆放进行疏导，每个摊位的摊主在物业公司进行登记。经过整顿以后，广场变得有序、清爽了，广场舞的队伍又活跃起来。

三十六

轩衡园是小区中高层集中的地方。

自从网格负责人落实责任之后，吕思聪在园区党支部呆的时间比在办公室呆的时间还要多，他要把里面的各种情况都摸清楚，才能应对各种问题。他记得郑书记在会上对他们说："我们每一个社区工作者都要沉下去，只有把园区里的各种情况摸清楚以后，心里才有底，才能踏实，才能掌控各种情况。"

这天吕思聪和党支部书记俞红梅在园区里巡查，发现一栋楼房的窗台上面挂着一块很大的广告牌，写着"追梦幼儿园"字样。他们从后面的楼道走了进去，敲了敲门。

吕思聪对打开房门的阿姨说："我们是社区的，进来看看里面的情况。"

进门是一条狭长的过道，过道的左边厨房连着卫生间，右边是客厅，客厅连着阳台，过道前面，两边是门对门的两个房间，这是一套很普通的三室住宅房。

客厅里坐满了小朋友，老师站在黑板前教孩子们念"a、o、e"，另外的两个房间每间都挤着十几个孩子，保育员正在带小朋友玩。还有一个小房间里堆放着一层层的床板，叠在一起，供小孩子中午休息。吕思聪看着这情形，惊讶了半天。太拥挤了，这个地方！

回办公室以后，吕思聪立刻将追梦幼儿园的情况向郑彦鸿汇报。

吕思聪说："住宅房办幼儿园隐患多，没有安全通道，前面的阳台不能逃生，人多拥挤，厨房又靠近小孩子集中的地方。"

郑彦鸿对吕思聪说："你喊鲁子铭下一张安全隐患通知单，告知幼儿园存在严重的安全隐患，你们俩一道上门送去，并将这一情况立刻上报街道安监办公室。"鲁子铭在社区分管安全工作。吕思聪和鲁子铭带着安全隐患通知单去了追梦幼儿园。

街道安监办的负责人接到社区报告后立刻到追梦幼儿园，直接下达了停业通知：无教育部门批准文件，无逃生通道，无消防设施……总之，住宅用房改变业态从事幼儿园经营，属于违法经营。

下午，消防、教育局、安监局都来到追梦幼儿园，对幼儿园园长刘亚萍进行询问：学生人数、老师人数、哪年开办等。最后告知：从即日起关闭幼儿园，停止营业，同时做好孩子家长的解释工作，张贴告示，给家长发放一封信，需要退学费的，提早安排。

刘亚萍问："我再按照你们的要求整改行不行？我这幼儿园也是根据居民的需求办的，我不是没有证，我以前办过证的，证照还在，只是原地址拆迁了。"

消防部门的同志说："你这种没有安全通道，厨房和教室连在一起的普通住宅房，是不符合办幼儿园条件的，我们等几天还要过来，有什么困难到社区反映，他们会协助你做好居民工作的。”

刘亚萍面有难色，她心里忽然有了新的主意。

消防、教育局、安监局相关人员走过以后，刘亚萍召集了全体人员开会，并通知家长来幼儿园商量对策。

停业通知贴出去了，说幼儿园需要整改，暂时放假。通知的家长来了后，刘亚萍把大家集中在一起，说：“我们幼儿园在附近收费是最低的，教学也是最好的，我从事幼儿园工作也有很多年了，没拆迁之前，很多小学都喜欢从我们幼儿园出去的孩子，能够和小学一年级接轨，现在我们遇到麻烦了，政府想取缔我们，说我们的安全有隐患。你们看，我们这里的老师责任心都很强，把你们的孩子照顾得井井有条，会有什么安全隐患呢？我想请你们找一下政府，为你们的利益考虑，为方便大家着想，请政府保留我们这个幼儿园。该整改的我们整改，不行我们在阳台这边架一个安全楼梯，作为安全通道。”

说完，刘亚萍带着家长来到阳台，好在是一楼，能够架设楼梯，只是要和物业公司商量好就行。

经过商量，一边由这十几个家长找政府，保留幼儿园；另一边，幼儿园开始整改，从阳台边做一个楼梯。不是说没有安全通道吗？做一个不就有了吗？

幼儿园分头行动，刘亚萍喊来师傅，量了尺寸，定做了一个钢结构楼梯，把阳台前面的窗子拉开，做一道门，平时关起来，遇到紧急情况就留做逃生使用。

十几位学生家长跑到社区，向居委会反映他们的诉求。

“政府要取缔追梦幼儿园，我们小孩要到哪里上幼儿园啊？”

“就是你们社区带人去查的。我说你们社区真的没事干啊？平时都说为居民服务，怎么专和我们老百姓过不去呢？”

郑彦鸿预料到了，居民中会有人不理解为什么关闭幼儿园，但追梦幼儿园的安全隐患像一把剑一样悬在空中。不出事便罢，一旦出事，后果肯定不堪设想。

“在居民住宅房里开办幼儿园，是不符合手续的，没有安全措施，过道的门口就是厨房，如果厨房发生火情，过道走不了，门口出不去，小朋友往哪里跑？阳台封死了，没有逃生的地方。”郑彦鸿说。

“我们看他们幼儿园蛮细心的，怎么会轻易有火情呢？他们过去也办幼儿园，从没有出现过这种情况。”孩子家长说。

“我们都在外面打工，接送孩子都是爷爷奶奶的事情，要是孩子送远了上幼儿园，爷爷奶奶接送不了，我们又没有时间，那怎么办呢？”孩子家长说。

“我把你们的情况向消防、教育局等部门转达，你们留下你们的联系方式，到时候召集你们来，我们共同来协商解决。”郑彦鸿说。

郑彦鸿立刻到街道找到周洪涛，把幼儿园学生家长的意见做了汇报。

周洪涛说：“家长还是抱有侥幸心理，认为怎么会那么巧能出事呢？安全的事情是侥幸不得的。”

“我们和消防大队联手搞一次宣传，扭转一下他们的观念。”郑彦鸿说。

“把幼儿园的负责人和孩子的家长一起请来，搞一场培训。你到消防大队，叫他们安排一些安全教育片，开展警示教育。”周洪涛说。

郑彦鸿赶到消防大队，将小区部分居民的想法说了，他想组织一次由幼儿园负责人和家长参加的会议，普及消防安全知识，邀请消防大队的教官现场进行宣讲，并提供一些宣教片在会场播放。

消防大队认为很有必要。是啊，要是强行取缔追梦幼儿园，会遇到来自居民的一些阻力，只有这样做，才能从思想上改变他们的侥幸想法，工作才好开展。

他们约定第二天下午在社区会议室召开追梦幼儿园负责人和学生家长会议，商谈关于追梦幼儿园安全隐患的处置问题。

追梦幼儿园负责人刘亚萍以为只要家长施压，社区和消防大队就会做出让步，同意幼儿园整改。只要整改，幼儿园就会继续办下去。

人到齐了之后，大家先观看消防教育片，接下来播放了幼儿园、学校等人群聚集地的火灾现场图片。火灾现场，场面惨烈，学生家长唏嘘不已。花了40分钟，宣传片看完了。消防大队的教官走上讲台：

“大家刚才都看了，尤其是后面的片子，都是真实的事件。追梦幼儿园使用住宅房办幼儿园，不符合幼儿园的相关规定，有很大的安全隐患。有的人说：会那么巧吗？会发生火灾吗？我不知道，但我只知道，如果发生火灾，学生和老师都将无法逃生。在火灾隐患面前我们没有侥幸，只有严格的规定。”

这时这些家长立刻没有了底气，都沉默了。

当天下午，所有的家长都把孩子接回了家。追梦幼儿园在没有采取任何取缔措施的情况下，自行关了门。

关门之后，社区的居民到社区反映：解决小孩上幼儿园问题。

郑彦鸿找到追梦幼儿园的刘亚萍，问她现在有什么打算。刘亚萍说她也在找房子。

郑彦鸿说：“我看小区门面房中，有一个三层楼的，你要是想要，我去给你问问。”

刘亚萍说：“好啊。你问问看，要是能租下来，就解决我的大问题了，也解决了大家的问题。”

郑彦鸿打电话给江志远：“追梦幼儿园取缔后，社区幼儿上学的需求无法解决，你看我们这边三层的商业区，能不能找一间给他们办幼儿园。”

江志远说：“我现在就在区国有资产管理委员会，给你问问。”

过了一会儿，江志远打来电话，说：“区里也接到居民反映孩子没有地方上幼儿园的投诉，十分重视。你叫幼儿园负责人到区教育局申请，这边还有房子可以提供使用。”

郑彦鸿说：“好的，我来和幼儿园负责人联系，叫她尽快到教育局办理手续。”

江志远说："郑书记，晚上没事吧？我想请你吃个饭，你看……"

郑彦鸿说："江主任，客气啥，哪天抽个时间过来再聊嘛。"

江志远说："晚上就我俩，也是谈谈工作上的事情。你看在哪？"

郑彦鸿不好推辞，只好答应："好吧，你定。"

江志远说："就在逍遥庄饭店。"

郑彦鸿下班赶去逍遥庄饭店，江志远已经坐在里面，见郑彦鸿进来，便立刻喊服务员上菜。

郑彦鸿放下包，说："江主任知道我不能喝酒，我就少喝点吧。"

江志远说："你放心，今晚就我俩，我不会让你喝多。喊你来，主要是因为你这段时间太辛苦了，一个人负责整块的工作。"

郑彦鸿说："哪里哪里，你也是在为南湖区工作嘛。"

江志远打开酒瓶，给郑彦鸿倒了一杯，自己也倒了一杯。"你先喝一杯，喝完了看感觉，想喝继续，不想喝不勉强。"

郑彦鸿说："好。你还有多长时间能到岗？同事们都在等你呢。"

江志远端起酒杯，和郑彦鸿碰了一下，喝了一口，说："其实，我不想到社区。"

郑彦鸿惊讶地问："那你怎么同意了呢？"

江志远说："区重点建设局有一部分人要分流。当时我想去政府部门，但没办法安排。你也知道，我们这些重点建设局的人虽然没有什么身份，但也是靠关系进来的。考虑到沈局长一直关心我，我就听了他的话，到社区这个艰苦的地方。"

郑彦鸿说："沈局长对你不错，你应该支持他的工作。其实，社区虽然事情多，矛盾多，但你要是愿意投入，还是能做点事情的，能产生成就感。"

江志远说："看来你找到其中的乐趣了。对了，听说你们柳叶村改制，将原来的村改为资产管理委员会。我要是你，就回到资产管理委员会。管理资产，不做社会事务，这样多轻松？"

郑彦鸿说："是啊，柳叶村拆迁完了，村民全部进入小区，村里只有集体资产。管理资产可是个轻松差事啊，不知能否考虑到我哦。”

江志远说：“事在人为嘛。”说完两个人都笑了起来。

事后，郑彦鸿感到这顿饭吃得有点莫名其妙。

第二天，郑彦鸿带着刘亚萍一道去跑教育局、区国有资产管理委员会。很快，区里就答应了将这幢三层的楼房租给刘亚萍。郑彦鸿陪同幼儿园园长办理相关手续，刘亚萍最终理解了社区对于安全问题干预的良苦用心。

三十七

楼栋党支部开门办事以来，重点解决居民反映的问题。党支部当场能够解决的问题，自然立即解决了；如果解决不了，要给居民反馈是什么原因，需要多长时间才能解决。所以，楼栋党支部将收集到的居民反映的问题报到社区，郑彦鸿都会认真查看并进行分类：需要自己出面的，立刻着手解决，需要街道、区相关部门解决的，及时向他们上报。

鸿泰园党支部反映，最近鸿泰园门面房后面的住宅小区内主干道路污水从窨井盖漫出来，不仅给居民出行带来不便，还散发出阵阵恶臭，影响居民的日常生活。

鸿泰园党支部本来反映给物业公司，物业负责人反馈说这个问题要想从根本上解决，物业公司是无能为力了。物业公司曾疏通过好几次，但时间不长，又会堵塞起来，光靠疏通解决不了问题，需要重新铺设口径较大的下水管道。

郑彦鸿叫任莉莉通知物业公司常磊，让他在鸿泰园门面房后面等着，他们一道去现场查看，还叫上胡锐，带上相机。

实行网格负责制以后，园区的所有事情都由网格负责人负责，任莉莉就是本网格所有事务的责任主体。胡锐作为分管城管的责任人，也要掌握情况，配合处理。

郑彦鸿看到这条主干道窨井盖子上溢出了油污水，四周弥漫着一股难闻的恶臭气味。

常磊站在那边，指着污水的窨井口说："这个地方我们疏通过几次，但都于事无补，最好的办法要重新铺设口径大一点的管道。"

饭店的门面房后面，正是鸿泰园居民区的主干道路，由于下水道油污阻塞，才影响这条道路的污水排放。

常磊说："我们挖开了下水管道，直径只有40厘米，是一般的下水道管，根本不适合饭店排污使用。"

"为什么没用粗一点的管道呢？"郑彦鸿问。

"我问了施工方，当时在设计图纸时，都是统一的管道，没有考虑到类似饭店这样的业态。其他地方也有类似的情况，如果开饭店或有排污比较严重的，就应该重新铺设大口径管道。"常磊说。

郑彦鸿叫胡锐配合物业，将小区所有门面房中有开洗车行、饭店的统计一下，并丈量下水管道的长度，摸清楚需要改造的下水道长度。

周洪涛这时打来电话，问郑彦鸿在哪，郑彦鸿说自己正在小区里的鸿泰园。周洪涛说他马上过来。郑彦鸿喊他直接到鸿泰园的现场，看看下水道堵塞的问题。这时，周边的居民纷纷围了上来。

"前一段时间梅雨季节，油污跟着雨水漫了上来，一股臭烘烘的气味，太阳晒干后，路上到处都是苍蝇。"

"饭店排烟管道一直吵到深夜，晚上排出来的都是热腾腾的油烟。"

"这里的饭店真是扰民哦，下面水道阻塞，上面油烟污染，我们这边的住户真的休息不好。你们领导看看，这个排风口正对着我家窗户。"

居民们都在反映着情况。

周洪涛赶到了现场，说："社区写一个报告，我们转到区政府办公室，区政府办公室会转到重点建设局，申请进行改造。"

周洪涛来找郑彦鸿的目的，是区委钟书记要来社区调研。钟书记对他们楼栋党支部工作很感兴趣，准备到现场来看看。现在全区都在抓党建、创新社区治理，楼栋党支部无疑是创新社区治理工作的重要举措。他提醒郑彦鸿务必重视一下，不断完善楼栋党支部的工作。

“我们去楼栋党支部看看。”周洪涛说。

他们就近来到鸿泰园党支部。支部书记高明生和两个党员正在商量支部党员会议的议程，见周洪涛和郑彦鸿来，便起身打招呼。

郑彦鸿说：“高书记，周书记到支部来看看。”

周洪涛和高明生握了握手：“郑书记介绍了你组建党员志愿者队伍，带领党员巡查高层电梯、高层消防设施，给居民提供安全保障，好啊！”

高明生说：“我们也是小区中的居民嘛，小区的安全是我们大家的事情。只要我们大家都来关注，问题总会解决的。现在电梯维保单位的工作人员就住在小区，我们一旦发现电梯有抖动、停运的情况，给维保人员打一个电话，几分钟维保人员就来了。”

高明生拿出居民反映问题的登记簿，上面记载着鸿泰园园区居民反映的一些问题，大致都是小区窨井盖破损、绿化毁坏、楼道灯不亮、楼道清扫不干净等。记录的问题解决好的，都有记录；没有解决的，标明了没有解决的原因，比如鸿泰园饭店后面道路污水问题，需要社区主要负责人往上汇报，专项整治。周洪涛感到这种方式更加贴近居民，发挥了党支部的重要作用。

从鸿泰园党支部出来，他们走到了生嵩园党支部。生嵩园党支部有两个人带着红袖章在外巡逻，支部书记陈书琴在党支部里面接待居民反映问题，她认真做着记录。反映问题的居民走了以后，周洪涛拿起记录本，看着记录本上清秀的字迹，说：“陈书记的字清秀、好看，不愧是老师啊。”

郑彦鸿说：“陈老师多才多艺，现在她的舞蹈队人最多，有100多人。”

陈书琴介绍他们舞蹈队情况：他们每天晚上在广场除了跳广场舞

以外，还排练自己的节目，为了赶节目，他们每周三在社区三楼舞蹈室排练文艺节目，现在他们已经排练了七八个节目，有对唱、戏曲、歌舞、合唱等，形式多样。

他们前往月恒园党支部，郑彦鸿说起支部书记王翠霞，周洪涛对王翠霞还是很熟悉的，上次曹月家发生火灾以后，王翠霞发动党员捐款，和她有过近距离的接触，感觉此人有一副古道热肠，这正是这个社会所需要的，现在她的行为和爱心已经深深地影响着社区工作者。

周洪涛说："王阿姨的事迹很感人啊，她传递着社会的正能量，我们街道领导班子都在热议她做的事情。我们社区有了王阿姨这样的党支部书记，郑书记你的工作好做多了。"

郑彦鸿说："王阿姨结对帮扶了5个困难家庭，现在还着手筹备社会组织，她所做的事情，原来很多都是我们社区工作者做的。"

周洪涛说："这就是我们志愿服务的目标，逐步地将政府做的事情下放给居民做，培育居民自治的能力。这中间，我们社区还要下功夫引导、孵化、培育。"

说话的当口，他们走到了月恒园党支部。王翠霞从外面走进支部办公室。

周洪涛说："王阿姨这是从哪里来啊？"

王翠霞说："刚才我去了园区一个叫何佳梅的居民家。何佳梅的丈夫出了车祸住院才回家，两个孩子上学，自己常年有病，家里很困难。我马上向程主任反映这个情况，看看能不能报一个救助。"

郑彦鸿对周洪涛说："安置小区穷人多啊，作为领导，你要和区民政局多说说，给我们争取政策和资源，让好的政策向我们倾斜一下。"

周洪涛说："这个我知道。你现在的任务，先要给困难的群体雪中送炭，他们安居乐业之后，我们还要做一个提升。"

跑了一圈之后，周洪涛回了街道。临走时，他叫郑彦鸿系统地将如何动员社区党员，引领社区治理的材料整理一下。

王翠霞刚才去了何佳梅家。何佳梅早年有一个孩子夭折了，后来在菜市场边捡了一个弃婴，捡回弃婴不久，何佳梅就怀孕了，现在两个孩子都在上小学，丈夫车祸骨折看来一时半会儿好不了，家里陷入了窘境。王翠霞动了恻隐之心，当时就掏出500元钱。何佳梅十分感动，眼泪扑簌簌地往下掉，但不愿拿这钱。王翠霞说："你没工作，丈夫还得在家养腿伤，过日子开开门就用钱。就算借给你的，以后有钱再还我。"何佳梅接过了这沉甸甸的500元钱。

三十八

为了更好地孵化社会组织，郑彦鸿给社区工作者布置一项任务：园区负责人和本园区楼栋党支部书记共同谋划，以园区为单位成立社会组织。各个楼栋党支部成立社会组织，社会组织合并起来再成立社区社会组织联合会。程丽君作为社工办副主任，担任社区社会组织联合会的负责人，全面负责这项工作以及社会组织的运行。

王翠霞率先成立月恒园社会组织，主要在小区内、社会上收集旧衣服，经过挑选、整理、清洗、消毒，再发放给社区低保户、残疾家庭等困难人群。程丽君到月恒园党支部和王翠霞商量成立社会组织的具体事宜。

他们打算张贴倡议书，在小区居民中宣传，哪家有闲置不用的衣服，质地较好的，可以拿出来送到月恒园党支部。几天后，月恒园党支部便收到了各种衣服、鞋子，还有家用电器。王翠霞动员了支部委员、党员，将这些衣服进行分类，清洗，折叠后搬到社区三楼的社会组织活动室。社区向街道申请了资金，买了两组柜子，把这些衣物按照类别整整齐齐摆放好。等到年底，再多节余一点，向低保户、残疾家庭以及需要的人发放。

月恒园组建的社会组织在全社区带了一个好头，其他园区的同志也都坐不住了。

俞红梅在轩衡园做过调解工作，认为安置小区的调解工作很有作为，便和社区工作者吕思聪谋划成立调解志愿服务队伍。俞红梅在轩衡园党员中找来志趣相投的人，开始组建队伍，主要调解邻里纠纷、家庭纠纷、物业公司和业主的纠纷。

轩衡园调解志愿服务队宣布成立的当天，就调解了一起纠纷。那天俞红梅和调解队成员在楼栋党支部商量成立调解队的事情，发现外面乱糟糟的有吵闹声，她们赶了过去。

原来是物业保洁人员早上被经理常磊批评了一顿，说她的责任区楼道没有扫干净，业主投诉到他那里，保洁员干完活以后，立即来找这位投诉的居民，说不应该投诉她，如果没有清扫干净，可以直接和她说，她以后注意就是了，害得领导批评了她。业主也不服气，说你本来就没清扫干净嘛，还不给人说，再说，也是物业常经理主动到小区征求意见问她的，她也不是特意去物业公司投诉的。

俞红梅过去劝说双方。

俞红梅和保洁人员说："可能是你误会了业主，常经理和这位业主熟悉，说到工作上的事情，就随口那么一说，也不算是投诉。"

俞红梅再和业主说："保洁人员也很辛苦，工作上可能有瑕疵，以后你要是有什么意见，可以直接和保洁人员沟通，大家都不容易，要互相理解。"

最后双方消除了误会，表示以后多交流、多理解。其实人们在发生争执的时候，往往都不愿意让步，在双方都下不来台的时候，就需要有人从中协调缓解一下。

俞红梅的轩衡园调解志愿服务队成立之初，从调解物业和业主矛盾开始，逐步走向邻里之间、家庭成员之间。吕思聪在社区只要听到居民来社区反映有矛盾纠纷的，他就和俞红梅联系，叫她带着她的调解队员前去调解。

小区里一对年轻的教师夫妇，由于生了个女儿，丈夫对妻子使用了冷暴力，对小孩不管不顾，对妻子也没有温情，妻子患上了产后忧郁症。可怜的她那段时间急躁、焦虑，越来越不会照料婴儿。妈妈过来帮忙，才知道女婿对待女儿的态度，和女婿大吵大闹，还到社区反映女婿的种种不是。吕思聪叫俞红梅带着党支部委员前去了解情况，将丈夫狠狠地批评了一通："现在你看看男女比例，生了女儿你还不高兴？都说女儿是父母的贴身小棉袄，你怎么还有重男轻女的想法？你该多给妻子关心、爱护，把妻子身体调养好。"这位丈夫后来想通了，在他的关心照料下，妻子也恢复了正常。

在志愿服务团队中，彩虹艺术团成立是水到渠成的事情，也是最受社区关注的。

生嵩园党支部书记陈书琴带着她的伙伴，每周三在社区三楼舞蹈排练室里练歌练舞，准备了很多节目。合唱、黄梅戏、京剧、武术，整合起来就是一台晚会。他们在精心准备，计划在广场上举办一台联欢晚会。这帮老同志积极性很高，别看他们年龄最小的50多岁，年龄最大的73岁，但对待每一个节目都特别认真，听说要办晚会，热情都很高涨。

年华园党支部书记汤建国和张书燕商量，成立留守儿童之家，收留孤儿和家庭困难的孩子，在"大学生社会实践基地"请来大学生志愿者为他们补课。

高明生成立的鸿泰园志愿服务队伍，主要在小区内巡视电梯、高层消防设备设施运行情况。他们每天巡视两次，上午一次、下午一次，确保小区的安全。

党支部设在楼栋里，还方便了年老、体弱、残疾的党员参加活动。现在每一个楼栋党支部每月都要召开两次党员会议，会议要么讨论小区建设，要么组织党员学习，要么听取入党积极分子的思想汇报。过去，有些年老的，或者身体不好、腿脚不利索的党员，党支部会议总是无法参加。现在方便了，楼栋党支部设在架空层，腿脚不方便的也能来参会。

鸿泰园里面紧靠着饭店的那条路污水又漫了上来，居民跑到鸿泰园党支部，催问下水道改造的情况。党支部回复，已上报到区政府。

郑彦鸿为这事特意到街道党政办，问问街道关于鸿泰园下水管道整改的报告报上去了没有，现在到了什么地方。

党政办电话询问了，说报告还在区委办那里，要等哪天开区政府调度会才拿出来上会。郑彦鸿到周洪涛办公室，“看来这报告要是到重点建设局，还要一段时间，我们干脆直接去找区长助理、重点建设局沈局长。”郑彦鸿说。

周洪涛丢下手头的工作，喊了党政办安排车子，二人立即就出发了。

到了沈局长办公室，周洪涛汇报说，鸿泰园前面门面房在设计时没有考虑饭店的业态，下水管径只有40厘米，明显过小，不能满足油污排放的需要，造成了下水道堵塞，污水漫出道路。

沈局长打电话喊来重点建设局分管设计和建设的副局长张向阳。20分钟后，张向阳赶到了沈局长的办公室。

周洪涛向张局长汇报了鸿泰园下水管道的现状，现在已经影响到了居民的出行和生活。

张局长说：“当时下水道是统一设计施工的，现在只有根据需要进行改造。”

沈局长说：“你们打一个报告，把情况说明清楚。”

周洪涛说：“报告已经打了，现在在区委办，说等你们召开政府调度会。”

沈局长说：“这样吧，你们把报告再报给张局长，张局长你负责这件事情，把需要改造的那一段再做一个预算，抓紧时间。你安排建设处先做，我们调度会开了就给你会议纪要。”

接下来的日子，郑彦鸿隔三差五地催促张局长，群众的事情无小事，一周内口径为80厘米的下水管道终于在小区里重新铺设完毕。

污水管道进行改造时，高明生和其他支委每天都安排党员陪同施工人员一起施工。施工的每一个环节，党员们都认真仔细地监督，一一查看，以确保工程质量。

污水管改造以后，道路恢复了整洁，高明生喊来门面房的几个饭店老板，对排放油烟热气的排气管进行改造施工，将排气管引入地下，把油烟和热气排到下水道里。鸿泰园从此恢复了平静。

三十九

得知周春娣去世的消息，王翠霞很悲痛，也很懊恼。

令她悲痛的是，几个月的相处，活蹦乱跳的人就这样说没就没了。令她懊恼的是，明明是准备去医院看望周春娣的，可因为事情耽搁而最终成为遗憾。

周春娣卧病在床有两三年了，由糖尿病引发尿毒症，最后导致肾衰竭。住院的那天，她丈夫魏大林跟王翠霞打电话，说老伴要去住院。王翠霞心想反正也刚刚住进医院，一时半会儿不会出院，过几天去医院看看她。哪知道住院没两天，因抢救无效周春娣就离开了人世。

魏大林本来就是一个没主见的人，一辈子无儿无女，也没办过什么大事，如今老伴去世也还是没有主意。所以，当医生宣布老伴没有抢救过来时，他下意识地给王翠霞打电话。王翠霞愣住了，没想到周春娣这么快就走了。王翠霞和老伴赶了过去，招呼魏大林给殡仪馆打电话，先把周春娣遗体送走，然后找了一家丧事一条龙的服务店，搭了灵堂，叫魏大林给亲朋好友发丧信，亲朋好友及邻居前来吊唁，王翠霞又召集邻居来帮忙。两天后，尸体送去火化。整个丧事都是王翠霞主持操办的。

丧事办完后，王翠霞接到社区程丽君的电话，叫她去社区。

到了社区，程丽君叫她上楼，说郑书记在楼上小会议室等她。走进会议室，里面还有一位不认识的年轻女子。郑彦鸿介绍道：“这位是晚报的记者。她想采访一下你结对帮扶困难居民的事迹，你们俩聊聊吧。王阿姨，你做了什么尽管和记者说，我们的目的也是通过宣传你的事迹来弘扬你的这种精神，让大家都行动起来，帮助我们身边有困难的人，这也是我们工作的需要。”说完，郑彦鸿出去了。

王翠霞有些不好意思起来：“其实我也没做什么，大家都是邻居，看不过去，就帮一把。换成别人，都会这么做的。”

“刚才和郑书记聊了一下，我认为你的事迹很感人，值得我们去宣传。这几天你在为帮扶对象操办后事吧？我们先聊聊，再去你帮扶的对象家看看。”记者说。

王翠霞介绍了如何照顾曹月儿子何涛，怎样和薛新平哥俩结对，如何在经济上和精神上帮助刘玉生，等等。随后，记者还去了梁金梅和刘玉生的家，详细地了解了王翠霞究竟是如何帮助他们的，做了哪些具体的事情，并采访他们对王翠霞的帮扶有什么感受，还拍了照片。3天后，配有图片的通讯报道《王阿姨和社区特殊群体组成的一个大家庭》在晚报上发表。社区将报纸发到各个楼栋党支部，要求各支部组织党员学习。王翠霞不好意思起来，说做得没有写得好，今后更要好好地做。

这天中午，一位老太太把物业公司经理常磊堵在办公室不能下班。

老太太反映家里窗台渗漏老是维修不好，一到雨天就会出现潮湿的印迹，叫物业公司赔偿。常经理叫她先回去，他们立刻派人去公司现场，但老太太就是不肯。

常磊急忙打电话向郑彦鸿求助，郑彦鸿打电话叫俞红梅去物业，把事情了解一下，先将老太太劝回家。

俞红梅带着支部的几位调解员，急忙赶赴物业公司。

俞红梅见到一位快80岁的老人坐在物业办公室，便说：“老人家，还不回家吃饭呐，现在不早了。”

老太太说：“今天不给我解决我就不回家了。”

常磊说：“我跟你说了，请你放心，明天我专门去区重点建设局，将你家情况作为特例来办，保证把你们家的事情处理好。”

老太太说："我信不过你了，你们糊弄我，一年多都没解决，你们今天就给我去修。"

俞红梅说："现在也没有人啊，天气这么热，身体要紧。你坐在这里也不是办法啊，还是回去吃饭吧。我叫俞红梅，是社区的。他不喊人来维修，你以后找我。"

"不行，今天我就在这等着你们派人去给我维修。"老太太说。

俞红梅把常磊喊出来，问老太太住哪。

常磊说不知道。

俞红梅问："你不是有维修登记的吗？从老太太嘴里套出点话来，我们再想办法找找老太太的家人。"

常磊进去，拿出维修登记簿，问老太太是什么时候住进来的，报修过几次，这才从零零碎碎的信息中得知老人的详细居住地址：年华园9号楼一单元101。俞红梅到外面打电话给年华园的网格负责人张书燕，查一下年华园9号楼一单元101居民信息，看看能不能找到老人的子女。一会儿，张书燕打来电话，俞红梅拿着笔记下老人儿子的电话号码，按照号码把电话打了过去。

老人的儿子听说妈妈现在还在物业，很是着急，说可能是他早上在家里说，一年过去了，房子一直没来维修，要到物业好好理论一番，没想到老人把这句话记在心里，就去找了物业。儿子说，老人年纪大了，固执得要命。老人的儿子跟俞红梅说，叫老人接电话，儿子在电话里叫妈妈赶快回家。

俞红梅和几个调解员推着物业里面的三轮车，几个人把老人扶上车子送回了家。事后，郑彦鸿陪着常磊跑到区重点建设局，联系了建设单位，重新维修了老人的房屋。

高明生到社区去找郑彦鸿，说他儿子打电话来了，下午准备抽点时间去曹月家，看看她儿子的情况。郑彦鸿叫程丽君联系一下曹月，让她下午在家等着周医生。

周辉去的时候，曹月的儿子何涛还在房间里玩游戏。一般情况下，何涛在房间里面玩游戏是反锁着门的，要想跟他交流，要等到吃饭的时间。周辉以曹月同事的身份在曹月家吃了一顿晚饭。为了这次交流，周辉还做了一些功课，了解了他们这个年龄段玩的网络游戏。吃饭之前，曹月和儿子私下里说："晚上在我们家吃饭的叔叔是妈妈的领导，领导到家里来吃饭，你要热情些。"何涛似乎听懂了。

吃饭的时候，周辉从游戏聊起，和何涛找到了共同语言。周辉称赞何涛聪明，有思想。好几年没有和别人聊过天了，何涛突然遇到一个愿意和他聊天、能够看得起他的人，很高兴。特别是妈妈的这位领导能够赏识他，懂他，他感到从未有过的满足。他们从游戏聊起，聊到青年的爱好、志向。

周医生取得何涛的信任之后，又和他聊起了人生、家庭。他接着说："父母离异，伤害最大的是子女，但也能锻炼子女在生活中抗挫折的能力。人生都有缺憾，这也是生命的魅力所在。我们都生活在社会里，必须进入社会，从社会里学习更多的东西，不能因为受到过打击，我们就要逃避、脱离社会。"

何涛说："叔叔，你说的我都懂，只是我不想出去。"

周辉说："你现在不出去，就失去了锻炼的机会，今后就更不愿意出去了。10年以后、20年以后，你妈妈老了，你怎么办呢？"

何涛说："我现在就是怕。前几年我也在外面上过班，在外面，总感觉别人看不起我，感觉别人说我的闲话。"

周辉说："这都是你自己想多了。你是不是喜欢议论别人？"

何涛说："我从来不议论别人。"

周辉说："对啊，人家也未必是在议论你。这是你自己太敏感造成的，况且，即使人家议论你，你也不要在意，做一个顽强的自己。"

吃饭期间，他们谈了一个小时的话。周医生和他互留了电话，表示愿意和他交朋友。

曹月送周辉出门，周辉说："这孩子从小心里苦，没有人关心过他，长期这样，他把自己封闭起来了。还好，他只是感觉自己的力量不够强大，怕别人伤害他，才怕进入社会。你放心，我明天再跟他电话联系，只要他走出家门，就行了。你还要引导他去锻炼。最好这段时间你多陪陪他，拉着他做一些户外运动。”

第二天，周辉电话联系了何涛，中午约他到市里见面，还请他吃了一顿饭。在交流中，周辉感觉何涛的表现比较正常。何涛吃过中饭回家后，曹月非常高兴，到社区告诉了程丽君。听到曹月的说话声，郑彦鸿也过来。郑彦鸿对程丽君说：“叫他到社区跟你后面跑跑，练练胆子，看看你和居民交流的技巧，把他从游戏中拉回来。”

曹月说：“周医生跟我说要让何涛加强锻炼，恢复身体体能。他喜欢打乒乓球，哪天带他到社区活动室来打球。要是能跟社区的人一起多多交流，那就是再好不过了。”

后来的这几天，曹月请假带着儿子到市里面的雕塑公园、方特梦幻王国转了转。

江志远到街道党工委书记李朝明办公室汇报工作，李书记电话喊周洪涛过来参加。

江志远说：“今天到街道，特地向领导汇报近一段时间的主要工作。虽然我还在区重点建设局，工作也还没有移交，但作为南湖新苑社区的主任，我一直关注社区工作。近期和郑书记对接了解了社区的基本情况，协调了社区用房、幼儿园用房、居民经营用房，和区民政局、卫计委、市容局、住建委等相关部门对接，和相关领导汇报我们社区的困难，争取更多的政策。”

这时，区长助理、区重点建设局长沈剑云来找李朝明，看他们在谈工作，便问：“在研究工作吗？”

江志远说：“在汇报工作。”

沈局长说：“志远，你要多费心思啊。多向李书记、周书记汇报，他们也要掌握情况。”

江志远说：“一定的。”

李书记说：“志远也做了大量的工作。”

沈局长说："好啊。志远，你要扎根到社区的每一个角落，踏踏实实地做好工作，不辜负街道党工委领导们的希望。"

江志远说："我一定不辜负李书记、周书记的关心。"

沈局长来找李朝明，带着区长的指示——落实街道棚户区改造项目。

四十

郑彦鸿在没有任何征兆的情况下，突然抽搐后不省人事，吓得吴小慧六神无主。

这天夜里，吴小慧看电视看得很迟，准备睡觉的时候，忽然发现早已睡着了的郑彦鸿全身抽搐，嘴里吐出白沫，吴小慧慌乱中赶忙去拉他，感觉郑彦鸿蜷缩的手臂和腿僵硬得像块铁一样，吴小慧试着掰开，却怎么也掰不动。

吴小慧呼喊着"彦鸿、彦鸿"，但没有听到一点回音。她赶忙拿出手机打了120急救电话。电话里，她声音都变了，连哭带说，急得连自己家具体的楼栋、单元号都讲不清了。

120接线员叫她平复一下情绪再说。她想了想，说出了小区、楼栋、单元号。120接线员叫她出去接一下救护车，她看了看神志不清、口吐白沫的丈夫，用餐巾纸擦了擦他的嘴角，便下楼去马路边接应救护车。

此刻已是深夜1点，外面橘红色的路灯下，一切都安静了下来。她忐忑地在路边等候，心里还挂念着躺在床上神志不清的丈夫。她心里害怕起来：这个时刻他会不会死掉呢？这到底是怎么回事？

一会儿，闪着顶灯的救护车开过来，吴小慧招了招手，示意让车停下。车子在她身边停下后，司机示意她上车带路。在离家最近的地方，车子停下来，吴小慧赶紧下车跑上楼，开了门。医生拎着急救箱跟着进了门。

此时，郑彦鸿躺在床上，嘴角还挂着白沫。吴小慧忙上前给他擦拭。她感到郑彦鸿此时僵硬的身体稍微松弛了一些，渐渐的，郑彦鸿动了动身体。

“彦鸿，你刚才怎么了？”吴小慧急切地问。

郑彦鸿慢慢睁开眼睛，似乎很疲劳的样子，问：“医生来干嘛？你们怎么了？”

医生已经打开急救箱，听了呼吸、心跳，量了血压。

医生问了问吴小慧病人刚才昏迷的时间。

吴小慧说：“大概快有半个小时了。”

郑彦鸿说：“我昏迷了？”

吴小慧说：“是，吓死我了，你不知道吗？”

郑彦鸿说：“我一点都不知道，就是感到身上很累，都不想动了。”

医生说：“从刚才的情况来看，可能是癫痫发作。现在暂时没事了，明天到医院检查一下。”

“癫痫？怎么可能有癫痫？从没有过的事情啊。”吴小慧急切地说。

医生问：“你们家有没有癫痫病史？”

吴小慧看了看神志渐渐恢复了的郑彦鸿，说：“我好像没听说过。”

郑彦鸿想了一下，说：“没有。”

医生说：“现在去不去医院？去的话，就上车，不去的话，我们就走了，但你明天一定要去医院检查。”

吴小慧说：“我们还是去医院吧，刚才吓死我了。”

郑彦鸿说：“晚上就不去了，明天再去吧。”

第二天早上起来后，郑彦鸿因为社区里的事情，没有去医院。吴小慧急得不知怎么样才好。

郑彦鸿说：“明天再去吧，你看现在我不是好好的吗。”

街道市容执法队打电话给社区分管市容的胡锐，说接到南湖新苑小区居民的举报，有居民在楼道内建“违章建筑”，叫胡锐去现场核实，如果能调解处理的话，处理后给举报人一个反馈，并把“违章建筑”的具体位置和举报人的姓名、号码发给了他。“违章建筑”和举报人都是在轩衡园，胡锐立刻赶到现场。原来举报人和被举报人是同住一栋楼同一个单元同一层的邻居。

这两户胡锐记得好像都是独居的老夫妻。举报人反映他家对门的门框上面建了一些稀奇古怪的“建筑物”，好像是符咒，据说有辟邪的作用，做成的时间不长，确实也很难看。

胡锐敲了门，没有反应。胡锐再使劲敲，还是没声音。

这边门没敲开，反而把对门的门敲开了。

开门的是一位70多岁的老爷爷，打开了门，看了看胡锐。

胡锐问：“他家里没人吗？”

老人神秘地小声说：“他家有人，他在家里不开门。”

胡锐忽然意识到，可能就是眼前这位老人投诉的，指指门头上的“违章建筑”，问：“是你反映的吧？这个‘违章建筑’。我是社区居委会的，我到他家问问是怎么回事，搞这个也不好看啊。”

“是哦，你们一定要把这个给拆掉，太影响我家风水了。”

正说着话，刚才敲得很响都没敲开的门，听到说话声音门开了。这边开了门，刚才出来说话的那边门立刻就关上了。开门的也是一位70多岁的老大爷。

胡锐说：“老爷爷，你家门上做的是什么？”

“啊？”老爷爷耳朵背，这时家里的老奶奶出来了。

老奶奶问：“你是……”

胡锐说：“我是社区的，你家门框上面做的是什么啊？”

老奶奶把胡锐让进门以后关上了门。

“是他汇报的吧？我就知道。”老奶奶也是70多岁。“我家这几年运气一直不好，儿媳妇前年出了车祸，孙子今年又出了车祸，我想在门头上做一个符咒，改改运气。”

胡锐说：“在小区里不能做这个，第一，你做这个根本不起作用，现在还能相信迷信啊？第二，影响小区环境，难看。这个要拆掉啊。”

老奶奶的脸放了下来。“那不行，看看你们谁敢拆我的？”

胡锐看这情形，肯定是自己搞不定，赶忙回到办公室，向郑彦鸿做了汇报。

郑彦鸿说：“你查一查这两户的信息，原来是哪个地块拆迁的，家里还有哪些子女。”

胡锐在户籍信息中查到做“违章建筑”的姓李，夫妻俩都是70多岁，举报的姓刘，夫妻俩也是70多岁，老李老刘都是原市染料厂的退休工人，他们两家的子女都住在外地。

胡锐立刻想到了轩衡园党支部书记俞红梅，把情况和郑彦鸿说了，便去找俞红梅。到轩衡园楼栋党支部，俞红梅听完介绍，说：“这两个人是他们染料厂的老工人。”

俞红梅陪同胡锐又去了现场。

李奶奶知道俞红梅现在在园区担任党支部书记，经常帮社区做事，这次上门肯定是劝她拆掉门框上的符咒。

“小俞，这个符我是花了好多钱在九华山庙里求来的，听说灵验得很。这几年我家运气不好，求来的符是改改运气，保佑一家顺顺利利，平平安安，你千万不要管这个事情。”

“李奶奶，你还迷信这个啊？什么符不符的啊？你看这样门口多难看啊。”俞红梅说。

“还不是这几年搞怕了啊？宁愿信其有，不能信其无啊。”李奶奶说。

俞红梅便走进去和李老说，李老笑笑，指指老奶奶：“我家的事情都是她做主。”

俞红梅知道，李老一辈子都是“妻管严”，他家的事情都是李奶奶做主。俞红梅和两位老人打过招呼，便出来了。

走在路上，胡锐说：“现在对门的邻居投诉到区市容局，要求拆除符咒。我们劝解要求自拆，如果不自拆，区市容局将组织人员强拆。”

俞红梅说："怎么强拆？两对夫妻都是70多岁的人，不要搞出问题来。这样，两个老大爷都是党员，我来召开支部会，开会来试试。"

这边街道市容办问胡锐处理得怎样了，胡锐把上门了解的情况汇报了一下，说居民不愿自拆，强拆也会有风险，毕竟这么大的年纪了，老人头脑固执，只有解开思想疙瘩才好处理。

俞红梅通知支部的党员召开全体党员会议。

会议开始，俞红梅说："今天我们召开一次民主讨论会，针对我们党员中的一些行为开展讨论。李大爷家在门框上做了个符咒，影响了楼道的整洁，既不好看，又宣扬了迷信，作为共产党员，我们来讨论一下这种做法到底对不对？"

李大爷脸涨得通红，说："这个不是我的主意，是我老伴喊人搞的。"

有党员打趣道："他是典型的'气管严'，老伴说一他不敢说二。"大家哄堂大笑。

刘大爷说："宣扬封建迷信，就是不对。"

李大爷说："你还说得出口，你要是不相信迷信，怎么说我家符咒对你家风水不好呢？你既然相信风水，就说明你也相信迷信。"

刘大爷说："要是相信迷信，也是你家在先。"

"李大爷，你这样做确实影响楼道整洁美观。"

"刘大爷你也别着急，我们想想办法，给李大爷一点时间。硬是要拆，李老太的脾气我们大家在一个单位的都知道，她还有冠心病，搞得不好会出事。"俞红梅说，"大家看有没有好办法解决。"

"我有个主意，大家看看。"说话的是李大爷原先的邻居张大妈，"李大爷家一直是李老太做主，门框上搞这个符咒我知道，我也劝过她，她很执拗。她的用意是保佑子女一家平安，李大爷不妨和儿子协商一下，叫儿子劝劝她。李大爷你说，她不听你的，还能不听儿子的吗？"

俞红梅问："李大爷，我们跟你儿子联系一下，你配合处理。"

俞红梅认识李大爷的儿子，便打通了李大爷儿子的电话。小李答应了，还感谢俞红梅，说他不在本地，社区对他家很照顾，安排党支部和他家结对关怀，上门帮扶。

俞红梅让他放心，他们会经常去探望他父母，老人有什么要求尽量满足。

李大爷接过电话，说："社区工作人员和俞红梅他们经常上门关心我们两个老人生活，有一次我生病了，你妈妈带我去医院，中午才回家，俞红梅早上为我们买了菜，放在楼栋党支部里面，叫值班的党员送到家。在小区生活有楼栋党支部的照顾，你在外面放心，别担心，自己注意身体。"

打过电话，李大爷的眼眶湿润了，把电话递给俞红梅的时候，手还在抖动。

第二天，李大爷找到俞红梅，儿子昨晚打过电话了，老太婆的思想工作做通了，但他们自己拆不了，麻烦俞红梅喊人拆一下，他们付点工钱都行。后来，俞红梅让胡锐联系市容执法队，他们有拆除工具，半个小时不到，就把李大爷家门框上的符咒拆了，楼道里立即恢复过去干净整洁的样子。

这天中午，一对夫妻带着一个年轻的小伙子来到社区。郑彦鸿正在纳闷，猛然想起来之前整治架空层时，一对老两口被儿子逼到架空层里住。看到小伙子，他简直不敢相信自己的眼睛，收拾干净后的小伙子竟也如此清秀。

程丽君认出他们来，站起来和这家人打招呼。"今天接他出院了吗?"

老陈说："是哦，多亏了社区帮忙，这不，出院了，到社区来和大家打个招呼。"

郑彦鸿说："以后要按时吃药，一旦有事情立即和我们联系。"

老陈说："是的，医生都说过了，这下药不能停。"说完一家人回家了。

四十一

许大槐在医院时而昏迷时而清醒，最终还是因脑梗塞越来越严重，死在了医院。

王腊梅将许大槐死亡的消息电话告诉了鸿泰园的负责人任莉莉，同时还说，许大槐空着的房子已经出租出去了。任莉莉和鸿泰园的支部书记高明生到许大槐家，将新入住的房客信息登记上了，然后去了王腊梅家。

王腊梅夫妻俩正在为许大槐准备后事，高明生前来帮忙，按照风俗搭灵堂、焚香烛、烧纸钱……令人痛心的是，许大槐死了，他的妻子王腊香、儿子许小亮以后就真的没有指望了。

任莉莉问王腊梅："搭了灵堂，你姐姐和侄子回来吗？"

王腊梅说："回来干嘛呢？他们帮不上忙，还要找车子来回折腾。"

高明生说："我从没见过这么可怜的一家人，这日子不知道怎么熬过来的。"

王腊梅说："那时还不是愚昧吗？要是不生孩子，许大槐过得也舒服一点，哪知道生了个傻儿子，硬生生地把许大槐拖累死了，一方面是经济上的，另一方面是精神上的，借酒消愁，长期喝酒，才患了这种病。"

灵堂就搭了一天，第二天就去办理了火化。许大槐火化以后，任莉莉、高明生和王腊梅一道去了一趟城南敬老院看望王腊香母子。任莉莉买了一个大西瓜，高明生买了些鲜荔枝。

王腊香母子俩在敬老院里住一个房间，除了一日三餐，剩下的时间就是睡觉。进了敬老院以后，两个人三顿饭是有保障了，但脸上的气色还是那样，一副病歪歪的样子。

王腊梅上前和姐姐说："许大槐死了。"

姐姐王腊香木然地看着她，目光呆滞。她似乎无法弄清妹妹所说的“许大槐死了”的具体含义。儿子就更不清楚了，这世间的冷暖与他没有任何关系，亲人的逝去对他来说也是麻木的。

王腊梅说，她和丈夫隔三差五就过来，给他母子俩洗澡、洗衣服，送点家里烧的饭菜。这一阵子不知怎么搞的，侄子许小亮食欲不怎么好，精神状态也没有以前好了。

王腊梅切开西瓜，给侄子喂了一些。平时他很爱吃西瓜，可是今天他只吃了几口就不想吃了。王腊梅说：“今天不知是怎么了。”

任莉莉和高明生找到院长。尚院长说：“这对母子俩智力很低，特别儿子许小亮，除了智力，身体机能方面可能也有问题。从现状上看，吃得不多，估计是因为有病在身。”

高明生对任莉莉说：“看样子也不长了，哎。”

果然，在许大槐死后不到一周，许小亮在无任何征兆的情况下死在敬老院里。儿子的尸体抬走的那一刹那，王腊香的眼泪还是流了出来。

这一天，王翠霞跑到社区找程丽君，说她去结对的空巢老人马大华家，敲门没回应，电话又无人接听，阳台外面老人挂了一件衣服，看来这件衣服不是早上洗的，她知道马大姐洗衣服的时间，一般都在上午9点多，她担心别出了什么意外。

程丽君和王翠霞来到楼道，看着阳台外面挂着的衣服，也断定这衣服是昨天晒的。难道真的出了意外？程丽君眼前立刻浮现出之前轩衡园老人尸体被抬出来的情景，顿时，两腿瘫软下来。她翻开信息本，找到马大华的信息。马大华今年75岁，除了自己的手机号码外，还有一个娘家侄子的电话号码。她先拨打马大华本人的电话，电话无人接听。接着，程丽君找到她侄子的电话，打了过去。

程丽君问知不知道他姑妈马大华现在在哪。

电话那头说：“你找她有事吗？”

程丽君说：“是，你知道她在哪吗？”

电话那头的人说："在我这，我喊她接电话啊。"

程丽君悬着的那颗心终于落到实处了。她听到电话那头传来的声音："喂，你是哪一位，找我有事吗？"是马大华的声音。

程丽君说："我是社区居委会的，你手机没带吗？"

"昨天走得急，电话忘记带了。"

"好吧，你不在家就算了，以后出门带着手机啊。"

2015年10月21日下午，这天是重阳节。社区在大会议室召开了一次特殊的会议。说会议特殊，是因为参加会议的人员特殊，都是社区的空巢老人。46位老人家全部能来到社区，还是由"银龄安康行动"结对关爱的老党员到他们家里一一去通知的。

社区开展"银龄安康行动"以来，楼栋党支部把这项工作当成每天必须要做的事情。党员和空巢老人每天都要见面，有时顺便给他们带一点菜回来，遇到生病的，还陪同到医院看病。

会议一开始，程丽君利用一个小时，按照园区分组介绍大家相互认识，然后开展交流。一个小时的交流后，他们很快都熟悉了，手拉着手，很亲密。原来互不认识但住在同一个单元的老人，通过这个渠道，都变得像亲人似的。

接下来，程丽君给老人们布置了任务：每一个园区成立一个大组，选一个大组长；每一栋楼成立一个小组，选一个小组长；大组长和小组长联系，小组长和本栋楼的老人联系，每天见面，每天联系，形成他们自己每天见面的习惯。46位空巢老人也有了自己互帮互助的组织。他们互换了电话号码，相约着晚上一道出来散步。每一个大组，根据以前社区采集的信息，制作了一份通讯录，每个人人手一份，便于联系。会议最后一项，大家围坐在一起吃饺子。

事先社工带来了锅和电磁炉，买来了水饺。会场这边会开得差不多了，社工开始烧水下水饺，水饺下好，端到会议室，大家围在一起，边吃边聊，好不开心。独居的日子，平时吃饭都是自己一个人，冷冷清清的，哪有今天这么热闹，吃饭时还能唠嗑。

程丽君走到马大华面前。马大华和梁金梅坐在一起，住在同一栋楼里面的两个陌生人现在成了好姐妹。程丽君问："下次到农村你侄子家，和梁阿姨一道，两个人有个伴。"

"我们俩说好了。"马大华说，"年底我们俩坐车子去，到我侄子家带点鱼回来腌腌，他家的鱼都是野生的，好吃着呢。"

梁阿姨笑着说："我一定去。"

程丽君走到杨荣轩身边，问道："杨老，你女儿最近来了吗？"

杨荣轩说："四五天来一次，给我洗洗衣服晒晒被子，每天打个电话，我现在电话不离身，党支部不是到我家里来，就是打电话问我在干嘛，你说我老了老了，电话还忙起来了。"这句话提醒了程丽君。程丽君走到会场中间，说："大家要注意，互相看看，你们每天都要保持电话畅通，记着电话要充电。"

老人们都说知道了。这个重阳节，社区46位老人一起过，十分开心。

经过周辉医生的心理疏导，何涛的精神状态有了好转。曹月在家陪了儿子一段时间，两人还去逛了街。何涛也没有再上网，用曹月的话来说，真的像变了一个人似的。

这天下午，曹月带着何涛来到社区活动室打乒乓球。大厅里的程丽君忙停下手里的事情，接待了他们母子俩。何涛理了发，显得格外精神，看得出是一个清秀的孩子，只是清瘦了一点，木讷了一点。

曹月说："这段时间在家陪陪儿子，儿子想打乒乓球，我就带他来了。"

程丽君忙带他们上了三楼乒乓球室。母子俩脱下外套，开始对战起来。程丽君安顿好他们，自己下去了。在大厅，她碰到郑彦鸿，说："曹月和她儿子在活动室打乒乓球。"

郑彦鸿："哦。经过周医生的心理疏导，看来何涛真的好起来了。"

程丽君说："曹月说了，现在何涛也不怎么上网了。"

郑彦鸿说："那就好。最关键的是他妈妈能陪着他，让他能感受到家庭的温暖。”

郑彦鸿上了楼，和曹月母子俩见了面。

郑彦鸿见了何涛，说：“哪天和妈妈再去我家啊。”

何涛说：“谢谢郑叔叔。”还是一副腼腆的样子。

郑彦鸿说：“20年了，孩子都长大了。”

曹月说：“你的孩子比何涛小一岁，个子也很高了吧?”

“是，超过我了。他们长大了，我们也老了。我们同学那会，还没有他们这么大呢。”

曹月说：“是啊，20年了，我们老了。我感觉你还那样，倒是我老了。”

郑彦鸿说：“哪里哪里。”

曹月母子俩放下球拍，穿上衣服。“怎么，不打了?”郑彦鸿问。

“不打了，身上出汗一会儿就冷。”说着就往外走。

郑彦鸿陪同他们走了下来，跟曹月说：“多抽点时间陪儿子，再给他找个工作，你就轻松了。”

曹月说：“谢谢你啊。有了你的帮助，我会越来越好的。”

四十二

吕思聪从一个特殊渠道听到的消息：郑彦鸿有可能要调离南湖新苑社区，之前一直没有正式上任的社区党委副书记、社工办主任江志远将接手郑彦鸿担任南湖新苑社区党委书记。

程丽君说：“你别传播不实消息。江志远对社区工作不熟悉，从没有好好地在社区呆过，怎么能担任书记呢？再说，郑书记干得好好的，能调到哪里去啊?”

吕思聪故作神秘地说：“这里有文章哦。你们不懂，郑书记也不懂。郑书记只知道干事，哪知道官场里面的这些规则呢?”

程丽君说："你是从哪探听的消息？说说看。"

吕思聪说："这个你就别问了，现在区里相关负责人对我们社区人事提出建议，江志远担任社区书记，郑书记可能就会调走。"

张书燕问："真的假的？"

吕思聪说："你自己看吧。"

程丽君问："不知道郑书记知道不？"

吕思聪说："谁知道呢？"

这时郑彦鸿走进服务大厅，看到他们窝在一起，说："你们要注意形象，不要在大厅里聚众谈心。"

大家各自转身坐好。

郑彦鸿问："刚才你们在议论什么啊？说来听听。"

吕思聪说："大家说晚上想去你家吃饭。"吕思聪随口说来，还真的很自然。

郑彦鸿说："吃饭行啊，晚上找一个就近的小饭店。"

吕思聪说："他们想到你家里。"

郑彦鸿说："现在也快到了下班的时间，家里来不及准备了。"

吕思聪说："我们带些熟食卤菜，你就准备点酒就成。"

郑彦鸿问："你们怎么想起来的？也不早说。"

吕思聪说："上次你说请我们吃饭，当时程丽君、张书燕两个人没空，害得我们到现在都没有吃到郑书记的饭。"

郑彦鸿说："嗯，是有这么回事。既然大家都想去，菜我来安排。"

说完他打电话给吴小慧，叫她准备点菜，晚上同事们来家里吃饭。

这天晚上，没有人说有事，所有的同事程丽君、张书燕、吕思聪、鲁子铭、任莉莉、胡锐都兴高采烈地去了。郑彦鸿也提前回家帮妻子吴小慧烧菜。

其实，大家内心都对郑彦鸿充满着尊敬，他们都感受到，这几个月跟着郑彦鸿，虽然吃了很多苦，但合作还是很愉快、融洽的。郑彦鸿像长辈、兄长一样，鼓励、鞭策着他们，带领他们一起成长。

郑彦鸿走后，话题自然又回来了。吕思聪说：“江志远的一位亲戚也是我的亲戚，这位亲戚说，江志远只想到社区当一把手，不然不会来的，所以我才相信了。”

下班后，同事们来到了郑彦鸿家。晚上，郑彦鸿感觉不太舒服，不想喝酒，但拗不过吕思聪，就倒了一杯。不知道今天大家的兴致怎么这么高，都朝郑彦鸿敬酒。程丽君说：“郑书记酒量不大，你们别让他喝了。要是想喝，你们自己喝个痛快。”

吴小慧赶紧附和道：“是的，郑彦鸿不能喝酒，只会硬撑，喝一次多一次。”

大家甩开膀子，喝出样子。那些不常说的豪言壮语、真挚友情在这一刻尽情地抒发。

饭后，郑彦鸿感到不适到床上休息去了，程丽君、张书燕留下来帮着吴小慧洗碗筷，其他人都走了。程丽君和张书燕帮忙收拾好后，也回家了。这时，吴小慧回到房间，突然，他发现郑彦鸿和上次一模一样，浑身抽搐，口吐白沫。吴小慧傻眼了，上前给他擦拭嘴角，郑彦鸿身上像铁块一样僵硬起来。尽管知道是癫痫犯了，她还是忙打120急救电话。

几乎和上次一模一样，医生来了，郑彦鸿醒了过来，这次更是浑身无力。不同的医生说的话却是一样：郑彦鸿犯有癫痫病，一定要到医院就诊。癫痫病发作时相当危险，病人肌肉僵硬，如果病人在犯病时咬到自己的舌头，有可能会造成窒息死亡。

吴小慧吓得哭了起来，“要你去医院你就是拖着不去，要是有个三长两短，我们怎么办啊?”他拿起郑彦鸿的电话，找到程丽君的号码，打了过去。电话里，程丽君问：“郑书记，有事吗?”

吴小慧说：“我是他妻子，郑彦鸿又犯病了。明天他请假，我要带他去医院看看。”

程丽君说：“我们马上过来。”

吴小慧正想说：“这么晚了，你们就不要过来了……”但对方已经挂断了电话。

医生嘱咐几句，说一定要去医院全面检查，说完就走了。

一会儿，程丽君、张书燕、吕思聪、鲁子铭、任莉莉、胡锐陆陆续续赶到。郑彦鸿躺在床上，浑身一点力气都没有。程丽君他们非要送郑彦鸿到医院，吴小慧说："现在不去也没事，但明天一定要去医院检查。"

程丽君问："什么病？上次犯过吗？"

吴小慧说："上周犯过一次，和这次一模一样，癫痫病。"

"癫痫?!"大家异口同声。

"郑书记怎么会得这个病？"程丽君说。

吴小慧说："所以无论如何我明天要带他去医院看看。"

郑彦鸿无力地对同事们说："你们回去吧，明天我去医院看看，社区的事情就靠你们了。"

程丽君说："郑书记你就放心吧，赶紧管管自己的病。有病哪能拖呢？你不是经常劝导别人吗？"

第二天一早，郑彦鸿和吴小慧去了市立医院。

医生根据吴小慧的口述，大致可断定为癫痫病，但郑彦鸿没有家族遗传史，要知道是什么原因导致癫痫病就要彻底检查一下。经过各项检查，医生都没有看出什么问题，后来通过核磁共振，终于发现郑彦鸿大脑左侧的脑膜上长了一个鸡蛋大小的瘤，由于脑膜瘤压迫脑神经，才导致癫痫发作。

怎么办?!

医生说："手术，开颅摘除。这是神经外科的事情。"医生还开了丙戊酸钠片，吃了这种药，可以暂时抑制癫痫病的发作，但他还是建议郑彦鸿尽快手术，因为脑膜瘤长的速度很快。

郑彦鸿夫妻俩决定回家好好商量，到底在哪家医院做手术，什么时候做手术。毕竟是开颅手术啊。

中午的时候，郑彦鸿接到程丽君打来的电话，问郑彦鸿到医院检查得怎样。

郑彦鸿说："脑子了长了一个脑膜瘤，压迫神经导致癫痫。"

程丽君说："那要赶紧治，自己的病真的要抓紧。"

郑彦鸿说："我下午去一趟街道办事处，和周书记汇报一下情况，等我回到办公室再说。"

郑彦鸿下午去了周洪涛办公室。

郑彦鸿说："周书记，我今天上午去医院，查出脑子里长了一个脑膜瘤，需要动手术，我想请假准备手术前的事宜。请领导立刻安排江志远到社区主持工作。"

周洪涛问："脑膜瘤？你？"

郑彦鸿说："是的。在大脑左侧，现在有鸡蛋大小，医生说脑膜瘤长得很快，不开刀摘除，长大了就不好手术。"

周洪涛说："那你先休息再说吧，工作上的事情先放一放。我马上联系江志远。"

郑彦鸿到社区后，所有的社工都耷拉着脑袋，吕思聪说："郑书记，大家得知你的病，都很难过，大家都很担心你。"

程丽君仔细地盯着郑彦鸿的头部，"郑书记，怕是误诊吧，看不出来有什么异样啊。"

郑彦鸿说："脑子里的东西，哪能看得出来啊？"

程丽君说："一定要找一个好一点的医院。郑书记，医院找好了吗？"

郑彦鸿说："还没有，正准备联系。大家不要紧张，会好起来的。"

吴小慧下午打电话将郑彦鸿脑子里长了脑膜瘤的情况告诉了双方的父母。电话里，吴小慧面对父母的询问，表现出轻松的样子。背地里吴小慧情绪很低落，毕竟是开颅手术，风险很大，她知道自己要坚强起来，要是她先乱了阵脚，双方的父母们就会更加担心，会给郑彦鸿很大的压力。

郑彦鸿接到江志远的电话，江志远说他认识市立医院神经外科的专家，他说，下午接到周书记电话，他就联系了这位医生，明天一起去医院。

郑彦鸿说："好，谢谢志远的关心。"

郑彦鸿接到曹月的电话，曹月声音低沉，要他一定要配合医生的治疗。

郑彦鸿反过来安慰曹月："没事的，长了个瘤，开刀拿掉不就完事了吗。"

晚上父母、岳父岳母都来了，看到郑彦鸿好好的不像个病人，老人们也就安心了许多。

第二天，江志远带着郑彦鸿夫妻俩来到市立医院神经外科，找到了专家薛医生。薛医生把核磁共振片子放到灯箱上看了看，说："这个脑膜瘤还蛮大的。"

江志远说："这种情况怎么治疗？"

薛医生说："前几天我还做过一例脑膜瘤摘除手术，手术难度不大。现在你要做好准备，尽早做，这种瘤长得很快的。"

走出了薛医生办公室，江志远对郑彦鸿说："你们赶紧准备，正好薛医生也是神经外科一把刀，做脑膜瘤摘除手术有经验，你们商量一下，尽快告诉我，我好联系薛医生。"

吴小慧急切地说："那就定下吧，现在住院都行。"

郑彦鸿说："那就麻烦你给我联系医生吧。"

江志远进了薛医生办公室，回来后对郑彦鸿夫妻说："现在还没有床位，等他安排好了就和我联系。"

郑彦鸿说："好，那就等你消息了。"

四十三

这天下午，年华园党支部来了一位30多岁的女同志，带着一个六七岁的女孩。正在值班的汤建国问："你有什么事情吗？"

"我家就在年华园，我叫丁红敏。从你们党支部这边经过，看你天天都在党支部里面，想请你给我帮个忙。"这位叫丁红敏的居民说。

"有什么事情需要我们帮助的？"汤建国问。

"我在城南实验中学当英语老师，我爱人也是教师，我们每天晚上下班都要到五点多。我女儿在上小学，她下午放学早，把她一个人放在家里我们不放心。我能不能让她放学到你们这边来，我下班从这里经过，带她回家。"丁红敏说。

"行啊。我们这边还有桌子、凳子，在这边做做作业也行，但途中安全你自己要负责。"汤建国说。

"那是那是。"丁红敏说，"她自己能来。"

汤建国对小女孩说："你妈妈说好了，你放学就要到我这里来，不能在外面玩。你上几年级啊？叫什么名字啊？"

"我叫徐睿，今年上二年级了。"女孩说。从此，年华园党支部又多了一个照看孩子的职能。

汤建国接受这个任务后，徐睿每天下午不到4点就来到年华园党支部，在这里做作业，妈妈丁红敏下班就过来把她带回家。丁红敏很感激汤建国，对他说："我周六周日休息，如果小区居民需要的话，我也能为大家做些志愿服务，比如为学生补课。"

汤建国说："好啊。"

丁红敏说："只要我休息，随喊随到。你们给我服务，我也应该出来为别人奉献，服务别人。"

方杰的期中考试成绩出来了，在全班考了个第19名，由过去的倒数进入了中上等。考试后的家长会是汤建国参加的。任老师在家长会上特意介绍了汤建国，作为一个邻居，一个毫无血缘关系的热心人，在方杰家发生重大变故时，给予方杰家庭的温暖和无私的爱。这些成绩说明了家庭的关爱对孩子的成长至关重要，可以说是孩子成长的最大动力。这次期中考试，方杰的成绩从过去班级倒数进入了班级第19

名，说明方杰的学习态度、习惯都有了一个非常好的改变，在不远的将来，孩子肯定会有继续上升的潜能。

回去以后，春芝特地烧了方杰喜欢吃的糖醋排骨和鸡翅，作为这次考试取得好成绩的奖赏。方杰也表示，将继续努力，争取成绩再往前赶。方杰的数学、语文成绩突飞猛进，目前英语还是不太好，主要是基础太差，需要从基础开始补差补缺。汤建国想起丁红敏，她也是在城南中学教英语，可以请她多帮帮方杰。

第二天下午，汤建国在见到丁红敏时，想让她周日抽点时间辅导方杰的英语。丁红敏立刻就答应了，他们约定每周日的下午，方杰到丁老师家补习英语。这样，方杰每周六上午到社区参加菱湖师大学生补课，周日比别的学生又多了一节英语课。后来，方杰的英语成绩有了很大的提高。

王翠霞在深秋的时候把募集的衣服整理出来，准备等到冬天来临的时候在广场集中发放。发放当天，程丽君请来了晚报记者，采访报道了王翠霞在小区里募集衣服的活动。许多居民在看到报道后送来了自己家闲置的、质地比较好的衣服。

郑彦鸿在等待病床期间，依然坚持到社区上班。但在程丽君等同事的再三劝说下，他只负责一些较轻松的工作。这天，郑彦鸿喊来周洪涛，商量社区工作。周洪涛问："手术时间安排好了吗？"

郑彦鸿说："现在床位比较紧张，等床位腾出来了，我就立即去手术，现在先把楼栋党支部的事情安排一下。"

周书记说："好，这段时间以你自己治病为主，其他事情可以放一放。我会经常到社区来的。"

郑彦鸿继续说："现在社区楼栋党支部不仅开门为居民服务，收集社情民意，办理居民反映的问题，各个党支部书记还领头做志愿服务，工作开展得有声有色，深受社区居民的喜爱。我想在此基础上成立志愿服务团队，建立社会组织。"

周洪涛说："提倡志愿服务，特别在社区，依靠党员、居民骨干做志愿服务，本身就是一个创新。我们前期的准备工作做得很充分，活动开展得很成功，只要把党员发动起来，把队伍建立起来，就能走出一条新路子来。”

郑彦鸿说：“这件事我们正在着手准备，看看什么时候搞一个启动仪式，把社会组织志愿服务队伍成立起来。”

周洪涛说：“我参加过一些志愿服务团队启动仪式，你看这样行不行，区委钟书记对你们的楼栋党支部很感兴趣，准备来调研，要么你搞一个社会组织志愿服务启动仪式，请他来参加。这样，他看到的比他听到的更好。要请钟书记来，你要跟李书记汇报。你想一下仪式怎么筹备，准备哪些内容。”

郑彦鸿想了想，说：“嗯，我们计划启动仪式上，请各个支部书记分别介绍自己团队职能，再安排一场演出，在广场上举办，人多也有影响力。”

之后，郑彦鸿特地到街道向李朝明书记汇报了社区党支部将要成立社会组织志愿服务队伍的事项。

李书记说：“我前段时间跟区委钟书记汇报了，我们这个社区通过楼栋党支部动员了很多党员和居民骨干参与社区治理，关爱困难群众。钟书记也很感兴趣，跟我说过，要来看看你们的工作，如果通过启动仪式来展示成效，那就更好。你们一定要准备好，工作做细，具体细节你和洪涛商量。彦鸿，我听说了你的病情，你要抓紧治啊。”

郑彦鸿说：“谢谢李书记关心，我会的。”

社区召开全体社区工作者、楼栋党支部书记及委员会议，郑彦鸿主持了这次会议，筹备社区社会组织启动仪式，向区委展示这大半年来的社区工作成绩，意义不同寻常。郑彦鸿对人员进行分工，布置包括志愿服务组织名称、活动的议程、广场文艺演出等事宜。

周洪涛说：“大家集思广益，取一个好听的名字。”

大家都开动脑筋，有的说用党支部的名字，有的说干脆就用支部书记的名字，有的说以花命名，大家热烈地讨论着。

社会组织志愿服务团队的名字一时确定不下来，郑彦鸿建议大家回去想一想，再酝酿一下，完善后再确定。启动仪式的程序为：志愿服务队伍纵列排队，楼栋党支部书记作为负责人站在前排举牌；每一个志愿服务队的负责人介绍自己队伍的服务内容；社会组织联合会负责人——社工办副主任程丽君做志愿服务承诺；社区书记致辞，街道领导讲话，区委钟书记讲话，现场举行月恒园社会组织发放衣服活动，同时举办文艺演出。考虑到郑彦鸿随时要住院，决定整个活动由江志远主持。

方案报到街道党工委，李朝明书记表示同意，接下来社区就着手开始准备。

随着在社区志愿服务启动仪式上演出时间的临近，陈书琴的歌舞队正在紧锣密鼓地排练。这台文艺联欢会请当过幼师，有表演特长的社区工作者任莉莉担任节目主持人，这次他们精选了9个节目，根据节目安排，任莉莉编写了串词。为了使节目更加成熟，陈书琴特地邀请了其他4个楼栋党支部的书记和骨干党员观摩，郑彦鸿也在现场观看。

这次在三楼排练大厅彩排，整台节目表演都达到了预期的效果，虽然不是专业的文艺团体，但大家表演起来还是十分认真、用心的。

表演结束了，郑彦鸿又召集几个支部书记开会，一个是对节目提出意见和建议，二是请大家再想一想社会组织志愿服务队伍的名称，如果通过了，在启动仪式上就正式使用。“我们要用一个很响亮的名字，能够让别人记住，叫响了，就有影响力，就有生命力了。”郑彦鸿说。

王翠霞说：“这几天我们几位支部书记也多次在一起碰头商量，最后取了带花的名字。五个党支部就像五朵花一样，朵朵向阳。我们后来就用五色花命名，你们看看行不行？”说完她掏出一张纸，上面记载着各个楼栋党支部对应的各个志愿服务队伍的名称：

南湖新苑社区的社会组织名称为“五色花”志愿服务队。五个园区以红、黄、蓝、绿、紫五种颜色作为自己队伍的名称。其中年华园以紫色的紫竹梅为名，叫“紫竹梅”留守儿童之家，紫竹梅坚定、勇敢，表现了困难的少年儿童经过苦读以后成长成才；月恒园以红色的梅花为名，叫“红梅花”温暖之家，红梅花表示苦寒过去就是春天；鸿泰园以绿色的“茉莉花”为名，叫“茉莉花”巡航之家，预示忠贞、质朴的茉莉花伴随着小区居民的安全生活；生嵩园以黄色的“向日葵”为名，叫“向日葵”艺术团，表示他们用爱、光辉、忠诚歌唱时代，奉献居民；轩衡园以蓝色的“郁金香”为名，叫“郁金香”幸福生活之家，表示他们将博爱、体贴带给居民。

郑彦鸿认真听完，还看了文字，仔细思考着。他说：“这个名字和创意很有新意，也很贴切，在没有更好的名称之前，就使用这个名称。”

从此，南湖新苑社区“五色花”志愿服务队开始启航了。

四十四

江志远已经正式到社区工作了，职务是社区党委副书记，主持南湖社区工作。郑彦鸿在家休息，等待床位住院手术。

南湖新苑社区“五色花”志愿服务队启动仪式是在2015年11月下旬举行。活动仪式本来是由江志远主持，但由于江志远有特殊情况不能到场，临时改为周洪涛主持。区委钟书记亲临现场，和区相关部门的领导坐在嘉宾席上，社区很多居民都来到广场观看。

当天的广场上，标志着“五色花”的志愿服务团队，分五个纵队排列，站在广场上。各个楼栋党支部书记举着志愿服务队标牌站在队伍前列。

周洪涛在主持时，首先介绍参加启动仪式的领导和各个志愿服务团队，接着志愿服务队负责人介绍各个志愿服务团队名称、服务内容。最后，程丽君代表“五色花”志愿服务总队上台做服务承诺。

程丽君说："在将近一年时间里，我们社区志愿者们陪伴着社区一同成长，我们时刻感受着这种力量的强大。今天，我们"五色花"志愿服务队成立了，这标志着我们开始了新的远程。今后，我们这个大家庭将拧成一股绳，把居民的冷暖放在心上，继续为大家做好服务，同时欢迎更多的人融入我们的队伍当中。"程丽君还在会场上谈了自己的感受："听一位哲人说过，和善良的人相处多了，那些善良就会留在我们的身体里，我们的内心就会变得柔软，对生活就更加感恩，对未来就能充满信心，面对困难，我们的意志就会变得更加坚定。实际上，我们社区这些退休的党员志愿者给了我们社区工作者很大的精神动力，我们不会辜负大家的。"

街道党工委书记李朝明致辞，祝贺南湖新苑社区"五色花"志愿服务队成立。他说："随着城市化进程的加快，我们面临许多新的问题，需要我们调动一切力量，共同建立幸福的家园。南湖新苑社区率先创新社区治理新方法，调动党员的力量，参与社区治理。今后，我们要不断完善工作机制，创新工作方法。特别是在各级党委抓党建的工作中，我们将继续开拓，凝聚党心民心，汇聚各种力量，建设新型、和谐、幸福的社区。"

钟书记最后做重要讲话：

"今年上半年，我来到南湖新苑社区调研，那时，我们遇到了很多问题和困难。当时我知道，社区做了大量的工作，把很多问题进行了梳理，一项一项地解决，但是我不知道你们做得这么细致。党的十八大召开以来，我们党提出了要建立服务型、学习型、创新型基层党组织，就是要求我们的党组织、党员要时刻牢记党的宗旨，加强学习，服务群众，时刻把群众的冷暖放在心上。特别是习近平总书记的系列讲话，开启了从严治党的新征程。各级党委把抓党建提高到一个新的高度，在抓党建工作中，务实、创新、求实效。南湖新苑社区这个团队，你们做到了。南湖新苑'五色花'志愿服务队伍的成立，延伸了社区的触角，开启了我们南湖区基层党组织建设的新征程。今天，我很感动，南湖新苑社区通过党组织的发动，把党员和群众发动起来。你们的做法更坚定了我的信念：我们不要轻易地把群众推向我们的对立面，我们要善于团结群众、引领群众。只有把群众的积极性调动起来，我们的各项工作才会有出路。”

最后，周洪涛宣布“五色花”志愿服务队启动仪式结束。同时，文艺表演开始。

广场的另一角，此时“红梅花”温暖之家服务队队员们摆起了长条桌，准备发放衣服、鞋子。他们事先通知了低保户和残疾人家庭，让他们过来自己挑选。挑选好了，“红梅花”温暖之家的党员志愿者们，用包装袋包好后发放。1个小时的时间，事先整理好的400多件衣服、20多双鞋子全部发放完毕。

江志远一直没有来南湖新苑社区上班，后来才得知，他牵涉到一个受贿案件，在重点建设局工作期间，收受建设单位的贿赂，就是在“五色花”志愿服务队启动仪式的前一天下午被市纪委带走的。

“五色花”志愿服务队启动仪式成功举办，无论是文艺表演，还是广场发放衣物的活动，都收到了很好的效果。如何继续深化志愿服务，有针对性地开展活动，社区召开专门会议。周洪涛作为社区党委第一书记主持社区工作，天天呆在社区，他盼望着郑彦鸿早日康复回来。

程丽君说：“我们社区有很多典型，是不是树立一批有代表意义的典型，开展评选社区身边好人活动，让他们成为我们居民的榜样，倡导孝老爱亲、助人为乐，在我们社区弘扬积极向上的精神。”

周洪涛说：“好。每月开展一次活动，人数不限，灵活开展。”

张书燕说：“我们这个安置小区，居民都是来自不同地方，我们定期开展活动，把大家集中起来，相互也好有个交流。”

周洪涛说：“对，建立一个和谐社区，形成互相关心的邻里情。我们每个月在广场做一期活动，以‘邻里守望’为主线，每期确定一个主题，从本月开始。”

会议最后确定每月在广场开展一次“邻里守望”活动，口号就是“邻里守望、冷暖相知”，本月举办一场推选社区身边好人的活动，由程丽君策划、组织、主持，以后的活动再由其他社工轮流组织。接下来，程丽君拿出活动方案来，大家提意见和建议，反复修改，形成正式方案。

本次“邻里守望”活动，主题是寻找社区身边好人，先由每一个党支部的党员推选，候选人介绍自己，本支部的党员点评后确定人员名单。

根据活动方案，2015年11月底社区第一场“邻里守望”活动在广场拉开帷幕。首先社区工作者全部上台向居民介绍自己的姓名、在社区里的岗位职责，分发社区工作者的联系方式；周洪涛介绍各个楼栋党支部书记的具体情况和工作分工；根据各个楼栋党支部的推荐，本月寻找到的社区身边好人是：结对帮扶困难群众的老党员王翠霞，20年照顾弟弟的好哥哥薛新平，照顾姐姐一家的好妹妹王腊梅，关爱孤儿、留守儿童的老党员汤建国。

随后，他们的事迹和照片被做成宣传展板，挂在广场的宣传栏里面。

方家辉这次回家，给程丽君带来了一个好消息：下一个月他被批准回到菱湖市的分公司工作。程丽君听到后，感动得眼泪都流下来了。她说：“为了我，你付出了很多。你回来了，我会好好照顾你，给你做好吃的。”

方家辉说：“算了吧，你那么忙，还能照顾我？我回来就是好好照顾你的。”

程丽君说：“快一年了，儿子豆豆可能都不认识我们了。说过好几次准备回家，都因为忙，你又在省城，都没能回去看看。”

方家辉说：“是啊。春节再说吧。”

程丽君说：“看来还是按照年初方案，在菱湖买房安家，把豆豆和爷爷奶奶接过来。”

方家辉说："好。别说豆豆了，我们先把眼前的事情安排好吧。"

程丽君说："嗯。今天喊你来是因为年华园留守儿童之家的电脑出了点问题，你是这方面的能手，去看看？"

方家辉说："好啊，跟着程大主任去做志愿者。"

程丽君说："你倒提醒我了。你回到菱湖工作以后，每周跟我一道去小区看看，做电脑系统啊，调试家用电器啊，你还是挺受欢迎的。"

这天，方家辉提前半天回家，就是特地为留守儿童之家修理电脑的，正好城南实验中学的英语老师丁红敏在给刘宇凡、张静怡、方杰补习英语。自从丁红敏的女儿徐睿放在年华园党支部以后，丁红敏一再要求为社区做点事情，正好汤建国的留守儿童之家需要补习英语的老师，所以丁红敏有时间就过来看看，教教这几个孩子。

方家辉打开电脑，里面东西很杂，还有游戏。大型游戏占空间，下载得多了，整个电脑就不好用。程丽君喊来汤建国，说："电脑最好不要随意给孩子用，要用的话你要在场。"

方家辉把游戏全部删了，重新做了一个系统，设置了一个开机密码，以后孩子需要上网，都要得到汤建国的许可。

汤建国说："这几个孩子年前想搞一个活动，做做志愿服务。刘宇凡、张静怡、方杰他们牵头，组织社区里面的小朋友为空巢老人打扫卫生。"

程丽君说："好啊，让他们从小就参加社会活动，体验一下相互帮助的快乐。"

丁红敏说："我女儿也要参加。"

程丽君说："看来我们还要建立一支小小志愿者的队伍。"

郑彦鸿主动找到了市立医院神经外科的薛主任，和薛主任进行了一次交谈。他要求薛医生根据他的现状对术后有可能发生的情况做一个评估。郑彦鸿说："在我们家里，妻子、父母很担心我的病情，我经常安慰他们，怕他们担心。希望薛医生也多安慰他们，不要给他们增加负担，把情况告诉我一个人就行。"

薛医生说："好吧。从目前你的现状来看，只要不再发作，好像是一点问题都没有，看不出来你有什么问题。但不开刀，脑膜瘤会越长越大，发展到一定程度就无法进行手术，所以现在必须要开刀。但术后由于神经损伤的情况不明确，轻则会导致平衡系统受影响，重则可能会成植物人，甚至从手术台上下不来。脑膜瘤是良性的，这是可以确定的。"

郑彦鸿说："请你和我的家人不要说得太多，以免他们担心。"

薛医生安排了床位。手术前一天，根据医生吩咐，郑彦鸿把头发全部剃掉。理发前，在妻子吴小慧的陪同下，郑彦鸿特意到社区和大家做一个告别。他知道，他这一进手术室，究竟是什么状况，只有看运气了。

忽然，郑彦鸿想到南湖新苑小区自己家正在装修的房子。过去在上班的时候，虽然离得近，都没有时间去看看，这一住院，还不知道能不能住上新房，想到这，他心里难过了起来。他装作若无其事的样子，对吴小慧说："我们去看看房子装修得怎样了，我好久都没去了，说好春节前搬家，现在快要完工了吧。"

吴小慧说："去看看。"

走到楼栋，进了电梯，上了16楼，开了门，漆匠穿得严严实实的，正在补灰，准备上最后一道油漆。油漆过后，装灯、铺地板，装修就算全部完工，再开窗通风，就能搬家了。

吴小慧拉着郑彦鸿说："油漆味太重，我们出去吧。"他们走了出来。

这时，郑彦鸿接到街道周书记的电话。周书记正在社区，要见一见郑彦鸿。

进了社区办公室大厅，周洪涛跟着郑彦鸿进了办公室。郑彦鸿问："有事吗？周书记。"

周洪涛说："你明天就要手术了，李书记叫我过来看看你。"

郑彦鸿说："谢谢领导关心。我也是到社区和大家打个招呼，等会去理发店把头发剃掉。”说完苦笑了一下。

周洪涛说：“江志远出事后，区委钟书记才知道沈局长过多干预南湖新苑社区领导班子的事。其实大家都知道，江志远的哥哥在市里重要职位上，和沈局长私交不错。沈局长想拉一把江志远，所以对你一直有偏见。好在李书记没有执行沈局长的建议，硬顶了下来。钟书记还批评了沈局长，要求大家在使用干部上，要有责任意识、大局意识，一定要摒弃裙带关系、人情关系。钟书记知道了你的病情，叫我们多关心你。所以，明天我去医院陪你。我今天来的目的，就是要你不要有任何包袱，一心配合医生，把病治好，社区等着你。”

郑彦鸿点点头：“谢谢周书记。”

送走了周洪涛，郑彦鸿把大家召集到会议室，大家都来安慰他，他也安慰大家。同事们说，这几天郑彦鸿不在社区，周书记天天两头跑，大家都希望郑书记治愈后回来和他们一起开展工作。

郑彦鸿说：“你们都成长起来了，都能够挑大梁了。特别是程丽君和吕思聪，都很能干，你们能担负得起这副担子。”

大家都安慰着郑彦鸿，祝愿郑彦鸿手术成功。

程丽君喊来常磊。

郑彦鸿对常磊说：“小区安全工作做好了，我们的日子才能过踏实。”

常磊说：“这一年真的太累了，不过我们的工作有了新的起色。”

是啊，2015年就要过去了。这一年，社区的工作人员很辛苦，但也很充实。他们仿佛打开了一扇窗户，领略到了另一种风光，他们在这迤逦的风光里，感受到了自己的力量、自己的价值，同时，他们还收获着“五色花”的绽放……

后 记

两年前，春节放假期间的某一天，我在翻看自己工作日志的时候，重温了社区工作中所经历的点点滴滴，一番感慨之后，忽然有了强烈的冲动：想把平时记录的事情通过小说的形式表现出来。这一天，我开始整理我的素材，构思、设计小说的框架，并郑重地写下了小说的题目：花开的声音，漫长的写作之旅从此开启。这期间，因为工作繁忙，写作受到了影响，但我始终坚持创作。在历时两年零两个月，小说于今年4月——春意盎然、草长莺飞的花开的季节里终于完成。

合上书稿，小说中的王翠霞、汤建国、俞红梅、陈书琴、高明生等退休老同志，始终在我的脑海中闪现，仿佛他们此时正活跃在小区里：也许正在帮助小区里需要帮助的困难户；也许正行走在来社区的路上，和我交谈着他们各自的工作；也许正在楼栋党支部倾听、记录居民的诉求，为居民解决力所能及的问题。

我庆幸自己在工作中遇到了这些热心人，是他们一直帮助着我、感动着我、激励着我，也正是他们的付出，成了社区管理、建设的一支重要力量，更成为鼓舞社区工作者努力前行的精神动力。

说实在的，在社区工作的这么些年，和马塘街道洪桥社区的同事们一路走来，经历了很多事情，也有了很多感触。我们工作的社区是安置小区，困难人群相对多一些，当他们在生活中遇到了困境，如果没有人伸把手，他们会感到孤立无助、悲观绝望。这些年，我深深地体会到，社区工作者或者说基层干部一定要具备两种品质：一是情怀，二是担当。情怀是一种温度，是一种内在的素养，更是一种态度，要能设身处地理解群众，要懂得感恩，真真切切地把他们的冷暖放在心上。担当是外在的表现，更是一种高度的自觉性和执行力，就是相信并按照自己所相信的道理去做事，给群众以安全、温暖、信心和力量。

我不敢说这是一部真正意义上的小说，因为我只是将工作中的琐事用自己的视角和感悟表现出来，一则是因为一直以来对文学的挚爱，坚持写作多年，渐渐已成为一种习惯，二来也是给自己的职业生涯留下一点印记。在成书之前和楼栋党支部工作当中，我得到马塘街道主要领导的关心支持。街道党工委书记陈平同志十分重视楼栋党支部阵地建设和制度建设，街道办事处主任朱基洪同志在分管期间亲自参与、指导楼栋党支部建设，对于楼栋党支部常态化、制度化建设，起到了重要的推动作用。楼栋党支部建设也得到弋江区委组织部、区委宣传部领导的关心支持。成书之前，弋江区委宣传部副部长、芜湖市作协副主席姚祥同志，芜湖市文艺评论家协会名誉主席、知名作家谈正衡先生提出了很多建设性的意见，给了我很多帮助。在我的一再请求下，谈正衡、姚祥在百忙中抽出时间为本书作序，这是对我莫大的鼓舞和鞭策。本书也得到市文联副主席、市作协主席李莉莉，市作协原副主席、资深作家郎澜，市作协副主席吴黎明，市作协副主席董金义，市文联组联部主任、市作协秘书长林征宇，弋江区文化馆馆长李贞家，马塘街道文明办韩莉等老师、同志们的关心、帮助。对于领导、老师、同志们的关心厚爱，在此一并深表敬意和感谢。

我说写作这本书是给自己在职业生涯中留下一个印记，这不仅仅是对过去的这段经历有一个记录，一种感悟，也是对未来的一个期许，像社区退休的热心老同志一样，做一个善良、温情、进取、真实、纯粹的人。

作　者

2016年6月于芜湖